W0401141

www.blue-panther-books.de

JOONA LUND

FINNISCHE TRÄUME

ROMAN

www.blue-panther-books.de

BLUE PANTHER BOOKS TASCHENBUCH
BAND 2201
1. AUFLAGE: JULI 2014

VOLLSTÄNDIGE TASCHENBUCHAUSGABE
ORIGINALAUSGABE

UMSCHLAGGESTALTUNG: WWW.HEUBACH-MEDIA.DE
GESETZT IN DER TRAJAN PRO UND ADOBE GARAMOND PRO
PRINTED IN GERMANY
ISBN 978-3-86277-421-0
WWW.BLUE-PANTHER-BOOKS.DE

1. Die Reportage

Hätte Lia geahnt, auf was sie sich da einließ, hätte sie sich mit Händen und Füßen dagegen gewehrt, den Auftrag zu übernehmen. Bereits beim ersten Zusammentreffen war der Journalistin der intensive Blickkontakt der Geschwister aufgefallen, ihre schicksalhafte Verbindung hatte sie aber erst begriffen, als es für eine Umkehr zu spät gewesen war.

Es war Lias Idee gewesen, einen Bericht über Schüler zu bringen, die im Preisausschreiben über politische oder wirtschaftliche Themen in Schülerzeitungen gesiegt hatten, und mit Reportagen über ihre Herstellung zu ergänzen. Lia hatte nicht damit gerechnet, dass der Chefredakteur ausgerechnet ihr die Realisierung aufs Auge drücken würde, da er doch wusste, dass sie Schulen nicht ausstehen konnte. Sie gestand sich ein, am Auftrag nicht ganz unschuldig gewesen zu sein: Dem Chef war ihr Ausspruch auf einer Betriebsfeier hinterbracht worden, ihr seien Schulen stets ein Gräuel gewesen, schon als Kind sei ihr vom Schulmief schlecht geworden und der Widerwille habe sich im Laufe der Jahre eher verstärkt. Lias Vorschlag, die Berichte über die Schülerzeitungen dem Benjamin in der Redaktion zu übertragen, schmetterte der Chefredakteur ab und begründete das mit der abstrusen These, es wäre nicht wichtig, ob jemand ein Thema liebe oder hasse, sondern ob er sich damit auseinandergesetzt hätte und das träfe nun mal auf sie zu.

»Du machst die Story, Lia, und damit Punktum! Und wenn du schon mal dort bist, kannst du gleich auch eine Reportage für den Hörfunk machen. Lass einfach das Aufnahmegerät mitlaufen!«

Sie schnitt eine Grimasse. Der Alte wusste, wie viel Arbeit im Tonschnitt steckte und welche Mühe es bereitete, Jugendliche dazu zu bringen, vernünftige Sätze ins Mikrofon zu sprechen.

»Du kannst mit Jugendlichen umgehen und du weißt, dass wir sparen müssen. Die Werbeeinnahmen sind eingebrochen, wir müssen fürs Radio produzieren.« Allen Einwänden zuvorkommend setzte er hinzu: »Du wirst schon was Brauchbares bringen, ich spüre es im Urin.«

Wieder einer seiner abgedroschenen Sprüche, die sie nicht ausstehen konnte. In letzter Zeit war es zum Normalfall geworden, Redakteure auch für den zum Unternehmen gehörenden Hörfunk einzuspannen. Lustlos trat sie die Reise in den Norden an, überzeugt, eine Geschichte abzunudeln, die maximal Schüler, Eltern und Lehrer interessierte.

Was den Hörfunk betraf, fand sie nach den ersten zwei Schulen ihre Befürchtung bestätigt: Der Chef hatte ihr eine langweilige Reportage aufs Auge gedrückt, denn die Jungredakteure, wie sie sich stolz nannten, hatten zwar gut beobachtet, auch alles leidlich zu Papier gebracht, aber vor dem Mikro war ihnen nichts Konkretes zu entlocken – ihre Antworten kamen, als fragte ein Lehrer ihr spärliches Wissen ab. Die Interviewten waren nicht in der Lage gewesen, Funktion und Wesen einer Schülerzeitung in wenigen Sätzen zu charakterisieren, es war ein Herumstottern. Selbst provozierende Fragen hatten sie nicht aus der Reserve gelockt, eher noch verklemmter und verstockter gemacht. Lia stand praktisch mit leeren Händen da.

Den letzten Preisträger – nach einem Blick auf die Karte schien er am Ende der Welt zu leben, nämlich am östlichen

Rand Lapplands, nicht weit von der russischen Grenze entfernt – hatte sie sich bis zum Schluss aufgehoben. In der Gegend war sie noch nie gewesen. Sie fuhr die halbe Nacht mit dem Zug, übernachtete in einem drittklassigen Hotel, nahm ein viertklassiges Frühstück zu sich – was ihre Stimmung nicht gerade hob – fuhr Stunden mit dem Bus, bis sie endlich die Gemeinde erreichte, in der die Schule des zweiten Siegers lag.

Lia war angemeldet und hoffte, man ließ ihr wie in den anderen Schulen freie Hand, denn sie wollte die Sache möglichst rasch hinter sich bringen. Noch hatte sie keine Zeit gefunden, den Aufsatz von Jan, so hieß der Schüler, zu lesen. Im Bus stellte sie überrascht fest, dass er eine Menge Informationen verarbeitet hatte, die weit über den Lehrstoff der Schule hinausgingen. Sie war von der einfühlsamen Ausdrucksweise, mit der er die Landflucht beschrieb, beeindruckt: Sie sah die Bauern, die in der Küche zum x-ten Mal diskutierten, ob sie ihren Hof aufgeben oder ausharren sollten, direkt vor sich. Lia war neugierig geworden, schraubte ihre Erwartungen aber wieder herab, zu oft war sie enttäuscht worden.

Die Straße folgte dem längsten Fluss Lapplands, oder war es der längste Finnlands? Zu Hause wollte sie nachschauen, machte sich eine Notiz. In den Dörfern mit verstreut liegenden Häusern stiegen selten Passagiere aus oder zu, Touristen verirrten sich in dieser Jahreszeit kaum hierher.

Der Ort am Fluss wirkte wie ausgestorben. In den drei Geschäften hielten sich mehr Verkäuferinnen als Kunden auf. Im Zentrum, wenn man es so nennen konnte, trennten Gärten, in denen Schnittlauch, Petersilie und mickrige Johannisbeersträucher wuchsen, die Häuser voneinander. Dichte Naturzäune zwischen den Gebäuden betonten die Distanz zum Nachbarn. Es war kein richtiges Dorf, mehr eine lockere Ansammlung verstreuter Häuser und Höfe wie in jenem Märchen, in dem das Kind eines Riesen mit Menschenhäusern spielt und die Häuser willkürlich abstellt. Aus den Trampelpfaden waren irgendwann Straßen entstanden. Natürlich war Lia geläufig, dass die Besiedlung im Norden dünn war, aber es war eben ein Unterschied, wenn man mit eigenen Augen sah, wie wenig Leute hier lebten. Sie hatte sich nicht vorgestellt, dass die Höfe so abgeschieden zwischen den sanft ansteigenden fast baumlosen Anhöhen lagen.

Viele Kinder, erklärte die Direktorin, fuhren eine Stunde oder länger mit dem Schulbus. Der Hof von Jans Eltern wäre der letzte im Tal. Morgens sammelte der Bus die Schüler ein und brachte sie am Nachmittag wieder nach Hause. »Wollen Eltern einige Bekannte oder Jugendliche ihre Freunde treffen, bedeutet das weite Wege, denn manche wohnen im anderen Tal.«

Wie bei den anderen Preisträgern wollte Lia Jan in der Schule erleben, seine Freunde befragen und die Atmosphäre einfangen. Sie rechnete damit, den letzten Bus zu erreichen. Die Lehrerin berichtete, Jan hätte schon als Kind gern geschrieben, später wären Aufsätze von ihm vorgelesen worden; er hätte an Wettbewerben teilgenommen und zweimal Preise gewonnen. Die Schülerzeitung ging auf seine Initiative zurück und würde, wenn er abschloss, über kurz oder lang eingehen. Er wäre der Motor, ohne den nichts funktionierte; es steckte viel mehr Arbeit dahinter als ein Außenstehender meinte. Wegen der Entfernungen müssten sie alles hier in der Schule besprechen und fertigstellen. Die Lehrerin führte die Journalistin in die Klasse.

»Das ist Lia, ihr wisst Bescheid. Sie wird Jan und allen, die bei der Zeitung mitmachen, Fragen stellen. Jan, sei bitte so freundlich und führe die Reporterin in den Werkraum, die anderen warten dort.«

Ruhig, als machte er so etwas jeden Tag, erhob sich Jan, hielt die Tür auf. Der mittelgroße dunkelblonde junge Mann machte einen in sich ruhenden Eindruck, wirkte im Vergleich zu den beiden anderen Preisträgern, die aufgeregt herumgestottert hatten, sehr gelassen. Lia ahnte, die Tonaufnahmen mit ihm könnten etwas hergeben. Im Werkraum warteten drei aufgeregte Jungen und ein Mädchen. Kaum hatte sich Jan hinzugesellt, übertrug sich seine Ruhe auf die Gruppe. Lia wusste, Jungen haben, wenn sie vor anderen berichten sollen, häufiger Hemmungen als Mädchen.

Als sie Jan das Mikrofon hinhielt, wurde er nicht wie die anderen vor Aufregung abwechselnd blass und rot, sondern antwortete auf ihre Fragen über Themenwahl und Umsetzung, über das Verhältnis zur Schulleitung und zu den Lehrern oder wie das monatlich erscheinende Blättchen bei den Mitschülern ankomme, gefasst. Er gab Fragen an Mitschüler weiter und bezog sie so geschickt ein. »Ich glaube«, sagte er etwa, »Ero, du kannst das besser beantworten.«

Der einen halben Kopf größere Junge akzeptierte die Anweisung ohne Zögern, man spürte, Jan war der Kopf. Die Jugendlichen zwischen fünfzehn und achtzehn schauten, ehe sie antworteten, zu ihm und er nickte ihnen aufmunternd zu, ohne sich in den Vordergrund zu spielen. Die Situation unterschied sich grundlegend von den anderen Schulen, wo Eifersüchteleien und das Bestreben, sich zu profilieren, die Teamarbeit behindert hatten.

Lia spürte jenes Kribbeln im Bauch, das sich meldete, wenn sie merkte, dass sich eine Story weit besser anließ als erhofft. Häufig lag das nicht am Inhalt, sondern an den die Geschichte tragenden Hauptfiguren. Oft bekam ein langweiliges Thema durch die handelnden Personen den besonderen Drall, ihr schwante, mit der Rückreise würde es heute nichts werden. Wie zur Bestätigung schlug der Jüngste im Team vor, Lia sollte mit Jan und Inku zu deren Hof fahren. Er warf Jan einen fragenden Blick zu und dieser nickte bedächtig.

»Dann können Sie sich ein besseres Bild von uns hier machen.«

Das bedeutete, hierzubleiben. Lehnte sie aber ab, brachte sie sich um die Chance, eine gute Geschichte einzufangen. »Klingt nicht übel. Und wie komme ich ins Hotel zurück?«

Das wäre kein Problem, meinte Jan, auf dem Hof wäre Platz genug, sie könnte im Schulbus mitfahren und bei ihnen übernachten. Jetzt hätte sie noch Zeit, sich in der Schule umzusehen und Sachen für die Nacht aus dem Hotel zu holen. Die Umsicht des Jungen verblüffte sie, es hörte sich an, als wäre er gewohnt, in der Welt herumzureisen.

In der großen Pause schlenderte sie über den weitläufigen Schulhof. Der allgemeine Geräuschpegel unterschied sich nicht von anderen Schulen. Ihr Augenmerk richtete sich auf Jan. Ihr fiel sein wiederholter Blickkontakt zu einem jüngeren Mädchen auf, das nicht in der Zeitungsgruppe gewesen war.

Lia fragte eine Schülerin, wer das wäre.

»Das ist Inku, seine Schwester, sieht doch ein Blinder!«

Lia schlenderte zu der Mädchengruppe. »Hätte mir selbst auffallen müssen«, murmelte sie.

»Haben Sie was zu mir gesagt?«, fragte ein vorbeigehender Junge.

Sie griente. »Nein, ich führe Selbstgespräche.«

Lachend drehte sich der Junge weg.

Sie beobachtete die Geschwister, die aufeinander zugingen. Die Ähnlichkeit war trotz des Altersunterschieds unverkennbar. Gesten, Kopfhaltung und Bewegungen stimmten überein als wären sie Zwillinge. Jan lächelte der Schwester zu und sie lachte fröhlich zurück. Lia gewann den überraschenden Eindruck, das Mädchen begrüßte ihn geradezu kokett. Und da war noch etwas, das sie wie ein unsichtbarer Vorhang von den anderen trennte, als stünden sie auf einer Insel. Vielleicht war es Einbildung, doch die beiden schien etwas zu verbinden, das über die Zugehörigkeit zur gleichen Familie hinausging. Gewohnheitsmäßig speicherte Lia die Beobachtung ab, bei der Nachbearbeitung war sie über jede zusätzliche Information froh. Es läutete, die Schüler trotteten in die Klassen zurück.

Lia bummelte durch den Ort, trank im einzigen Café eine braune als Cappuccino angeschriebene Brühe, aß eine Kleinigkeit. Im Hotel steckte sie Kulturbeutel und Wäsche in die Umhängetasche, hing sich das Bandgerät über die Schulter. Aus dem Vorhaben, im Bus mit den Geschwistern Vorgespräche zu führen, wurde nichts, sie saßen mit ihren Freunden zusammen. Überdies war Lia hundemüde.

Jan rüttelte sie wach. »Lia, wir sind da.«

Der Busfahrer gab Jan Post mit. Es sei nicht weit, beruhigte Jan sie und hängte sich den Rekorder um. Auf ihre Frage, was er einmal werden wollte, antwortete er ohne Zögern: Journalist. Spontan bot sie ihm an, in den Ferien bei ihrer Zeitung zu praktizieren, war enttäuscht, als der Junge nicht wie erwartet begeistert reagierte, sondern einwandte, er müsste mit Vater sprechen, am Hof gäbe es viel zu tun.

Da meldete sich Inku zu Wort, die missgelaunt hinter ihnen hergetrottet war. Es missfiel ihr offensichtlich, plötzlich die zweite Geige zu spielen. »Das geht nicht, Vater braucht ihn!« Sie sagte es unwirsch. Lia verstand. Inku wollte wohl nicht, dass Jan fortging.

»Ein Praktikum bei der Zeitung«, ging er nun auf das Angebot ein, »würde mich schon reizen, sehr sogar. Aber Vater ist tatsächlich auf meine Hilfe angewiesen, gerade im Sommer.«

Lia fragte seine Schwester, warum sie nicht in der Schülerzeitung mitarbeitete, doch Inku tat, als hätte sie die Frage nicht gehört. Jan erläuterte, sie dürfte erst mit fünfzehn mitmachen, außerdem machte sich Inku nicht viel aus der Schreiberei.

Das Mädchen reagierte mürrisch: »Ich helfe dir doch jetzt schon bei der verdammten Zeitung!«

Es hatte den Anschein, Inku befürchtete, die Fremde aus der Stadt könnte einen Keil zwischen sie und den Bruder treiben. Er drehte sich zu ihr. »Stimmt. Und ich bin froh, dass du hilfst und mir den Kleinkram abnimmst.«

Jan hatte mit Feingefühl auf Inkus Einwand reagiert – selten bei Jungen in dem Alter – und sie war beschwichtigt.

Er wies auf ein massives, behaglich wirkendes Bauernhaus aus Holzbohlen in einer Mulde. »Da sind wir. Mutter wird Augen machen, wenn wir Besuch aus der Stadt mitbringen, noch dazu eine Journalistin. Sie freut sich auf jeden Gast, das kommt selten vor hier draußen.«

Während die Geschwister den Vater holen gingen, erklärte die Mutter im Gespräch in der Wohnküche auf Lias Fragen, Jan und Inku litten nicht unter den Entfernungen zu Nachbarn oder zur Stadt, und den weiten Schulweg wären sie von klein auf gewohnt. »Sie haben viel miteinander gespielt, stecken oft zusammen. Inku hängt an Jan.« Und dann erzählte sie Lia, wie Jan Inku gerettet hatte, und das nie vergessen würde. Er hatte sie auf Skiern zu einer Schulfreundin begleitet, obwohl Vater gewarnt hätte, das Wetter könnte umschlagen. Prompt wären sie beim Zurücklaufen in einen Schneesturm geraten und hatten sich verirrt. Inku wäre völlig erschöpft gewesen, hätte sich hinsetzen wollen, wäre eingeschlafen, doch er wäre vor ihr gegangen, hatte sie mit den Stöcken gezogen und mit letzter Kraft nach Hause geschleppt. Bei dem Sturm wären sie kaum zu finden gewesen, die Schneeverwehungen hätten jede Spur verwischt und die Temperatur wäre ständig weiter gefallen. »Er hat ihr das Leben gerettet.« Nachdenklich schloss die Mutter: »Inku hat grenzenloses Vertrauen zu Jan.«

Lia bemerkte das winzige Zögern, als wollte sie ein Aber hinzufügen. Sie hatte sehr plastisch erzählt. Lia sah die beiden im Sturm vor sich. »Woher hat Jan die Informationen für den Aufsatz und wer hat ihm den Stil beigebracht?«

Stolz antwortete die Mutter: »Er hat immer viel gelesen, besitzt ein gutes Gedächtnis und war immer neugierig, konnte einem ein Loch in den Bauch fragen.«

Gedankenvoll erkundigte sich Lia, wie das mit den beiden, die so sehr aufeinander eingespielt waren, werden würde, wenn sie sich aus der Familie lösten oder einen von beiden die große Liebe überkäme. Die Mutter schwieg lange, Lia nahm schon an, sie wollte nicht antworten.

»Das bereitet mir auch Sorge, vor allem für Inku. Sie sind in jeder freien Minute zusammen, eigentlich schon zu viel.« Versonnen fügte sie hinzu: »Für ihr Alter.«

Der Vorschlag der Journalistin, Jan könnte in den Ferien bei ihrer Zeitung ein Praktikum machen, gefiel ihr. Sie hätte mit ihm darüber gesprochen, fuhr Lia fort, er hatte aber Bedenken, weil er Vater am Hof helfen müsste.

Der kam eben mit den Kindern zur Tür herein. Beim Essen stellte er die wirtschaftliche Situation der Bauern im Norden dar, wies darauf hin, dass der Ertrag Jahr für Jahr zurückginge, obwohl sie weit mehr Arbeit investierten als die im Süden: Die Böden wären sauer und vertorft, für den Ackerbau nicht geeignet und der massive Einsatz von Düngekalk verteuerte die Produktion. Viele Familien wären in die Stadt gezogen, dort gäbe es Arbeit; auch sie hätten es sich überlegt. Er schaute seine Frau an, sprach mehr zu ihr als zu Lia. »Wir rackern von früh bis spät, doch der Boden ist schlecht, das Klima hart und der Sommer kurz. Bald werden hier noch weniger Menschen leben ...« Er brachte alles rasch auf den Punkt, das hatte Jan wohl von ihm. Er meinte, der Junge sollte das Praktikum auf jeden Fall machen, es wäre eine Gelegenheit, zu testen, ob der Beruf für ihn das Richtige war. »Vier Wochen komme ich auch ohne ihn zurecht.«

Trotz der späten Stunde hielt Lia ihre Beobachtungen fest. Sie wusste aus Erfahrung, wie schnell Eindrücke verblassten. Schließlich stand sie am offenen Fenster und starrte in die Nacht, lauschte dem Rauschen des Windes in den Blättern. Ihr ging viel durch den Kopf, sie war sich sicher, nicht einschlafen zu können, nahm die Kopfhörer und hörte das Band ab. Zwei Jahre als Gerichtsreporterin hatten sie gelehrt, genau zu beobachten, zu erfragen, was nicht zu sehen war. Das Band lief, sie erlebte die Szene mit den Geschwistern im Schulhof nochmals, die Eindringlichkeit der Blicke, als tauschten sie, ohne ein Wort zu verlieren, Botschaften aus, die andere ausschlossen. Lia versuchte, die Erinnerung zu schärfen, um nicht zu viel hineinzuinterpretieren. Das Gehirn hält Belanglosigkeiten fest, von denen man zum Zeitpunkt der Beobachtung nicht ahnt, dass sie irgendwann Bedeutung erlangen könnten – so war ihr aufgefallen, dass sich Schnitt und Ausdruck der Augen trotz der unterschiedlichen Augenfarben glichen. Die Blicke, die sie sich zugeworfen hatten, waren von einer Intensität, als versinke der eine im anderen. Zwar hatte der Kontakt nur Sekunden gedauert, war aber mehrmals erfolgt. Der Trubel auf dem Schulhof hatte die beiden nicht gestört. Beeindruckt hatte Lia auch, dass der eine zu spüren schien, wenn ihn der andere suchte. Beim Frühstück mit Mutter und Geschwistern fragte sich Lia allerdings, ob sie ihre Beobachtungen nicht mit zu viel eigenen Vorstellungen angereichert hatte.

2. Der Wandel (Jan)

Jan war zwar schon im zweiten Semester, aber an die Doppelbelastung von Studium und Job hatte er sich noch nicht gewöhnt. Abends sank er erschöpft ins Bett, konnte häufig trotzdem keinen Schlaf finden. Wie das hin- und herschwingende Pendel der Standuhr im elterlichen Wohnzimmer kam immer wieder die Überlegung zum Vorschein, dass sein Gefühl für Inku über die normale geschwisterliche Zuneigung hinausging. Erinnerungen – Fenster in die Vergangenheit – gaukelten ihm wie in einer Endlosschleife Bilder vor, wie es angefangen hatte. Anfangen war nicht das zutreffende Wort, es hatte nicht begonnen wie eine Kinovorstellung, wenn das Licht gedimmt wird, die Zuschauer auf die Verzauberung durch laufende Bilder, Musik, Geräusche und Sprache eingestimmt werden, auf die exakt geplanten Handlungen auf der Leinwand warten.

Bei ihnen war es anders gelaufen, schließlich verläuft das Leben nicht nach einem Drehbuch, ihr Verhältnis hatte sich allmählich, beinahe unmerklich, verändert, in winzigen Schritten. Er merkte es erst, als er sich dem Sog der Geschehnisse nicht mehr entziehen konnte, ohne großes Leid in Kauf zu nehmen. Wohl hatte er die körperlichen Veränderungen wahrgenommen, sie waren ja auch nicht zu übersehen gewesen, aber sie waren für ihn lediglich Folgen des normalen Reifungsprozesses gewesen. Allmählich sickerte die Erkenntnis ins Bewusstsein, dass die mit diesem Prozess einhergehenden Änderungen nicht nur Inkus Leben, sondern auch seines umkrempelten, zumal er begann, Einfluss auf sie zu nehmen.

In stillen einsamen Stunden holte sich Jan Szenen aus dem Gedächtnis vor Augen und ließ sie wie einem Film ablaufen. Eine Erinnerung schob die nächstfolgende zur Seite, bis eine die Oberhand gewann: die, als sich Inku von einem Tag auf den anderen weigerte, in Unterwäsche durchs Haus zu laufen. Hätte Mutter nicht darauf hingewiesen, es sei in ihrem Alter normal, es nicht zu tun, wäre es Jan wahrscheinlich nicht aufgefallen. Der eigentliche Wendepunkt aber war Inkus erste Regel. Auf ihren Schrei: »Mutti, ich blute, komm schnell!«, war Mutter herbeigeeilt, hatte so etwas wohl erwartet, nahm im Vorbeigehen Watte und eine Binde aus dem Arzneischrank, redete beruhigend auf das aufgeregte Mädchen ein. Jan, der in der Annahme, Inku habe sich verletzt, gelaufen kam, bedeutete Mutter mit einer Kopfbewegung, zu verschwinden.

Jan fand das Getue übertrieben, hätte es wohl vergessen, wenn Inku sich nicht von nun an anders verhalten hätte, sich launisch gab, oft richtig zickig wurde. Das hatte er nicht erwartet, bisher war sie ein vernünftiges cleveres Mädchen gewesen. Ein weiteres Zeichen für die Veränderung war das Versperren der Tür beim Waschen oder Duschen. Und als er eines Morgens in ihrem Zimmer über der Stuhllehne einen Büstenhalter hängen sah, betrachtete er ihn verdutzt. Brauchte sie so etwas auf einmal? Ein unerklärlicher Impuls, stärker als eine ihm selbst unerklärliche Scheu, veranlasste ihn, die darüber gebreiteten Strümpfe beiseitezuschieben und den BH mit spitzen Fingern aufzunehmen. Ein Duft stieg von dem luftigen rosa Kleidungsstück auf, er hob es zur Nase und sog das neuartige Parfüm mit zitternden Nasenflügeln ein. Noch nie hatte er die feine Mischung aus Körpergeruch und Schweiß wahrgenommen, es war ein herb-süßer Geruch, der ihn schwindeln ließ. Hinterher stellte er erstaunt fest, diese Aktion war unabhängig von seinem Willen erfolgt, es war ein Instinkt, und obwohl ihn niemand beobachtete, war er verlegen und legte das Wäschestück zurück.

Beim Frühstück steckte er Inku das Stück Schokolade vom Abend zu, das er sich für die Schule aufgehoben hatte. Sie warf ihm einen fragenden Blick zu, sie wunderte sich wohl, was der Anlass sein konnte. Verstohlen musterte er ihre kleinen gleichwohl unübersehbaren Hügel, die sich unter dem Pullover abzeichneten. Seine tastenden Blicke entgingen ihr nicht, errötend senkte sie den Kopf. Hatte er bisher Inku als Neutrum betrachtet, als kleine in letzter Zeit etwas schwierig gewordene Schwester eben, die er gern hatte, begriff er, dass sich das anhängliche kleine Mädchen zum launenhaften Teenager – er zögerte, den Ausdruck auf Inku anzuwenden – gewandelt hatte. Ihr körperlicher Reifungsprozess schritt unübersehbar voran, er ahnte, das Verhältnis zwischen ihnen würde von nun an nicht mehr so sein wie bisher. Nicht vorauszusehen war, dass sich die Vermutung so schnell bestätigen würde.

Blätterte er im Tagebuch, sah er, dass nicht allein der Zeitpunkt der Veränderung entscheidend war, sondern dass die Begleiterscheinungen die Situation beschleunigten. Es gelang ihm nicht, in das Chaos der neuartigen und mitunter schockierenden Gefühle eine Struktur zu bringen. Noch wehrte er sich gegen die sich ins Bewusstsein drängenden Bilder, die nicht nur im Traum erschienen, sondern ihn auch tagsüber beschäftigten. Je vehementer er die aufblitzenden Momentaufnahmen verdrängte, desto intensiver erschienen sie in abgewandelter Form erneut. Woher hätte er wissen sollen, dass es ungeheurer Anstrengung bedarf, Vorstellungen zu bekämpfen, wenn das

Gehirn Botenstoffe als Belohnung ausschüttet, die Lustgefühle auslösen? Anerzogene Hemmungen und eine unerklärliche Scham verdrängten Szenen ins Unterbewusstsein, die gerade dann auftauchten, wenn er nicht darauf gefasst war. Die Szenen riefen Wünsche hervor, fachten Gelüste an, die neu waren und ihn ängstigten, weil er sie seiner für sein Alter schon recht festgefügten Gedankenwelt nicht zuzuordnen vermochte und weil sie allgemein gültigen Konventionen widersprachen. Das wurde ihm allerdings erst bewusst, als es bereits zu spät war.

In seinen Träumen lief das Geschehen natürlich anders ab und da es keinen Sinn macht, sich gegen Träume zu wehren und diese noch dazu teuflisch schön waren, ging er dazu über, sich vor dem Einschlafen Situationen in der Hoffnung vorzustellen, eines seiner Luftschlösser herbeizuzaubern, in dem sich Szenen aus der letzten Nacht fortsetzten. In einer Zeitschrift fand er einen Artikel über Traumyoga in Tibet, das man dort seit tausend Jahren praktizierte: Schlafende lernen erkennen, was sie träumen und sind durch nachhaltiges Training imstande, den Traum zu lenken. Jan ging es nicht nur um Wiederholung, sondern mehr um die Ausgestaltung von Traumsituationen, in denen Inku die Hauptrolle spielte. Der Artikel beschrieb, künstlerisch und spielerisch veranlagten Menschen gelinge es, so genannte Klarträume herbeizuführen; manche steigerten sich so hinein, dass sie die Klartraumwelt der Wirklichkeit vorzögen.

Sobald ihn derartige Fantasien heimsuchten, fragte sich Jan, so wie es der Artikel empfahl, ob er träumte und irgendwann übertrug sich die Frage tatsächlich in den Traum. Er übte, beim Aufwachen auf die Uhr zu gucken und zu testen, ob alles um ihn herum logisch und plausibel war. Nach Wochen gelang es ihm, Träume herbeizuführen und im Halbschlaf zu erfassen, dass er träumte. Wenn er sich konzentrierte, gelang es ihm, den verschlungenen Windungen des Gehirns ausgewählte Szenen zu entlocken. Er schaffte es, in lockende Situationen einzutauchen und sich in ihnen zu verlieren. Es war eine frivole Welt, in der sich Gefühle weder kontrollieren noch zügeln ließen, dort hatten sie genügend Raum, konnten sich ausleben. Er träumte sich Inku herbei, wie er sie sehen wollte, flog mit ihr über Städte, in denen sie nie gewesen waren, erlebte mit ihr Abenteuer und spielte mit ihr Szenen durch, die mit realistischen Momentaufnahmen begannen und sich in fantastische Vorstellungen vorwagten.

Am Morgen wachte er verwirrt und aufgeräumt auf. Schwieriger war der Umgang mit den Tagträumen, die sich wie Nebel über andere Gedanken legten und seine Aufmerksamkeit und Aufnahmefähigkeit für sachliche Inhalte minderten. Ein Lehrer ermahnte ihn, lieber mitzuarbeiten statt immer vor sich hin zu träumen. Aufwühlende Gefühle begleiteten die Bilder und Träume, verselbständigten sich, brachen manchmal unvermutet hervor. Die Wucht dieser nicht steuerbaren Empfindungen verstörte ihn, sie hinterließen eine befremdliche Leere. Waren andere zugegen, verdeckte ein Lächeln wie eine Maske die Gefühle, um sich nicht durch sein Mienenspiel zu verraten. Und ohne es zu wollen, legte er ausgerechnet Inku gegenüber Verhaltensweisen an den Tag, die ihn hinterher ärgerten, trug sie doch keine Schuld an seinen wirren Gefühlen. Das schroffe Verhalten brach manchmal gerade dann aus ihm hervor, wenn sie seine Nähe suchte. Da sie nicht ahnte, warum er sich plötzlich so seltsam verhielt, zog sie sich gekränkt zurück, wurde kratzbürstig. Versuchte er einzulenken, indem er seine schlechte Laune auf die Schule schob, zuckte sie die Schultern.

»Wie man in den Wald hineinruft, so schallt es zurück.«

Die gereizte Atmosphäre, die auch Mutter auffiel, störte ihre bisher harmonische Beziehung erheblich. »Warum seid ihr auf einmal so hässlich zueinander? Ihr habt euch doch bisher so gut verstanden wie es Geschwister selten tun!«

Schweigend übergingen die beiden die Frage. Anders als in seinen Träumen behandelte er sie mitunter, als wäre sie Luft. Irgendwann drehte sie den Spieß um und forderte ihn so lange heraus, bis er ihr seine volle Aufmerksamkeit widmete. Seit Mutter ihn zurechtgewiesen hatte, es gehörte sich nicht, mit Mädchen in diesem Alter zu raufen, balgten sie sich kaum mehr. Aber die Ermahnung hinderte Inku nicht daran, ihn immer wieder zu reizen, bis er ihr Einhalt gebot.

So nahm sie einmal seinen Vier-Farben-Kugelschreiber, mit dem er gerade geschrieben hatte, an sich und lief in ihr Zimmer, hielt die Tür zu. Mit der Schulter drückte er die Tür auf, schnell steckte sie den Kuli in den Ausschnitt, grinste triumphierend. Ein kurzes Zögern, dann packte er ihre Hände, presste sie mit der Linken zusammen, griff mit der Rechten unter den BH. Als er ihren Busen berührte, schaute sie ihn starr an, ohne sich zu rühren. Da zuckte er zurück, ließ ihre Hände los und ging. Minuten später warf sie den Kuli auf seinen Schreibtisch und lachte. Ein unschönes befremdendes Lachen.

Es gab auch harmonische Phasen, etwa wenn sie klassische Musik oder Jazz hörten. Manchmal stand sie vom Sofa auf und begann, sich nach der Musik zu drehen, vor ihm zu tanzen.

Einmal schaute zufällig Mutter herein, freute sich, dass sie die Musik mochten, aber da war etwas, das sie störte, ohne dass sie hätte sagen können, was es war. Leise schloss sie die Tür. Die beiden waren so in die Klänge des Boleros von Ravel vertieft, dass sie Mutters Kommen nicht bemerkt hatten. Lange sann sie über die Szene nach: Inku hatte verträumt, wie in Trance, vor ihm getanzt, irgendwie hatte es – sie fand kein passenderes Wort – schamlos gewirkt. Mutter hatte nur Sekunden zugesehen, doch der lockende und herausfordernde Gesichtsausdruck der Tochter blieb ebenso im Gedächtnis wie seine Augen, die ihren Bewegungen wie in Hypnose folgten. Die Situation war befremdend, die Kinder erschienen so fern, der Raum war von einer seltsamen Atmosphäre erfüllt gewesen, die ihr, je länger sie darüber nachdachte, geradezu intim vorkam. Sie nahm sich vor, mit Jan zu reden. Doch sie verschob es, wusste nicht recht, wo sie ansetzen sollte. Im Grunde war es harmlos, und doch ... Sie war nicht gewohnt, über schwer in Worte zu fassende Befürchtungen zu reden, sah voraus, Jan würde sie nur schweigend ansehen und verwundert den Kopf schütteln.

Half er Inku bei den Aufgaben, lehnte sie sich an ihn, um besser über seinen Arm ins Heft gucken zu können. Das seltsame Prickeln, das ihn erfasste und ein Schauer, der zitternd durch den Körper lief, war eine völlig neue Erfahrung. Er musste sich zur Konzentration zwingen. Und verblüfft konstatierte er, dass jeder Versuch, die von ihr ausgehende Anziehungskraft zu ergründen und sie abzuschwächen, abgeblockt wurde, als würde eine Kraft sein logisches Denkvermögen lahmlegen. Nie zuvor hatte er ein so starkes Gefühl verspürt und es verstörte ihn, dass es ihm gerade bei Inku passierte. Er kämpfte dagegen an, doch der alle Sinne ansprechende Reiz erwies sich als stärker denn der Wille. Auch wenn sie nur an den Schrank gelehnt dastand und ihre Figur zur Geltung brachte, so verspürte er das Bedürfnis, hinzugehen und sie zu berühren. Dinge, denen er bislang kaum Beachtung geschenkt hatte, riefen Regungen hervor, die ihn verwirrten. Mutter schimpfte, wenn Inku den gebrauchten Büstenhalter im Badezimmer hängen ließ, das gehörte sich nicht. Aber am nächsten Tag hing er wieder dort. Es erschreckte Jan, dass ihn das feine Gemenge aus Körpergeruch, Schweiß und Seife, das ihm in die Nase stieg, und das er unter hunderten erkannt hätte, erregte. Statt den Geruch zu meiden, wühlte er sein Gesicht in den BH hinein, steckte ihn in die Hosentasche, um hin und wieder daran zu schnuppern.

Als die Entwicklung viel später eskalierte, warf er sich vor, der Faszination des Verbotenen nicht widerstanden zu haben, im Gegenteil, sie hatte ihn animiert. Ausschlaggebend für die Entfaltung seiner Gefühle war Inkus gesamte Erscheinung: Die Art zu gehen, sich zu bewegen, den Zopf nach hinten zu werfen, der staunende Blick aus den großen Augen, der oft nachdenklich auf ihm ruhte, wenn sie sich unbeobachtet wähnte, und eben ihr Geruch. Unversehens hatte sich Gewohntes in eine völlig andere Kategorie verwandelt. Er las im Tagebuch und stellte verblüfft fest, die beschriebenen Empfindungen und Gedankengänge glichen den Äußerungen eines Verliebten. Sich selber gegenüber war er ehrlich genug, die Ausrede, die Heftigkeit seiner Gefühle sei eine Folge der Einsamkeit auf dem abgelegenen Hof in der schwermütigen Landschaft, als Selbstbetrug zu entlarven. Bisweilen erfassten ihn die Gefühlswallungen wie ein Fieber; die Ausschläge der Kurve flachten sich zwar bald ab, doch er wusste, die Fieberglut würde wiederkommen. Und er begann darauf zu warten, es war ihm egal, dass die Anfälle jedes Mal kräftiger wurden, von Heilung konnte keine Rede sein. Und im Grunde wünschte er auch gar nicht, geheilt zu werden, im Gegenteil: Er behielt nicht nur die Gewohnheit bei, vor dem Einschlafen im Tagebuch zu lesen, um einen Klartraum anzulocken, sondern stellte seine ganze Fantasie der Traumwelt zur Verfügung. Mit der neuen Gefühlslage konnte er noch nicht umgehen, mitunter hatte sie ähnliche Auswirkungen wie zu viel Alkohol. All das änderte sein Verhalten zu Inku von Grund auf. Im Tagebuch beschrieb er bestimmte Szenen sehr ausführlich, wie jene, die ein Schrei aus dem Badezimmer einleitete.

»Oh Gott, nicht schon wieder!«, drang der erregte Ruf durch die Tür.

Er eilte hin, klopfte, drückte die Klinke, es war nicht abgeschlossen. »Hast du dich verletzt?« Noch während der Frage registrierte er, dass Inku nur im Höschen auf der Waage stand und mit aufgerissenen Augen auf die Gewichtsanzeige schaute. Sie drehte sich ihm zu. »Ich habe schon wieder zugenommen!«

Wie eine Kamera hielt sein Gehirn das Bild fest, dass sie fast nackt vor ihm stand und ihn erschrocken anschaute. Plötzlich, als bemerkte sie erst jetzt, dass sie fast nichts anhatte, lief ihr Gesicht rot an. Sie nahm ein Handtuch und hielt es sich vor die Brust. Zum ersten Mal hatte er ihre Paradiesäpfel mit den zarten Knospen nah und deutlich gesehen, nicht groß, aber fest.

»Du bist halt im Wachsen«, stotterte er, »da nehmen alle zu. Und außerdem«, fügte er einem Impuls nachgebend hinzu, »gefallen mir nicht gar zu schlanke Mädchen ohnehin besser. Dürre Frauen sind schrecklich.«

Schnell schloss er die Tür, Inkus Schrei konnte auch Mutter gehört haben. War es Zufall oder war die Scheu ihm gegenüber noch ungewohnt? Jedenfalls hatte sie es nicht eilig mit dem Handtuch gehabt. Mit der Zeit kam eine ganze Reihe von Szenen zusammen, jede für sich harmlos, ihre Häufung aber beunruhigte. Vielleicht achtete er mehr darauf oder aber, schoss ihm der Verdacht durch den Kopf, sie probierte aus, wie er reagierte. Eventuell beabsichtigte sie sogar, ihn zu reizen? Ein so raffiniertes Verhalten traute er ihr nicht zu, zumindest so lange nicht, bis er jenes Lächeln das erste Mal sah, ein wissendes und, wie ihm schien, auch ein berechnendes Lächeln, das ihn in Unruhe versetzte und seinen Glauben an Zufall ins Wanken brachte. Damals ahnte er nicht, dass er dieses Lächeln, das ihre Wangengrübchen hervortreten und sein Herz schneller schlagen ließ, einmal lieben würde und dass ihn die Vorstellung, dass sie es auch anderen zeigte, rasend vor Eifersucht machen würde. Es war ein anderes Lachen als jenes, das sie beim übermütigen Zwitschern der Vögel an den ersten warmen Frühlingstagen, wenn das Eis auf den Seen schmolz, sehen ließ. Das neue Lächeln schien das Versprechen zu beinhalten, ihm mehr zu geben als er sich erträumte. Er fragte sich, ob er sich alles einbildete, bis ihm ein Anlass bewies, dass sie ihn herausforderte.

Abends quälte er sich im Wohnzimmer durch das langweilige Lehrbuch, während sich Inku genüsslich auf dem Sofa gegenüber räkelte und eins ihrer geliebten Kitschromane las. Sie hatte sich halb zur Seite gedreht, ihr kurzer Rock war nach oben gerutscht, die Schenkel lagen weit hinauf frei, ein Bein hatte sie über das andere gelegt. Er merkte, dass sie ihn verstohlen musterte, warf einen Blick zu den Eltern, die sich von einem Krimi fesseln ließen, starrte auf ihre hellen Schenkel. Sie senkte das Buch und grinste, als könnte sie seine Gedanken lesen, drehte sich langsam, wobei der Rock spannte und Jan bis zum Zwickel sehen konnte. Einige Sekunden blieb sie in dieser Position, hob den Po, ehe sie gemächlich den Rock glatt strich und dabei grinste, als wüsste sie genau, was in ihm vorging. Es bereitete ihr offensichtlich Vergnügen, seine Verwirrung zu beobachten, sie hob das Buch und lachte, als hätte sie eine witzige Stelle gelesen.

Manchmal ärgerte sie ihn aus purem Übermut, bis er zornig wurde. Mit einem Gummiband schoss sie Papierkugeln auf ihn und ignorierte seine Warnung, das zu unterlassen und ob sie nicht sehen könnte, dass er lernte. Sie kicherte und schoss weiter auf ihn, bis er aufstand, sie mit einer schnellen Bewegung am Arm fasste.

Sie schrie auf. »Au, nicht so fest, du tust mir weh.«

»Dann lass mich in Ruhe!«

»Uh, der Herr ist heute aber schlecht gelaunt.« Sie entwand sich, nahm das Plastiklineal vom Schreibtisch, ließ es auf seine Hand sausen und lief los.

»He, was fällt dir ein!«, rief er, setzte ihr nach, packte sie fest, presste sie an sich. Er spürte ihre Brüste durch den dünnen Pullover, erschrak, als sich in seiner Hose etwas rührte.

Sie regte sich nicht, flüsterte: »Tut mir leid.«

Verlegen ließ er sie los, es war so schnell gegangen, dass sie kaum bemerkt haben konnte, was ihm geschehen war, nahm sich aber vor, nicht mehr mit ihr zu raufen. Der Vorfall hinderte sie nicht daran, ihn weiterhin zu reizen und hinterher so zu tun, als wäre nichts gewesen.

Waren dreizehnjährige Mädchen schon so raffiniert, fragte er sich. Tatsache war, dass sie häufiger versuchte, ihn aus der Reserve zu locken, als wollte sie zeigen, dass er nicht mehr der große Bruder war, der sie beschützte oder ihr Anweisungen gab, das zu holen oder jenes zu lassen, sondern dass ihre Beziehung eine andere Basis erhalten hatte. Versuchte er, seine alte Rolle wieder aufzunehmen, ignorierte sie seine Aufforderungen mit jenem Lächeln, das ihn abstieß, weil es berechnend wirkte, das ihn gleichzeitig anzog, weil es etwas enthielt, was als Verheißung ausgelegt werden konnte.

Des Öfteren ließ sie ihm Zeichen von Zuneigung zukommen und es schien ihr gleichgültig zu sein, wenn es Dritte mitbekamen. Zuerst deutete er sie als Zufälligkeiten, bis deutlich wurde, dass sie Aufforderungscharakter hatten. Es war ihre Art, ihn zu erinnern, dass sie etwas von ihm erwartete. Und beim Versuch, zu erraten, was sie meinen könnte, verspürte er zwar ein angenehmes Kribbeln im Bauch, ermahnte sich aber, gelassen zu reagieren, er konnte ja nicht beurteilen, ob er die Situation realistisch einschätzte.

Jahre später verstand er, ihre starke Bindung war weniger eine Folge mangelnder Gelegenheiten, sondern beruhte vielmehr auf der Tatsache, dass sich früh eine tiefe Zuneigung entwickelt hatte, die sich durch die sexuelle Anziehung verstärkt hatte. Und er hatte dem Gefühl nichts entgegengesetzt, als noch Zeit zur Umkehr gewesen wäre. Seine spontanen kurzlebigen Bemühungen, sich aus der inneren Bindung zu lösen, waren halbherzig gewesen und mussten ins Leere laufen, weil er im Grunde nie ernsthaft erwogen hatte, auf Distanz zu gehen oder die Bindung aufzulösen. Derlei Überlegungen stellte er erst an, als es für eine Umkehr zu spät war.

Versonnen schaute er von der Seite auf ihr Gesicht, während sie Bruchrechnen übte. Er hatte es ihr mehrmals erklärt, hegte mitunter den Verdacht, dass sie es längst beherrschte, wischte aber den Gedanken mit ungeduldiger Handbewegung beiseite. Eifrig schrieb, radierte und unterstrich die Kleine. Die Haare fielen ihr ins Gesicht, mit einer raschen Kopfbewegung schüttelte sie die Strähne auf die Seite, dabei öffnete sich jedes Mal ihre Bluse. Sein Blick glitt tiefer und er kam nicht umhin, festzustellen, dass sie so klein nicht mehr war. Unter der dünnen Bluse zeichneten sich ihre Brüste ab, sie trug keinen BH. Er konnte den Blick nicht von den dunklen Höfen wenden, sie zogen ihn an wie ein Magnet die Feilspäne. Sie spürte seinen Blick, hob den Kopf, schaute ihn ruhig an, las in seinen Augen, zog die Bluse straff und lächelte. Das Lächeln und die Erkenntnis, dass sie genau wusste, was er dachte und sich wünschte, versetzten ihn so in Unruhe, dass er sich mit rotem Kopf abwandte, aufstand und in die Küche ging. Der siegessichere Ausdruck entging ihm. Als er den Kopf zum Wasserhahn beugte, um zu trinken – Mutter konnte es nicht leiden, wenn er so trank –, hatte er ihre Augen mit den funkelnden Lichtern, Reflexen des durchs Fenster fallenden Sonnenlichts, vor sich. Sie hatte in seinem Gesicht gelesen wie in einem offenen Buch, hatte die Bluse straffgezogen, um besser zur Geltung zu bringen, was sie vorzuweisen hatte. Obwohl Jahre älter, kam er sich vor wie ein kleiner Junge, als wollte sie ihn mit der Nase darauf stoßen, dass sie heranwuchs. Wieder stiegen Zweifel hoch, ob er sich alles einbildete, vielleicht hatte sie den BH nur ausgezogen, weil es warm war und bequemer, oder sie wollte ihm zu verstehen geben, dass er für sie ein Neutrum war. Oder beabsichtigte sie umgekehrt, ihm zu zeigen, dass sie nicht mehr die Kleine war, die sich Schutz suchend an ihn klammerte, sondern dass zwischen ihnen nichts mehr war wie früher?

Nachdenklich ging er zurück. Sie schrieb, hatte sich die Strickjacke übergehängt. Und gerade als er den Schluss zog, die Fantasie hatte ihm wieder einen Streich gespielt, hob sie den Kopf und er entdeckte in ihren dunkelblauen Augen eine Vertrautheit mit seiner Vorstellungswelt, die ihm für Augenblicke den Boden unter den Füßen wegzog. Kein Wort war gefallen und doch hatte sie ihm zu verstehen gegeben, dass sie seine Gedankengänge durchschaute. Ihr Lächeln war ein zwiespältiges Geschenk: Nahm er es an, hatte sie gewonnen, nahm er es nicht an, verlor er möglicherweise alles, was ihm wichtig geworden war.

Rechnen erfordere Konzentration, hatte er ihr eingebläut, Radio hören störe. Dennoch hatte sie es aufgedreht, lauter als nötig, summte die Melodie mit, schaute ihn triumphierend an. Schweigend ging er in sein Zimmer, mühte sich mit Hausaufgaben ab, unfähig, sich zu konzentrieren. Sie war nicht mal dreizehn und verhielt sich, als wäre sie eine erfahrene Frau. Sonst tat er sich leicht, eine Aufgabe zu erfassen, jetzt war er nicht bei der Sache und es war nicht nur die Musik, die ablenkte. Gerade überlegte er, sie zu bitten, leiser zu drehen, da kam sie herein, stellte sich neben ihn und fragte, ob er böse sei, beugte sich nieder, um zu sehen, was er las. Wie in letzter Zeit oft sog er ihren Körpergeruch gierig ein, hielt den Atem an, als könnte er so den Duft konservieren. Ihr Geruch – ihm kam es vor, sie roch anders als sonst – war ein nachhaltigerer Sinneseindruck als der optische und akustische es war, als betäubte ihn das Aroma wie eine Droge.

»Nein, warum sollte ich böse sein?«, ging er nun auf ihre Frage ein und bemühte sich, seine Stimme gleichmütig klingen zu lassen, unterdrückte die aufsteigende Hitzewelle.

»Ich dachte nur so«, antwortete sie leichthin.

Ungewollt entschlüpfte ihm: »Du riechst so gut, ich mag deinen Geruch ...«

Der Satz wies keinen Zusammenhang mit dem vorhergehenden Gespräch auf, er hatte dergleichen noch nie zu ihr gesagt, das Blut schoss ihm in die Wangen.

»Was du bloß für Unsinn im Kopf hast!«, sagte sie lachend und tänzelte hinaus.

Alles war anders geworden, das unbeschwerte Miteinander hatte sich in ein gegenseitiges Beobachten und neugieriges Abtasten mit Blicken gewandelt. Er musste mit ihr reden, ihr sagen, dass ihn in ihrer Nähe oft dieses seltsame Kribbeln überkam, das sich nicht deuten ließ. Er beschloss, ihr in aller Ruhe auseinanderzusetzen, dass sie nicht mehr so viel zusammenstecken dürften, verwarf die Eingebung aber bald: Empfand sie nämlich nichts Vergleichbares, wären seine Empfindungen Illusion und er machte sich lächerlich.

Nach außen ließen sie sich nichts anmerken. Die Eltern hatten andere Sorgen, schließlich ging es um die Existenz des Hofs. Erstaunlich fand Jan, dass Inku vor anderen weiterhin das kleine Mädchen spielte, naiv und unverdorben. Wie es Inku gelungen war, sich in seiner Gedanken- und Gefühlswelt einzunisten und in ihr auf beunruhigende Art und Weise präsent zu sein, konnte er sich lange nicht erklären. Tatsache war, dass sie in seinem Herzen schon einen festen Platz erobert hatte, als sie beide noch nicht ahnen konnten, was sich daraus entwickeln würde. Und er wusste, dass der Versuch, ihren Einfluss auf seine Gefühlswelt zurückzudrängen, so lange zum Scheitern verurteilt war, als er es mit halbem Herzen tat und ihre Dauerpräsenz in Kopf und Seele zuließ und sogar genoss. Ihr Erscheinen im Traum beunruhigte ihn nur insofern, als er im Schlaf redete und befürchtete, sich zu verraten, wenn ihn Mutter weckte.

Während er das Frühstücksbrot kaute, meinte Mutter: »Am liebsten hätte ich dich heute schlafen lassen: Du wirktest so entspannt und hast gelächelt wie ein Baby.«

Inku, die angezogen an der Tür stand, warf ihm einen nachdenklichen Blick zu. Dann liefen sie zur Haltestelle.

Am Nachmittag erzählte sie Jan etwas Belangloses aus dem Unterricht. Er hörte nicht richtig zu, beendete einen Aufsatz für die Schulzeitung.

»Gleich«, murmelte er, »ich bin schon beim letzten Absatz.«

Beleidigt zog sie ab.

Nachdem er den Schlusspunkt gesetzt und alles durchgelesen hatte, schlenderte er zu ihr. »Also, wo brennt's?«

Sie schmollte und tat, als wäre ihr Buch so spannend, dass sie nicht zugehört hatte. Sie las viel, vor allem Romane, ihre Aufgaben machte sie in letzter Minute.

»Na, dann eben nicht ...« Er wandte sich ab.

»Ich wollte dich was fragen«, lenkte sie ein.

Er wartete.

»Heute Morgen beim Frühstück hat Mutter etwas zu dir gesagt ...«

Schweigend schaute er sie an.

Es schien ihr nicht leicht zu fallen, darüber zu reden. »Sie meinte«, zögerte sie und nahm erneut einen Anlauf, »na ja, dass du im Schlaf selig gelächelt hast wie ein Baby ...«

»Stimmt«, gab er zu. »Und?«

»Hast du wieder«, fragte sie errötend, »etwas geträumt?«

Er nickte und schwieg.

»Hast du«, ihre Stimme zitterte leicht, »auch von mir geträumt?«

»Mhm«, machte er. »Habe ich. Und nun möchtest du wissen was?«

Sie nickte und wie zur Bestätigung ein zweites Mal.

Und er erzählte es ihr ...

Es war ein ausnehmend warmer Sommerabend, als sie zum See radelten. Trotz geringer Tiefe erreichte seine Temperatur kaum mehr als sechzehn oder siebzehn Grad, auch wenn die Sonne den ganzen Tag schien. Inku war der Badeanzug so knapp geworden, dass jede Bewegung seitwärts etwas von ihrer Brust freilegte.

»Ich glaube, du brauchst einen neuen.«

»Sag das Mutter«, forderte sie ihn lachend auf und machte einen Kopfsprung vom Bootssteg. Prompt rutschte ein Träger über den Arm, keck schaute eine Brust in die Luft, als sie auf dem Rücken schwamm. Erst nach etlichen Metern spürte sie es, zog den Träger hoch, schaute hoch und grinste. »Na, was zu sehen bekommen? Kommst du nicht herein?«

Jan schüttelte den Kopf, schaute zu, wie sie auf dem Rücken zu der kleinen mit niederem Buschwerk bestandenen Insel kraulte.

3. Der Wandel (Inku)

Alles war anders geworden. Es waren nicht nur die körperlichen Veränderungen wie der Haarwuchs an Stellen, wo bisher glatte Haut war, der Ansatz des Busens, die länger werdenden Oberschenkel, der ausladende Popo, überhaupt die ganze Figur, die ihr zu schaffen machten ... Fast noch mehr verwirrte sie das sich ändernde Denken und ihre Gefühle. Es hatte sie geärgert, dass Jan als einzigem nicht aufzufallen schien, dass sie nicht mehr das kleine Mädchen war, auf das er Acht geben, deren Schularbeiten er kontrollieren sollte. Erst in den letzten Monaten hatte er nicht mehr übersehen können, dass sie nicht nur ein Stück gewachsen, sondern insgesamt erwachsener geworden war. Jungen waren eben Spätentwickler, hatte sie sich getröstet und Jan zugute gehalten, er habe sich deshalb wenig mit ihr beschäftigt, weil er mit der Schule und der Zeitung genug um die Ohren hatte.

Sein doofes Grinsen, als Mutter ihr erklärt hatte, es sei in ihrem Alter normal, vor anderen nicht mehr in Unterwäsche herumzulaufen, hätte er sich allerdings schenken können. Richtig wütend war sie geworden, als er bei ihrer ersten Regel gespottet hatte, und ihr sagte, deshalb müsse sie nicht gleich so ein Theater abziehen. Wie er wohl reagiert hätte, wenn er ohne äußeren Anlass auf einmal zu bluten begonnen hätte? Sie lachte auf, als sie daran dachte, dass bei ihm anatomisch einiges anders war, wie sie beim Umziehen am See gesehen hatte.

Mutter hatte bei Inkus erster Monatsblutung schnell reagiert, hatte diese wohl erwartet, und schon Watte und Binden bei der Hand gehabt, als sie beruhigend auf Inku eingeredet hatte.

Jan hatte zuerst nicht kapieren wollen, dass es mit dem kleinen Mägdelein, das alles für bare Münze nahm, was er ihr erzählte, und das ihm überallhin nachlief, nun ein für alle Mal vorbei war, er nicht mehr tun konnte, als hätte sich nichts geändert, sich nicht mehr blind stellen konnte gegenüber dem, was offensichtlich war. Sein Vorwurf, sie sei zickig geworden, und das habe er bei ihr nicht erwartet, zeigte, dass er von Mädchen und Frauen nicht die blasseste Ahnung hatte. Sein Gemaule über versperrte Türen, wenn sie sich wusch oder duschte und er warten musste, ignorierte sie einfach.

Doch für sie gab es Anlass zum Umdenken, etwa damals, als sie unter der Dusche stand und sich einbildete, die Schwelle der Badezimmertür knacken gehört zu haben, als stünde jemand darauf, auch lautes Atmen. Schnell hängte sie sich ein Handtuch um und verhielt sich ganz ruhig, doch da war kein Geräusch mehr. Hatte sie sich vielleicht getäuscht? War wirklich jemand dagewesen, konnte es nur Jan gewesen sein. Sie grinste beim Gedanken, dass es nicht gerade komfortabel gewesen sein dürfte, minutenlang durchs Schlüsselloch zu schauen. Sie lachte und murmelte: »Na wenn schon, dann hat er wenigstens etwas zu sehen bekommen!«

Aber die Annahme, er könnte Interesse daran haben, so etwas zu tun, verwunderte sie, denn bisher hatte er nichts dergleichen erkennen lassen. An den folgenden Tagen hörte sie die verräterischen Geräusche nicht mehr und sie war, stellte sie überrascht fest, fast enttäuscht.

Manchmal spürte sie, wie Jan sie verstohlen musterte. Sie meinte, in seinem Blick ein Staunen zu erkennen, als sehe er sie zum ersten Mal. Und noch etwas erkannte sie in seinen Augen, einen fremden Ausdruck, den sie nicht entschlüsseln konnte und der ihre Neugier weckte. Und als sie feststellte, dass Jan ähnliche Gedanken zu hegen schien wie jene Männer und Halbwüchsige, die anerkennend pfeifen, wenn sie merken, dass ein Mädchen gewachsen ist und an Stellen zugelegt hat, die ins Auge springen, empfand sie Genugtuung. Lange genug hatte er es nicht beachtet. Sie spürte, Jan war unschlüssig, wie er mit der neuen Situation umgehen sollte. Sie wollte erproben, ob und wie er auf bestimmte Signale reagierte; hatte sie sich getäuscht, vergab sie sich nichts. In ihrem Zimmer ließ sie den Büstenhalter über der Stuhllehne hängen, legte die Strümpfe parallel daneben, die Füße nach innen. Beim Frühstück bat sie ihn, ein Heft zu holen, sie müsste die Seite fertigschreiben, hätte es gestern nicht mehr geschafft. Er unterdrückte die auf der Zunge liegende Bemerkung, wenn er ständig Kitsch läse, brächte er auch nicht viel zustande.

Durch die Wimpern beobachtete sie, als er zurückkam, wie er auf ihre Brust schielte. Sie setzte sich in Positur und beobachtete befriedigt, wie er die Ausbuchtungen ihres Pullovers musterte. Offensichtlich war er beeindruckt, sonst hätte er nicht Salz aufs Brot gestreut und erst beim Hineinbeißen gemerkt, dass es bereits mit Marmelade bestrichen war. Er sah ihr spöttisches Grinsen, würgte das Brot aber hinunter.

Kaum war sie nachmittags zu Hause, lief sie ins Zimmer. Der Büstenhalter lag auf einem Strumpf, Jan hatte ihn also hochgenommen, tat aber weiterhin, als sähe er nicht, wie sie zum Teenager heranwuchs. Sie entschied, weitere Köder auszulegen und hatte ihren Spaß daran, den großen Bruder bei kleinen Heimlichkeiten zu ertappen, der nicht ahnte, dass sie davon wusste.

Auf dem Pausenhof beobachtete sie, wie er ihr mit gerunzelter Stirn Blicke zuwarf, sobald sie mit Jungen sprach. Kaum spürte er, dass sie zu ihm schaute, blickte er zur Seite. Wie alle Mädchen in ihrem Alter suchte auch sie Bestätigung dafür, nicht mehr zu den Kindern gerechnet zu werden, war aber nur daran interessiert, seine Aufmerksamkeit zu erringen. Ein Lob der Eltern, Lehrer oder anderer Jungen zählte nicht viel, er musste sich äußern. Sie empfand es als angenehme Begleiterscheinung – die Lehrerin bezeichnete die tiefgreifenden Veränderungen nüchtern als normalen Reifeprozess –, dass Jan seine burschikose kumpelhafte Art ablegte und sie vielleicht sogar eine Spur höflicher behandelte als andere, sich manchmal sogar altmodisch ritterlich gebärdete. Neu war, dass seine Augen oft suchend umherschweiften und aufblitzten, sobald er sie entdeckte. Manchmal ruhte sein Blick nachdenklich fragend auf ihr, als suchte er nach einer Antwort, die nur sie geben könnte. Gegen ihren Willen stieg ihr Röte ins Gesicht, wenn sich ihre Blicke kreuzten, und er grinste.

Es gab Tage, da er schroff und abweisend war, sie anherrschte, als wollte er sie absichtlich verletzen. Zog sie sich zurück, kam er an und sagte, es täte ihm leid, manchmal ritt ihn der Teufel. Leise fügte er hinzu, es würde die Zeit kommen, da sie verstehen würde, was in ihm vorginge. Ging sie nicht gleich auf den Versöhnungsversuch ein, beschwerte er sich, sie brauchte nicht so kratzbürstig zu sein. Sie zuckte die Schultern, antwortete, wie man in den Wald hineinrief, so tönte es zurück.

Seine plötzlichen und unbegründeten Launen ärgerten sie, weil sie öfter die Ursache für Sticheleien und Streit wurden, und zu seinem sonstigen Verhalten in krassem Missverhältnis standen. Die gereizte Atmosphäre fiel auch Mutter auf, sie fragte, warum er so hässlich zu ihr sei, sie hätten sich doch bisher gut verstanden. Jan schwieg verstockt und Inku meinte, ihn dabei aus den Augenwinkeln musternd, es ginge nicht in seinen Schädel hinein, dass sie erwachsen würde.

Jan stieß ein verächtliches »Ha!« aus, fügte hinzu: »Dass ich nicht lache: erwachsen!«

Schon wollte sie kontern, da wurde sie gewahr, dass seine Blicke anderes ausdrückten als seine Worte, sie schluckte und schwieg. Bisweilen hegte sie den Verdacht, er behandelte sie manchmal, als wäre sie Luft, um sie zu provozieren. Nachdem ihn Mutter zurechtgewiesen hatte, es gehörte sich nicht, mit Mädchen in ihrem Alter zu raufen, balgten sie sich seltener. Doch sie reizte ihn nach wie vor, obwohl sie wusste, dass er grantig wurde, wenn sie ihn beim Schreiben eines Artikels störte.

Einmal klaute sie ihm den silbernen Kugelschreiber mit den eingravierten Initialen, mit dem er eben noch geschrieben hatte und lief in ihr Zimmer, hielt die Tür zu. Er stemmte sie mit der Schulter auf, sie steckte den Stift in den Ausschnitt, grinste siegessicher, als er sich abwandte. Sie war nicht darauf gefasst, als er sich ruckartig umdrehte, ihre Hände packte, sie mit einer Hand zusammenpresste und ihr mit der anderen unter den BH griff. Doch als seine Finger ihren Busen berührten – das empfand sie keineswegs als unangenehm – ließ er los und verließ das Zimmer. Kichernd kam sie nach und warf den Kuli auf den Schreibtisch.

Half er ihr bei den Aufgaben, merkte sie, dass er auf einmal vermied, ihr nahe zu kommen. Und als sie anfangs heimlich, später mit seinem Wissen, sein Tagebuch las, verstand sie, wie genau er sie beobachtet hatte: Wie sie sich bewegte, lachend ihren Zopf nach hinten warf oder aufstand, um etwas zu holen. Und sie fand den Hinweis, dass sich seine Gedanken verhedderten, wenn sie sich zu nahe kamen und ihm ihr Geruch in die Nase stieg, er sich dann zur Ordnung rufen musste.

Schon lange hatte sie vermutet, dass er Tagebuch schrieb. Trat sie überraschend ins Zimmer, schob er hastig ein Heft in die Schublade. Das ließ ihr keine Ruhe und als er in der Schule war und sie frei hatte, ließ sie suchend ihren Blick in seinem Zimmer umherschweifen und überlegte, wo er es versteckt hätte, fand es schließlich unter der Matratze.

Kam sie mit ihrer um zwei Jahre älteren Freundin zusammen – gleichaltrige fand sie kindisch – schilderte diese ihre Erfahrungen mit Jungen, auch das, was in Romanen meist angedeutet wird. Dabei kam Inku die Idee, auszuprobieren, wie Jan auf ähnliche Herausforderungen reagieren würde, er traute einer dreizehnjährigen Göre garantiert nicht zu, sich so etwas auszudenken.

Betrachtete sie sich im Spiegel, fand sie sich hübsch und zweifelte nicht daran, dass sie ihm gefiel, wollte es aber von ihm hören. Und plötzlich begriff sie, dass sie nur ihm und niemandem sonst gefallen wollte und dass sich das schon lange so verhielt. Ihre Gedanken kreisten ständig um ihn, das war mehr als die übliche Schwärmerei eines Mädchens, das in einem entlegenen Weiler wohnte und abgesehen von Schule und Fahrt im Schulbus wenig Gelegenheit hatte, andere Jungen kennenzulernen, vor allem solche, die ihr zusagten. Fragte sie sich, was Jan auszeichnete, fiel ihr zunächst – sah sie vom Äußeren ab, das manches Mädchen zum Schwärmen brachte – sein ruhiges selbstbewusstes Auftreten ein. Obwohl er den meisten Gleichaltrigen überlegen war, blieb er bescheiden und verfügte über eine Ausstrahlung, der sich kaum jemand entziehen konnte, wer mit ihm zu tun hatte. Und es gefiel ihr, dass er sich nicht darum kümmerte, wie er bei anderen

ankam. Sie schätzte es, dass er sich nach der Arbeit die Hände wusch und duschte, wenn er verschwitzt war. Beim Mittagessen in der Schule hatte sie gesehen, dass manche Jungen keine Tischmanieren hatten. Einem, der glaubte, er sei der Schönste, hatte sie ins Gesicht gesagt, sie wollte nicht neben jemandem sitzen, der aß wie ein Schwein, da käme ihr das Essen hoch.

Mit Jan konnte sie über alles reden, ohne dass er seinen altersgemäßen Wissensvorsprung hervorkehrte. Er hatte sie als kleines Mädchen angefeuert, das Wissen zu erweitern und Gespräche mit Erwachsenen bestätigten, dass die Saat aufgegangen war. Sie hätte noch viele Gründe aufzählen können, doch ausschlaggebend war ein in den letzten Monaten entstandenes eigenartiges Gefühl, das sie mitunter glauben ließ, sie könnte fliegen, wenn sie es nur richtig wollte. Seit sie Grund hatte, anzunehmen, Jans suchender Blick galt nicht so sehr der Schwester, auf die er Acht geben sollte, sondern der heranwachsenden Frau, ahnte sie, dass sich seine Gefühle ebenfalls gewandelt hatten.

Mancher Vorfall bewies, dass sich nicht nur sein Verhalten geändert hatte, indem er mehr auf sie einging, sondern dass er sie nicht mehr als Neutrum betrachtete. Das hatte die Badezimmerszene gezeigt, als sie auf der Waage gestanden, einen Schrei ausgestoßen hatte und er mit der Frage hereingestürzt kam, ob sie sich verletzt hätte. Im Höschen auf der Waage stehend hatte sie sich umgedreht und während sie herausgesprudelt hatte, sie wiege ein halbes Kilo mehr, hatte sie registriert, dass seine Blicke mit einem Ausdruck auf ihren Brüsten ruhten, der sie erschreckte, aber auch frohlocken ließ. Die Szene hatte nur Sekunden gedauert, doch an seinen weit aufgerissenen Augen hatte sie etwas Neues gesehen. Etwas, das sie beunruhigte und nicht zu benennen wagte, aber aus Romanen wusste, was es war. Sie

hatte sich ein Handtuch vorgehalten und war sich dennoch so nackt vorgekommen wie nie zuvor. Sein Blick und das aufgeregte Stottern, sie sei eben im Wachsen, da nähmen alle zu, sowie sein Hinauseilen hatten seine Irritation offenbart. Nachdenklich hatte sie sich angezogen und überlegt, ob sein überstürztes Wegrennen auf Überraschung zurückzuführen war oder weil er sie in einem anderen Licht sah und sich das nicht eingestehen wollte. Und als sie sich an seinen Ausspruch erinnerte, ihm gefielen eher mollige Mädchen, während er dürre hässlich fände, drehte sie sich vor dem Spiegel und lächelte sich zu. Deutlich zeichneten sich die Wangengrübchen ab, die er so mochte, wie er ihr auf der Baumhütte gestanden hatte. Und er hatte auch gesagt, ihr Lachen beim ersten Zwitschern der Vögel im Frühling müsse man einfach gern haben. Sie hatte ihm einen Schmatz auf die Wange gedrückt und sein warmes Lächeln hatte sie froh gestimmt.

In einem ihrer Lieblingsromane hatte sie den Satz gefunden, das Lächeln einer Frau sei ein Versprechen. Die Formulierung hatte ihr gefallen und vor dem Spiegel fand sie, ihr Lächeln war von der Sorte, wenn sie an ihn dachte.

Seit der Badezimmeraffäre, die irgendwie mit dem Beginn der Menstruation zusammenhing, hatte sich ihre Position grundlegend verändert. Der Gedanke berauschte sie, nun über Mittel zu verfügen, um ihn aus der Reserve zu locken und sein Blut in Wallung zu bringen. Wieder ein Ausdruck aus einem Roman, der ihr gefallen hatte. Er war voller Kraft und Saft. Im gleichen Buch stand, Neugier sei eine der stärksten Antriebskräfte des Menschen. Und als sie bei ihm Nabokovs »Lolita« gefunden – er hatte das Buch so schlampig versteckt, dass zu vermuten war, sie sollte es finden – und darin geschmökert hatte, nahm sie sich vor, ihre Möglichkeiten auszureizen.

Gelegenheit dazu ergab sich bereits am Abend, als sie es

sich auf dem Sofa im Wohnzimmer gemütlich machte und las. Mutter schimpfte zwar ab und zu, dass sie so viel unnützes Zeug lese, aber Inku war in der Schule gut und Mutter hätte als Mädchen selbst gern gelesen, doch immer hatte es geheißen, dies oder jenes sei noch zu erledigen.

Jan saß am Tisch, ein Lehrbuch vor sich, erklärte, es sei so geschrieben, dass er jeden Satz dreimal lesen müsse. Inku drehte sich auf die Seite, legte ein Knie übers andere, ließ den Rock bis zu den Schenkeln hoch rutschen, beobachtete hinter dem Buch versteckt Jan. Er starrte auf ihre Schenkel, schaute kurz zu den von einem Krimi gefesselten Eltern. Inku ließ das Buch sinken und lächelte, drehte sich und hob das Knie an, der Rock spannte sich, er sah bis zum Zwickel. Sekunden verharrte sie in der Stellung, er war wie hypnotisiert, bis sie das Bein sinken ließ und gemächlich den Rock glatt strich, ihren Roman nahm und lachte, als hätte sie eine witzige Stelle gefunden. Aus den Augenwinkeln beobachtete sie, wie die Spannung in seinem Gesicht nachließ.

Seine schlechte Laune am nächsten Tag schob sie auf sein Unvermögen, mit der Situation fertig zu werden sowie auf seine Unsicherheit, wie er sich verhalten sollte. Das stimmte sie übermütig. Sie schlenderte in sein Zimmer, schoss mit dem Gummiband zu kleinen Haken gefaltetes Papier auf ihn. Mürrisch herrschte er sie an, ihn in Ruhe zu lassen, sie sähe doch, er arbeitete. Kichernd schoss sie weiter, bis er aufstand, sie am Arm packte. Auf ihren Ausruf hin, er tue ihr weh, ließ er los. Kaum dem Griff entkommen, nahm sie das Plastiklineal und ließ es auf seine Hand sausen.

»Du spinnst wohl«, schrie er, »das tut weh!«

Er packte sie und zog sie an sich. Früher hatte sie sich gewehrt und jedes Mal den Kürzeren gezogen, nun lachte sie

herausfordernd. Er presste sie fest an sich und beim Versuch, sich zu befreien, rieben sich ihre Brüste an ihm, sie fühlte sein Hemd durch den dünnen Pullover und plötzlich spürte sie etwas Hartes und Pochendes in seiner Hose, ein unbekannter Sinnesreiz durchzuckte sie wie ein Stromschlag. Unvermutet ließ er sie los, beinahe wäre sie gestürzt.

Still verließ sie das Zimmer, stand vor dem Spiegel und murmelte: »Oh la la, ganz schön durchtrieben für dein Alter!«

Die Erfahrung war interessant, sie wollte mehr erfahren, versuchte, ihn aus der Reserve zu locken, um ihm zu beweisen, dass es endgültig vorbei war mit dem Ignorieren ihrer Weiblichkeit. Und wenn er ab und zu an die alte Tour anzuknüpfen suchte, zeigte sie ihm jenes Lächeln mit den gespitzten Lippen, das er mochte und gleichzeitig hasste. Und sie wusste warum.

Als sie der Freundin andeutete, dass ihr Jan gefiel und sie es schade fand, dass er ihr Bruder war, griente die Ältere. »Kein Wunder, du hast ja keine Gelegenheit, andere Jungen kennenzulernen.« Dann legte sie den Kopf schief, guckte Inku prüfend an und erkundigte sich, ob etwa was passiert sei.

Auf Inkus empörten Ausruf, was ihr einfiele, er wäre doch ihr Bruder, lachte die Freundin und meinte, es wäre schließlich nicht das erste Mal. Inku wollte das Thema wechseln, als ihr einfiel, sie könnte Eila fragen, was das für Flecken wären, die sie auf Jans Laken entdeckt hatte. Wieder lachte Eila hellauf, wollte sich schier nicht mehr einkriegen vor Lachen, erklärte schließlich, das wäre ein eindeutiges Zeichen dafür, dass Jan dringend eine Freundin bräuchte. Als Inku nicht verstand, erklärte Eila, wie Männer ihre Lust befriedigten, wenn sie keine Frau hätten und sie fragte, ob Inku denn in Sexualkunde nicht aufgepasst hatte.

»Wäre die kostbare Flüssigkeit zur rechten Zeit ins richtige Gefäß gelangt, hätte ein Kind daraus entstehen können«, sagte

Eila grinsend. »So gesehen sind die Flecken nichts anderes als nicht zustande gekommene Kinder.« Sie schlug Inku vor, Jan bei Gelegenheit einmal heimlich zuzusehen oder, das könnte sie sich durchaus vorstellen, vielleicht hätte er nichts dagegen, wenn sie zuschaute. Inku schaute die Freundin entsetzt an. Ihr war das alles überaus peinlich, dennoch nahm sie jedes Wort auf.

»Mein Gott, so tu doch nicht so, als wäre dir das alles völlig neu! So naiv kann man doch gar nicht sein!«, sagte Eila.

Als sie sich trennten, riet ihr Eila feixend, sich einen Freund zu suchen, Praxis wäre die beste Lehrmeisterin.

Inku nahm sich vor, nie wieder jemandem etwas über Jan anzuvertrauen. Aus der Anhänglichkeit und Zuneigung hatte sich ein Gefühl entwickelt, das ihr gesamtes Denken bestimmte, sie wagte aber nicht, es zu benennen und versuchte, es vor ihm zu verbergen.

Aus ihren schlauen Büchern hatte sie entnommen, dass Jungen länger brauchten, um zu verstehen, welche Folgen die körperliche Reifung nach sich zogen. Anfangs jagte ihr die Erkenntnis, dass sich seine Anziehungskraft nicht auf die Gefühlsebene beschränkte, sondern auch auf das Körperliche erstreckte, Schrecken ein. Doch als sie zunehmend von ihm träumte und im Schlaf spürte, wie etwas mit ihr geschah, wenn sie ihrer Sehnsucht nachgab und ihn zärtlich erlebte, ließ sie es gern zu, solange er nichts davon merkte. Verwirrend fand sie, dass die Bilder der Traumwelt auch tagsüber präsent blieben, doch nach kurzer Zeit wehrte sie sich nicht mehr gegen die verführerische Bilderwelt. War er in der Nähe und sie schaute ihn an, wurde ihr warm. Jan ahnte nichts davon und sie hütete sich, ihm gegenüber eine Andeutung zu machen. Sie nutzte jede Gelegenheit, mit ihm zusammenzusein und, obwohl sie

das Bruchrechnen längst beherrschte, ließ sie es sich erneut erklären, machte Fehler, damit er mit ihr übte. Der Blick, mit dem er auf ihre Brust starrte, entging ihr nicht, sie hatte den BH ausgezogen, ihr Busen zeichnete sich deutlich unter der dünnen Bluse ab. Mit einem Lächeln zog sie die Bluse straff, wusste, der dünne Stoff betonte mehr als er verbarg. Jäh stand er auf, lief mit rotem Kopf in die Küche, verpasste den triumphierenden Ausdruck in ihren Augen. Auch wenn sie vier Jahre jünger war, hatte sie längst begriffen, dass es keine Kunst war, ihn zu reizen und zu manipulieren. Sie hängte sich die Strickjacke über, ließ gerade so viel sehen, dass sich der Fisch nicht vom Haken riss. Ihre dunkelblauen Augen musterten ihn verstohlen und als er den Kopf neigte zum Zeichen, ihren Sieg zu akzeptieren, lächelte sie stolz. Er hatte immer gepredigt, Radio hören störe beim Rechnen, nun drehte sie die Musik auf und summte mit. Er verließ ihr Zimmer, sie folgte und fragte, ob er böse sei.

»Nein, warum?«

»Nur so.«

Sie beugte sich zu ihm, als wollte sie sehen, was er las. Da rutschte ihm der Satz heraus: »Du riechst so gut.« Kaum ausgesprochen, schoss ihm das Blut in die Wangen.

Inku lachte auf und sagte: »Was du bloß für Unsinn im Kopf hast!«, und tänzelte hinaus. Sie war leichtblütiger als Jan, geriet dennoch bisweilen über ihr Verhältnis ins Grübeln, vor allem, als er begann, Fragen zu stellen, bei denen sie zunächst nicht erriet, auf was er hinauswollte. Er sprach Dinge an, über die sie noch nie geredet hatten, interessierte sich für ihre Kleidung und Körperpflege, fragte nach Gewohnheiten, tastete sich an Zonen heran, die sie nicht einmal mit der Freundin besprochen hätte, stellte oft mehrdeutige Fragen, die überraschende Reize

auslösen konnten. Ihr gefiel es, wenn er gewagte Szenen, ob Fantasie oder Wirklichkeit, mit wenigen Worten andeutete. Sie liebte dieses Spiel, war gelehrig und verstand gleich, was er meinte, es war eine Sprache in der Sprache.

Einmal beim Frühstück ließ Mutter einen Satz fallen, der Inku nicht mehr aus dem Kopf ging: Sie hätte Jan am liebsten schlafen lassen, er habe entspannt gelächelt wie ein Baby. Am Nachmittag fragte Inku ihn, doch er wimmelte sie ab, war mit der Zeitung beschäftigt. Als er später kam und wissen wollte, was denn so wichtig gewesen sei, tat sie, als wäre sie ins Buch vertieft und hätte nichts gehört.

»Na, dann eben nicht.« Er ging zur Tür.

Sie lenkte ein. »Ich wollte nur etwas fragen.«

Schweigend wartete er und als er sich achselzuckend umdrehte, weil nichts kam, fragte sie, ob er, als Mutter sein zufriedenes Lächeln im Schlaf erwähnt hatte, von ihr geträumt hatte.

»Habe ich.« Er grinste. »Und das neugierige Mädchen will nun wissen was?«

Eifrig nickte sie.

»Na gut.« Einen Augenblick zögerte er. »Ich habe im Bett gelegen, nicht einschlafen können und plötzlich ist die Tür gegangen, du bist hereingeschlichen, hast geflüstert, dir sei kalt und bist zu mir gekrochen.«

Ob das alles gewesen sei, wollte sie wissen.

»Natürlich nicht, aber es wäre nicht klug, mehr zu erzählen.«

»Feigling!«

»Na schön, wenn du unbedingt willst ... Aber du darfst nie mit jemandem darüber reden, hörst du, nie!«

»Bin doch nicht blöd ...«

»Und nicht eingeschnappt sein wie letztes Mal.«

Sie sah auf, schüttelte den Kopf.

»Nun, ich habe dich an mich gedrückt und du hast gesagt: ›Du hast ja nichts an!‹ Ich antwortete, dass ich immer nackt schlafe und dann, es sei angenehm, dich zu spüren. Und du hast deine Arme um mich gelegt.«

Er legte die Hand auf ihren Kopf, strich sanft über die Haare. Inku spürte Röte ins Gesicht steigen, bestand darauf, auch das Ende zu erfahren. Mit dem Handrücken streichelte er ihre Wange.

»Deine Hand tastete sich nach unten und hat mein bestes Stück berührt. Du bist zurückgezuckt, als wäre es glühendes Eisen, aber die Hand ist wiedergekommen, hat es umklammert. Ich habe deine Hand geführt und es war wunderbar, bis du gerufen hast, du seiest auf einmal ganz nass. Da bin ich aufgewacht, das muss gewesen sein, als mich Mutter weckte.« Er lachte. »Jetzt bist du bis zu den Haarwurzeln rot geworden!«

Nicht immer verstand sie alle Details, zumal er manches absichtlich im Unklaren ließ, versäumte es aber nie, ihn nach seinen Träumen zu fragen. Er schmückte sie aus, ihr gefielen die Fantasien und Situationen aus der Scheinwelt, die er mit ein wenig Realität mischte. Manchmal rutschte sie unruhig auf dem Stuhl hin und her, wenn er einen Traum erzählte, selten unterbrach sie ihn mit einem: »Nun ist's aber genug!«, oder mit: »Halt, nicht weiter!« Aber das nächste Mal wollte sie unbedingt hören, was er letztes Mal nicht fertig erzählt hatte.

Je tiefer er sie in seine Traumwelt führte und in der Fantasie Tabus verletzte, desto mehr genoss sie es. Er schilderte die Methode, die er sich angeeignet hatte, um Träume zu lenken, aber Inku wollte eigentlich nur hören, dass sie darin die Hauptrolle spielte.

An warmen Abenden radelten sie öfter zum kleinen See, um zu schwimmen. Die Badesachen hatten sie unter den Kleidern

an. Jan stellte grinsend fest, ihr wäre der Badeanzug wohl schon zu eng. Inku lachte übermütig und meinte, es hätte ihn sonst nie gestört, wenn er mehr zu sehen bekäme als gut für ihn wäre. Er könnte es gern Mutter sagen, dann bekäme sie eher einen neuen.

»Es stört mich nicht, das weißt du. Aber wenn du ins Schwimmbad gehst ... Ich meine«, stotterte er, »du musst anderen nicht so viel zeigen.«

»Oh«, lachte sie auf, »daher weht der Wind! Du wirst doch nicht eifersüchtig sein?«

Jan schaute sie an, schwieg. Sie machte einen flachen Kopfsprung, ein Träger rutschte runter, eine Brust guckte frech in die Luft, als sie auf dem Rücken schwamm. Im seichten Gewässer stehend holte sie mit der Hand aus, wollte ihn nass spritzen, bemerkte ihre Blöße, schaute hoch, lachte und zog das Oberteil hoch, schwamm hinaus. Sonst war er ihr gefolgt, nun blieb er am Ufer. Sie überlegte, ob das mit den dunklen Blicken zusammenhing, mit denen er sie beobachtet hatte.

Sie stieg ans Ufer, Tropfen liefen vom Badeanzug über Schenkel und Beine. Abgewendet zog sie sich geschickt unter dem großen Badetuch aus, trocknete sich ab. Sie bückte sich, nahm Höschen und BH auf, das Tuch klaffte auseinander. Zwischen ihren Pobacken sah er die feuchten Härchen glänzen.

»He, das gehört sich nicht, schau gefälligst weg!« Ihre Zurechtweisung klang bestimmt, doch nicht unfreundlich.

Beim heimlichen Lesen in seinem Tagebuch dachte sie nach, wie sie ihn dazu bringen könnte, mehr zu wagen. Sie überließ sich der Fantasie, summte vor sich hin. Nun, da sie wusste, dass sie in seinen Träumen präsent war, wollte sie die Grenze, die er nicht zu überschreiten wagte, verschieben. Da er der Dreizehnjährigen eine solche Durchtriebenheit nicht zutraute,

zumal sie sich vor anderen weiterhin kindlich gab und alle ihr die Naivität abnahmen, fiel es nicht schwer, ihr Vorhaben auszuführen. Jan merkte zuerst nicht, dass sie sich richtige Strategien ausdachte, um seine Aufmerksamkeit zu erregen und ihn zu locken. Er hatte wohl überhaupt nicht erwartet, dass sie das Gesetz des Handelns an sich ziehen würde.

Bisher war es ein lässig-lockeres Spiel ohne Folgen, beide hätten der Behauptung, aus dem Spiel könnte Ernst werden und dann könnte es zu spät sein, vom fahrenden Zug abzuspringen, vehement widersprochen.

Die Wochen liefen im Sauseschritt, der kurze Sommer neigte sich dem Ende zu, das Laub der Birken und die Blätter der dichten Moos- und Preiselbeersträucher schmückten sich mit leuchtenden Farben. Der Abschied vom Sommer mit seiner Freiheit und Helligkeit bedrückte Inku. Einzig der Gedanke, in der langen winterlichen Dunkelheit würde Jan mehr Zeit für sie haben, schenkte ihr Trost.

4. Das Spiel

Dichtes Schneegestöber jagte den Herbst unwiderruflich in die Flucht. Wälder und Moore versanken in einem langen, tiefen Schlaf. Tagelang hatte es geschneit, der Schulbus musste sich durch ständig neu bildende Verwehungen kämpfen, obwohl der Pflug mehrmals am Tag fuhr. Nachbarn oder Schulfreunde zu besuchen, war ein schwieriges Unternehmen. Jan und Inku waren mehr aufeinander angewiesen als sonst und ihnen war das recht, so fanden sie Gelegenheit zum Erzählen. Mutter wunderte sich, was die beiden ständig zu beschnattern hatten, wie sie das nannte, war aber froh, dass sie sich wieder verstanden.

Inku liebte die kuschelige Atmosphäre, zündete eine der orangen Kerzen an, von denen sie etliche in Glasschalen auf dem Fensterbrett stehen hatte. Zum Geburtstag und anderen Festtagen schenkten ihr Verwandte und Freunde Kerzen. Zu Jan hatte sie gesagt, es könnte sein, dass sich jemand im Schnee verirrt und durch ihr Kerzenlicht den Weg findet. Er hielt das für Unsinn, die Lampe vor der Haustür war bei solchem Wetter immer an und dieses Licht war tausendmal heller als ihre Kerzen, aber das behielt er für sich.

Er schilderte einen Traum, schmückte ihn aus, als ihm einfiel, er könnte aus den Erzählstunden ein amüsantes Spiel mit Regeln entwickeln. Zunächst galt es, ihre Neugier zu wecken und sie dann dazu zu bringen, sich einzubringen. Um sie nicht zu verschrecken, ging er behutsam vor, deutete vieles an, war erstaunt, wie schnell sie erfasste, wohin die Reise gehen sollte,

als hätte sie verwandte Gedanken. Schließlich schlug er vor, sie sollte ihre Träume auch erzählen. Sie wandte ein, selten zu träumen und wenn, merkte sie sich wenig, in der Erinnerung blieben nur Traumfetzen hängen.

»Nimm dir fest vor, zu träumen und dann aufzuwachen, dann merkst du dir eher etwas. Mit der Zeit klappt es, bei mir hat es das jedenfalls. Und du magst meine Träume doch, oder?«

Sie lächelte und nickte. »Aber sicher. Schon deshalb«, gab sie zu und grinste, »weil ich im Mittelpunkt stehe.« Sie überlegte. »Aber auch, weil ich Dinge erfahre, die du sonst nie preisgeben würdest; auch wenn du ziemlich viel hinzudichtest.«

Sein Lachen nahm sie als Bestätigung.

»Lass mir Zeit, irgendwann werde ich meine Träume erzählen.«

Nachdem sie begriffen hatte, auf was seine Wünsche abzielten, wollte sie mehr hören, nicht jedes Mal nur den Anfang. Ihm ging es zunächst darum, durch das Ausmalen der Träume zu erfahren, wie sie reagierte. Bald reichte es, etwas anzudeuten und sie erriet, was er ausdrücken wollte. Selten blockte sie ab, weil es ihr zu weit ging. Die Pausen hielten nie lange an, bald kam sie wieder zu ihm, redete um den heißen Brei herum und er ließ sie zappeln, bis ihre Neugier die Hemmungen überwand. Allmählich erhöhte er die Dosis an Doppeldeutigkeiten und ermunterte sie, aus sich herauszugehen und das Spiel aktiv mitzugestalten. Es dauerte nicht lange, da begann sie, Situationen auf ihre Weise zu beschreiben und umzugestalten, neue Varianten einzubringen, mauserte sich zur ebenbürtigen Partnerin und, was er nie zu hoffen gewagt hatte: Sie übernahm zunehmend die Federführung. Er akzeptierte den Rollentausch, zumal sie vor anderen nach wie vor tat, als wäre er nur ihr Beschützer.

Die Idee vom Spiel hatte ihr sofort gefallen, am liebsten

hätte sie gleich damit begonnen. Doch hatte er ihren Eifer gebremst und erklärt, wie jedes Spiel habe auch dieses Regeln, an die sich die Teilnehmer zu halten hätten.

»Unseres hat«, schärfte er ihr ein, »nur drei Regeln, aber die sind streng verbindlich: Teilnehmer sind nur wir beide; keiner tut dem anderen weh; es muss unser Geheimnis bleiben! Bist du nicht bereit, die Regeln zu beachten, ist nix mit dem Spiel.«

»Soll ich schwören?«

Er schüttelte den Kopf. Beiden war klar, dass das Spiel mit ihrem Reifungsprozess zusammenhing. Zwar gab es Phasen, da Inku kurz aussetzte, aber stets war die Neugier stärker und sie drang darauf zu erfahren, wie die Geschichte weiterging. Sie ließ sich gern davon überzeugen, dass nichts Schlechtes an ihrem Spiel sein könne, es seien bloß Fantasien, kaum je passiere etwas. Inku war erstaunlich rasch mit seiner Gedankenwelt vertraut, schmückte seine Ideen aus und erhöhte den Reiz, indem sie sich passende Handlungen ausdachte. Sie fühlte sich so in seine Vorstellungen ein, dass er ihr immer öfter das Steuer überließ. Und er akzeptierte, dass sie darüber entschied, ob sie ihn belohnen oder bestrafen wollte.

Hin und wieder meldete sich sein Gewissen. Es ließ sich aber leicht beruhigen, es sei ein harmloses Spiel. Das Vorgefühl, es könnte sich eines Tages gegen den Urheber richten, verdrängte er. Bald gab Inku die Richtung vor, legte Grenzen fest, billigte Ideen und Handlungen oder lehnte sie ab. Der Übergang zwischen Fantasie und Realität war fließend, die Gesten und scheinbar zufällige Berührungen hätte ein Außenstehender als alltägliche Zeichen der Zuneigung interpretiert. Es war ein schmaler Grat, auf dem sie balancierten.

Erst Jahre später sprachen sie darüber, wann es zu ersten Grenzüberschreitungen gekommen war, sie konnten es aber

nicht präzise festmachen, die Scheidelinie verlief unscharf, als läge sie im Dunst. Die Frage, ob ihm ein Teufelchen die Idee eingeflüstert hatte oder ob die Idee wie ein Samenkorn auf die Chance gewartet hatte zu keimen und zu gedeihen, um hartnäckig wie Huflattich, der sich durch den Asphalt bohrt, emporzuschießen, stellte er sich erst, als die Lage unumkehrbar geworden war ...

Und erst da gestand er sich ein, dass es keine geheimnisvolle Kraft gewesen war, die ihn verführt hatte, sondern sein Wille. Er hätte voraussehen müssen, dass ein Windhauch genügte, um die Glut anzufachen. Die Gefahr hatte er ignoriert, insgeheim sogar erhofft, dass aus dem Schwelbrand ein Feuersturm entstünde. Gezielt hatte er darauf hingearbeitet, Inku zu verleiten, auf seine Fantasien einzugehen, ihr seine Wunschträume schmackhaft zu machen, sie zum Mitmachen zu bewegen. Beabsichtigte sie, abzuspringen, gelang es ihm mühelos, sie umzustimmen. Ihm war klar, dass sie Tabus verletzten, doch das schlechte Gewissen ließ sich schnell einschläfern: Gedanken, Wünsche und Träume wären nicht strafbar, solange sich das Handeln in erlaubten Grenzen abspielte.

Trotz Vaters Zugehörigkeit zur konservativen lutherischen Erweckungsbewegung, die strenge Moralvorstellungen predigte, war ihre Erziehung frei gewesen, hatten sie sich nicht gegen lähmende Traditionen, Zwänge und Beschränkungen auflehnen müssen. Lediglich in der Sauna hatte Vater auf Geschlechtertrennung bestanden.

Jan verstand erst, als es nicht mehr zu übersehen war, dass Inku bereitwillig an dem unsichtbaren Netz geknüpft hatte, in dem sich beide fangen sollten. Er hatte nicht vermutet, dass das unerfahrene naive Mädchen den Anstoß zum Umschlag ihres Spiels in eine andere Qualität geben würde, hatte nicht

erwartet, dass es erst durch ihre aktive Mitwirkung zu dem geworden war, zu dem es letztendlich wurde. Nach außen gab sie sich nach wie vor als Kind, als Jan aber Nabokovs »Lolita« gelesen hatte, fand er den Ausdruck Kindfrau treffender, auch wenn ihn sonstige Vergleiche befremdeten. Ihr Denken war – altersgemäß verschoben – dem seinen so ähnlich, dass das Spiel geradezu in gefährliche Bahnen geraten musste. Inku strengte sich an, seine Fantasie zu überbieten, die Verwandtschaft ihrer Seelen war augenscheinlich. Das erschreckte ihn, wenn er in die Abgründe seiner Seele schaute.

Als ihm später Gewissenskonflikte zu schaffen machten, beschuldigte er sich, die Anfänge nicht unterbunden zu haben, doch war die Verlockung zu groß gewesen, er war bereits Gefangener eigener Gelüste. In solchen Phasen der Besinnung gestand er sich ein, dass er Inku auch dann zum Mitmachen verleitet hätte, wenn er die Folgen vorausgesehen hätte. Der Reiz zu erfahren, wie weit sie gehen würde, war groß, und als er feststellte, dass sie nicht nur begeistert mitspielte, sondern ihn sogar zu übertrumpfen trachtete, fand er keinen stichhaltigen Grund mehr zur Umkehr.

Mitunter machte ihm der abrupte Wechsel ihrer Launen zu schaffen, doch Mutters Prophezeiung, die Launenhaftigkeit lege sich nach der Pubertät, beruhigte, er ertrug ihre Zicken mit Gelassenheit. Ihr mitunter kränkender Ton war ein Versuch, sich vor Verletzungen zu schützen, konnte aber seine Überzeugung, zwischen ihnen bestünde eine durch nichts zu erschütternde Eintracht, nicht ins Wanken bringen.

Auf den ersten Blick harmlose Situationen gaben dem Spiel prickelnde Anstöße, etwa, als Inku ins Zimmer kam, aufs Bett stieg, sich auf die Zehenspitzen stellte, um Papier aus dem Regal zu holen. Ihr knackiger Popo zeichnete sich durchs dünne Höschen ab.

»Du solltest nicht so vor mir herumklettern«, sagte er leise.

Schnippisch antwortete sie: »Möchte der Herr denn lieber eine andere sehen?«, und stürmte hinaus, ließ die Tür ins Schloss fallen.

Er ging ihr nach. »Das ist Quatsch und du weißt es! Du vergisst, dass ich fast siebzehn bin.«

»Na und?«, fragte sie kühl, zog vor dem Spiegel den Kamm durch ihr Haar. »Ist das auch schon ein Verdienst?«

»Nein, ist es nicht. Aber«, antwortete er langsam, »du bist ein hübsches und gut gebautes Mädchen. Wäre ich nicht dein Bruder, würde ich mich sofort in dich verlieben.«

Von einem Augenblick zum anderen wechselte ihr Gesichtsausdruck, sie drehte sich ihm zu. »Gefalle ich dir wirklich?«

»Ja, Herrgott noch mal«, explodierte er und vergaß seinen Vorsatz, ruhig zu bleiben und sich nicht provozieren zu lassen, »du gefällst mir sogar sehr gut, viel zu gut!«

Sie trat zu ihm, zupfte ihn übermütig am Ohr, wie sie es früher getan hatte, wenn sie gerauft hatten, es war ihr Signal, den Griff zu lockern, sie gebe auf. Ganz unerwartet schmiegte sie sich an ihn, flüsterte: »Lieb, wie du das gesagt hast.«

Das kam mit einer Sicherheit, als verfügte sie über reichhaltige Erfahrungen. Während sich ihr Verhalten vor anderen nicht änderte, war sie wie verwandelt und forderte ihn heraus, wenn sie allein waren. Das gefiel ihm zwar, stieß ihn aber auch ab, es wirkte, so unglaubwürdig das klang, irgendwie professionell. Dennoch schaffte er es nicht, das unterschwellig Lockende und Werbende zu ignorieren, obwohl er die zu erwartenden Schwierigkeiten vorausahnte. Er trieb das Spiel weiter, schob alle Bedenken beiseite, sagte sich, von einem Alkoholiker erwarte auch niemand ernsthaft, die Flasche stehen zu lassen, nur weil allgemein bekannt sei, Alkohol zerstöre Körper und Seele.

Es war ein Zwiespalt, dem er nur hätte entkommen können, indem er fortgezogen wäre. Doch wovon leben und wie es den Eltern beibringen? Er hatte keinen Beruf erlernt, und er wollte nicht von ihr fort, war bereits abhängig.

Unmerklich hatte sich die Zuneigung in Leidenschaft verwandelt, die wie ein Geschwür das logische Denken überwucherte. Was sonst um ihn herum geschah, war zweitrangig geworden, diente lediglich der Überbrückung der Zeit zwischen jenen Situationen, auf die sich sein Sehnen richtete. Seine halbherzigen Versuche, gegenzusteuern, mussten scheitern, denn er war nicht wirklich gewillt, dem Spiel ein Ende zu setzen. Er ließ Inku im Glauben, das Spiel sei harmlos, könnte jederzeit von ihnen beendet werden, wäre nicht viel mehr als ein verrückter Einfall, der Spaß brachte. Erfassten ihn Zweifel, ob er in ihre Blicke, Gebärden und Handlungen etwa zu viel hineininterpretierte, erhöhte er Tempo und Intensität des Spiels. Ein Rätsel blieb, wie ein Mädchen in dem Alter so mit Gefühlen spielen konnte. Lag das in den Genen oder war das allgemein eine Begabung des weiblichen Geschlechts?

Im Alltag änderte sich wenig: Wie immer liefen sie zum Bus, nur dass sie sich jetzt, kaum außer Sichtweite, an den Händen hielten, sich scheu umarmten oder auch etwas verlegen streichelten. Kam der Schulbus, setzten sie sich zu den Altersgenossen. Unterhielt er sich auf dem Schulhof mit einem Mädchen, spürte er ihren Blick auf sich ruhen, schaute er zu ihr, wandte sie sich ab.

Am Nachmittag half er Vater auf dem Feld und im Stall, fuhr Traktor. Nach dem Abendessen fragte ihn Inku Vokabeln ab, setzte sich im Schneidersitz aufs Bett, hielt das Heft in den aufgestützten Händen. Er tat sich schwer mit dem Auswendiglernen, bat sie, mit ihm zu üben. Insgeheim hoffte er,

dass sie ihm wieder Einblicke gewährte, auf die er sehnsüchtig wartete. Ob absichtlich oder unbewusst, jedenfalls hatte sie die obersten Knöpfe ihrer Pyjamajacke offengelassen, er sah die Ansätze ihrer Brüste, konnte seinen Blick nicht abwenden, verhedderte sich dauernd. Es gehörte zum Spiel, dass sie ihn ermahnte, die Vokabeln müsse er noch üben, dachte aber nicht daran, die Knöpfe zu schließen. Ihre Gewohnheit, die abgewinkelten Arme nach hinten zu strecken, ließ die Jacke weiter auseinanderklaffen und ihr spöttisches Grinsen zeigte ihm, dass sie wusste, warum er sich verhaspelte.

Scheinheilig fragte sie: »Soll ich gehen, damit du dich besser konzentrieren kannst?« Ihr verhaltenes Lachen klang wie das Gluckern eines Bächleins.

Er schüttelte den Kopf, schluckte, der Gaumen war ganz trocken. »Nein, geh nicht«, flüsterte er heiser. »Sie sind so schön ...«

»Mutter kann jeden Augenblick hereinkommen.«

»Sie ist bei den Tieren.« Er horchte. »Doch halt, ich glaube, jetzt höre ich was. Sie kommt.«

Inku stand auf, gab ihm das Heft, sagte: »Na, dann lern noch fleißig!« Unverhofft nahm sie seine Hand und legte sie auf ihre linke Brust, dann eilte sie zur Tür, rief ihm zu: »Schlaf gut und träume süß!« Sie spitzte den Mund, schickte ihm einen Kuss und lächelte.

Verblüfft fragte er sich, ob es wirklich gewesen war oder ob er es geträumt hatte. Ungläubig blickte er auf seine Hand, bildete einen Hohlraum, bis er meinte, das sei der Größe angemessen. Zum Frühstück kam er erst, als er einen Blick in den Wäschekorb geworfen und seine Beute in Sicherheit gebracht hatte. Das Brot aß er auf dem Weg zum Bus. Anders als sonst setzte sie sich neben ihn, schlief an ihn gelehnt ein.

Er ließ sie schlafen. Mitschüler grinsten, Jan fixierte sie, bis sie wegguckten, vor seinen Fäusten hatten sie Respekt. Der Bus hielt vor dem Schulgebäude, wie jeden Tag gab es ein Gedränge, alle machten sich einen Spaß daraus, zuerst rauszukommen.

»Hilfst du mir heute wieder mit Mathe?«, fragte sie leise und schenkte ihm ihr Lächeln, das sein Herz schneller schlagen ließ. Er nickte. Die Schüler liefen die Treppe hoch, zogen lärmend in die Klassen, Jan ließ sich Zeit. Im Unterricht konnte er sich kaum konzentrieren, der Lehrer fragte ihn etwas, Jan stotterte herum, ungewöhnlich bei ihm. Der Pauker bat ihn, in der Pause zu bleiben, fragte, ob es zu Hause Probleme gäbe, er wäre in letzter Zeit nicht bei der Sache. Jan schüttelte den Kopf. Der Lehrer meinte, es wäre nicht klug, sich das Zeugnis zu versauen. Jan versprach Besserung. Irgendwie ging auch dieser Schultag vorbei. Nachmittags half er Vater auf dem Feld, und es dunkelte bereits, als sie nach Hause kamen.

»Beeilt euch, gleich gibt es Abendessen«, rief Mutter.

Jan seifte sich in der Dusche im ersten Stock ein, rieb Shampoo in die Haare, hörte nicht, wie die Tür aufging.

Inku steckte den Kopf herein und fragte laut, als riefe sie durch die geschlossene Tür: »Bist du bald fertig? Wir warten.«

Er riss die Augen auf, sah, wie sie auf seine Mitte starrte. Haarwaschmittel rann ihm in die Augen. »Verdammter Mist«, fluchte er, »das brennt!«

Sie kicherte, starrte auf sein Geschlecht, ehe sie die Tür ins Schloss zog.

Beim Essen war ihr nichts anzumerken, erst als Mutter was vom Herd holte und Vater sich ein Bier aus dem Kühlschrank nahm, grinste ihn Inku an und errötete. Eigentlich war es nicht mehr erforderlich, aber sie zeigte ihm ihre Hausaufgaben und sie waren wie immer in Ordnung. Die Eltern meinten, ihre

Leistungen wären so gut, bald brauchte sie seine Hilfe nicht mehr. Beim Gutenachtgruß warf sie ihm einen Blick zu, den er nicht zu deuten wusste, und lag lange wach. Am nächsten Tag teilte sie ihm beim Essen mit, sie käme mit Geometrie nicht zurande.

»Na, da musst du wieder ran, Junge, es nützt nichts«, sagte Mutter.

»Ich muss doch selbst lernen und Vater helfen«, wandte er ein.

»Dann wird es Vater eben allein schaffen müssen«, entschied Mutter.

Kaum hatte Inku das Heft aufgeschlagen, fragte sie, ob er ihr nicht mehr helfen wollte. Und auf einmal wurde ihm klar, er würde das schelmische Lächeln vermissen, wenn er in die Stadt zog. Nachdenklich schüttelte er den Kopf.

»Bist du sauer wegen neulich, als ich in die Dusche guckte?«

Er lachte und fragte: »Hast du wenigstens gesehen, was dich interessiert hat?«

Kichernd hielt sie das Heft vors Gesicht. »Ein bisschen schon, er ist so ...« Unvermittelt, als käme ihr jetzt erst in den Kopf, über was sie sich unterhielten, brach sie ab. »Also, wie geht das mit dem langweiligen Pythagos oder so ...«

»Pythagoras«, grinste er.

Eine Zeitlang arbeiteten sie. Mutter brachte Obstschnitten, sagte, sie fahre mit dem Rad zur Nachbarin, sei gegen sechs zurück. Sie hörten das Gatter aufgehen und das Quietschen des Fahrrads.

»Gehört geölt«, murmelte er.

Als sie etliche Würfel und Pyramiden konstruiert hatten, schlug sie vor: »Noch eine, dann sitzt es, aber zuerst muss ich aufs Klo.« Sie kam zurück, schob ihren Stuhl an seinen.

Er zeigte mit dem Finger auf eine Nummer im Buch mit einem Kreis. »Die noch.«

Sie zeichnete ein Dreieck. Die obersten Knöpfe ihrer Bluse waren offen, darunter hatte sie nichts an. Sekunden kämpfte er mit sich, dann schob sich seine Hand unter die Bluse, mit den Fingern streichelte er ihre linke Brust. Sie legte den Bleistift weg, lehnte sich an ihn, flüsterte: »Das ist angenehm, die andere auch.«

Er beugte sich hinunter, um sie zu küssen, da rief sie: »Nicht Jan, ich höre was!«

Sie fuhren auseinander, er schaute durchs Fenster. »Sie ist früher zurück, ich geh lieber.« Die Hand am Türgriff sagte er leise: »Schade. Sie fühlen sich wunderbar an. Ich mag dich, ich mag alles an dir ...«

Sonst liefen sie immer in letzter Minute zum Bus, an diesem Morgen waren sie früher dran, warteten an der Biegung.

»Sag«, fragte Inku, »hast du das gestern ernst gemeint ...«

»Du meinst, dass sie sich wunderbar anfühlen, deine Äpfelchen?«

Stirnrunzelnd schaute sie ihn an. »Jan, mir ist nicht nach Witzen zumute!«

»Du willst wissen, ob ich dich gern habe?«

Sie nickte.

»Ja, es stimmt. Und damit du es weißt: Ich mag alles an dir, hörst du, alles!«

Unversehens nahm sie seine Hand und drückte einen Kuss auf die Innenfläche. »Ich mag dich auch«, sagte sie scheu. Sie sahen sich an, da hupte der Bus. Wie abgesprochen setzten sie sich weiterhin getrennt. In der Pause im Hof hörte sie Jan mehrmals fröhlich lachen. Auf der Rückfahrt war keine Gelegenheit zum Reden, Inku nahm eine Mitschülerin mit,

um mit ihr für die Englischarbeit zu lernen. Abends holten die Eltern ihre Freundin ab. Inku hatte schlechte Laune. Auf seine Frage, was ihr über die Leber gelaufen sei und ob es an ihm liege, schaute sie ihn an und schüttelte den Kopf.

»Nein, es ist die Regel.«

Die Tage wurden lang, der Sommer nahte, sie richteten die Baumhütte her, auf die sie flüchteten, um ungestört zu sein. Im Tagebuch beschrieb er eine Situation, die sich dort zugetragen hatte. Sie waren auf ihren Leberfleck am Hals zu sprechen gekommen, den sie mit den Haaren oder einem Tuch verdeckte.

»Ich habe auch einen Leberfleck!«, rief er und fuhr sanft mit dem Finger über ihren Fleck.

»Und wo?«, fragte sie.

Er zögerte mit der Antwort. »Das kann ich dir nicht sagen.«

»Das gibt's nicht: Neugierig machen und dann kneifen!«

»Also wenn du es unbedingt wissen willst ... Aber du musst versprechen, es nie jemandem zu sagen!«

»Versprochen.«

Er neigte sich zu ihrem Ohr und flüsterte: »An einer bestimmten Stelle und der Fleck ist klein, vielleicht ein Viertel von deinem.«

Ungeduldig wandte sie ein: »Mach's nicht so spannend, wo denn nun?«

Noch immer flüsternd: »Am Penis.«

Sie wurde puterrot. »Du machst Witze!«

»Soll ich ihn dir zeigen?«

Sie nickte und er machte den Gürtel auf, zog Jeans und Unterhose herunter, da schnellte sein bestes Stück hervor. Inku zuckte zurück, aber ihre Blicke ließen es nicht los. Er nahm es, bog es nach vorn, strich die Haare beiseite, flüsterte: »Hier am Schaft, siehst du?«

Mit großen Augen beugte sie sich vor. »Tatsächlich!«, rief sie.

Er nahm ihre Hand, zog sie zu sich. »Du kannst es fühlen ...«

Erschrocken sprang sie auf, wäre fast vom Baum gefallen. Schnell machte er den Laden zu als sie fluchtartig die Strickleiter hinabkletterte.

Er wachte auf. Die unbequeme Stellung hatte ihn geweckt, fragte sich verwirrt, ob er ihr den Leberfleck wirklich gezeigt oder ob er das nur geträumt hatte ...

In der Küche sagte Mutter, er sei für derartige Kindereien, wie mit Inku auf die Baumhütte zu klettern, eigentlich schon zu alt. Ruhig blickte er Mutter an, erwiderte nichts.

»Gott, manchmal hast du eine Art – wie dein Vater! ... Offenbar hast du nichts zu tun, du könntest mein Fahrrad ölen!«

Er putzte es, zog Muttern nach, pumpte die Reifen auf, ölte Kette und Lager. Mit dem Ellbogen drückte er schließlich die Badezimmertür auf, um die ölverschmierten Hände zu waschen. Inku lag in der Wanne, blickte zu ihm hoch, aber weder erschrocken noch voll Scheu.

»Du hast ... es ist nicht abgeschlossen«, stotterte er. Sein erster Impuls war zu gehen, doch dann schob er mit dem Fuß die Tür zu und begann, sich die Ölreste von den Händen zu schrubben, betrachtete sie im Spiegel.

»Du bist verrückt«, flüsterte sie, »wenn jemand kommt ...«

Es klang nicht abweisend. Er wischte sich trocken, trat zur Wanne, sein Blick glitt tastend über ihren Körper, als wollte er sich jede Einzelheit einprägen, blieb auf dem dunklen Dreieck haften. »Schön«, flüsterte er, »du bist schön.«

»Du musst gehen, Jan, bitte geh! Und sei leise!«

Zögernd nickte er, lugte vor die Tür, warf einen letzten Blick auf sie. Als hätte sie darauf gewartet, lächelte sie ihm zu.

Aufgewühlt, das Bild des nackten Mädchens im Kopf, begann er, den Zaun um die Gemüsebeete zu reparieren, rammte Pfosten mit gewaltigen Schlägen in die Erde.

Mutter fragte beim Essen, was ihn so aufgebracht hatte, er hätte auf die Pfähle eingedroschen, als wollte er sie zu Kleinholz verarbeiten. Die ganze Zeit hatte er an nichts anderes denken können, als an die Szene im Badezimmer. Er murmelte: »Ach nichts«, und versuchte, gleichgültig zu wirken. Er wandte sich ab, um die Röte im Gesicht zu verbergen. Der zweifelnde Ausdruck in den Augen der Mutter entging ihm.

Nach dem Essen saß Vater in die Zeitung vertieft im Schaukelstuhl, Mutter saß vor der surrenden Nähmaschine am Fenster und Inku las.

Gedankenverloren starrte Jan ins Heft, vom Inhalt blieb nichts haften. Ein leises Knistern erregte seine Aufmerksamkeit. Er schaute hoch und sah, dass Inkus Rock hochgerutscht war. Als hätte sie darauf gewartet, bis er schaute, spreizte sie die Beine. Der Stoff spannte sich, ihm stieg das Blut zu Kopf. Sie warf den Eltern einen Blick zu, lächelte ihm zu und zog den Rock noch weiter hoch, hell und verführerisch glänzten ihre Schenkel. Jan spürte, wie sich seine Hose ausbuchtete, er konnte kaum mehr still sitzen. Sekunden später saß Inku da wie zuvor, als wäre nichts gewesen, nur dass sie frech grinste. Er nahm sich vor, mit ihr zu reden und als hätte sie seine Gedanken erraten, fragte sie, ob er mitkäme, sie wollte noch zu den Schafen radeln.

»Müsste eigentlich lernen«, antwortete er gedehnt.

»Fahr nur mit, sie soll nicht allein durch den Wald fahren. Und dir schadet es auch nicht, dann bekommst du den Kopf frei, er ist schon rot vom Studieren. Und seid zurück, ehe es dunkel wird!«, ermahnte Mutter.

Wenn sie wüsste, was er studiert hatte ... »Na, wenn's sein

muss«, murmelte er.

Schweigend radelten sie zum Pferch zwischen den Birken, legten die Räder ins Gras, holten Heu aus dem Unterstand, warfen es den Schafen vor, lehnten an der Umzäunung.

»Wir müssen miteinander reden«, begann er.

Abwartend schaute sie ihn von der Seite an.

»Weiß nicht so recht, wie ich anfangen und es sagen soll.«

Neugierig richtete sich der Blick ihrer blau schimmernden Augen auf ihn. »Du hast ja schon begonnen ...«

»Es ist so«, fing er umständlich an, »dass mich einige Vorfälle sehr beschäftigen und auch, na ja, sagen wir, beunruhigen. Und immer hängen sie mit dir zusammen.« Wieder zauderte er. »Du lachst nicht, versprochen?«

Energisch schüttelte sie den Kopf.

»Vorhin im Wohnzimmer hast du den Rock so weit hinaufgezogen wie es nur ging.«

Mit spöttischem Grinsen fragte sie: »Und das kannst du nicht leiden, willst du mir sagen?«

Er lachte, aber es war kein fröhliches Lachen. »Du weißt genau, dass das Gegenteil zutrifft! Aber es wäre besser, wenn du so etwas nicht vor mir machst. Ich ...« Er brach ab.

Sie lachte auf. »Soll ich es etwa vor anderen machen? Ist es das, was du sagen wolltest?«

Unwillig runzelte er die Stirn. »Quatsch! Und das weißt du selber.« Er zögerte. »Also es ist so«, er sprach jetzt flotter, »dass ich in letzter Zeit immer öfter von dir träume und in den Träumen dreht sich alles um ähnliche Szenen.«

Unverwandt blickte sie ihn an. »Mit mir?«

Ein heftiges Kopfnicken. »Von dir. Es sind intensive Träume und deine Spielchen, wie vorhin im Wohnzimmer, stehen im Mittelpunkt.«

Ein spöttisches Grinsen war ihre Reaktion. »Dagegen hab ich nichts, wenn du von mir träumst. Das gefällt mir sogar gut. Was kommt denn so vor, ich meine, was du nicht erzählt hast?«

»Es sind«, er überlegte kurz, »wunderschöne Träume, aber sie werden auch zunehmend wilder.«

»Nun sag schon endlich«, forderte sie ungeduldig, »was träumst du von mir?«

Er drehte sich von den Heu kauenden Schafen, die sie unverwandt anglotzten, ihr zu. »Kannst du es dir nicht vorstellen?« Als sie den Kopf schüttelte, fragte er: »Das willst du wirklich wissen?«

»Mach's nicht so spannend, rück schon raus damit!«

»Erinnerst du dich, als du Vokabeln abgefragt hast?«

»Das hab ich öfter ...«

»Damals hattest du den Pyjama an und die obersten Knöpfe waren offen, ich sah deinen Busen.«

Unverändert hielt sie den Blick auf ihn gerichtet, ihr Gesicht war leicht gerötet. »Und davon hast du geträumt?«

Er rückte näher, ihre Arme berührten sich. »Der Traum ging weiter.« Automatisch sprach er leise, obwohl sonst nur die Tiere zuhörten. »Ich habe deine Brüste gehalten, mit beiden Händen, und geküsst, lange und immer wieder ...«

»Solange es ein Traum bleibt, kann niemand etwas dagegen haben«, sagte sie leichthin.

»Aber das ist es ja«, rief er, »ich möchte, dass es nicht ein Traum bleibt, ich will es tun! Und einmal hast du es mich fast tun lassen ...« Und ehe sie es sich versah, umfasste seine Rechte eine Brust, während seine Linke behände versuchte, die Knöpfe der Bluse zu öffnen. Das ging so schnell, dass sie sich Sekunden nicht rührte, ehe sie rief: »Hör auf, Jan, bitte hör auf damit!« Sie schob seine Hände weg. »Jan, ich habe

Angst um uns, ich kann dir nicht erklären, warum. Komm, lass uns zurückfahren!«

Rasch radelte sie voraus, er hatte Mühe, sie einzuholen.

Stumm stellten sie die Räder in den Schuppen.

»Bist du böse?«, fragte er unsicher. »Es war wieder nur ein Traum ...« Er sog hörbar die Luft ein. »Leider.«

Heftig schüttelte sie den Kopf, der Zopf flog hin und her. »Ich bin nicht böse. Weiß nicht, was mit mir ist, ich möchte doch auch ... Ich bin so verwirrt.« Sie nahm seine Hand, legte sie auf ihre Wange. »Jan, kannst du mir sagen, was wir tun sollen? Eigentlich dürfen wir nicht ...« Sie brach den Satz ab, legte die Hand auf den Griff der Haustür, flüsterte: »Wenn du wieder träumst, erzählst du es, ja?«

Erleichtert seufzte er auf, strich ihr zärtlich über den Kopf. »Wüsste nicht, was ich lieber täte.« Er atmete tief ein, blies die Luft langsam aus, flüsterte: »Inku, für dich würde ich alles tun, alles!«

Schnell drückte sie ihm einen Kuss auf die Wange. »Ich weiß, Jan, ich weiß«, setzte sie hinzu und ging ins Haus.

Es gab Bilder, die er besonders mochte und häufig abrief wie jenes im Bad. Das Schildern der Träume, ob wirkliche oder erfundene, gehörte zum Programm ihres Spiels und sie genoss das Zuhören. Nachdem er sich die Methode, einen Klartraum herbeizuführen, angeeignet hatte, träumte er oft, dadurch gewann das Spiel an Tempo.

Inku gefiel das Spiel immer besser. So oft es ging, saßen sie zusammen, flüsterten und redeten stundenlang miteinander, streichelten sich auch. Sie waren aufeinander fixiert, verschwendeten keinen Gedanken daran, der seltsamen und unerlaubten Beziehung ein Ende zu bereiten.

5. Inkus Spiel

Sie stand vor dem Spiegel, bürstete das matt glänzende lange Haar. Jan schaute herein und auf einmal erfasste ihn eine diffuse Ahnung, die fast einer Angst nahe kam, dass sich aus der Tatsache, dass sie in seiner Gefühlswelt einen festen, alles überlagernden Platz einnahm, eine Situation ergeben könnte, die sie beide nicht mehr im Griff hatten.

Fragend schaute sie ihn an, als merkte sie, dass er über sie beide nachsann.

Er schüttelte sich, als könnte er das Angstgefühl damit vertreiben. »Gehst du aus? Für wen machst du dich denn so schick?«

Sie zog eine Flunsch und antwortete gereizt: »Wo soll ich hier denn schon ausgehen? Und für wen wohl sollte ich mich schick machen?«

»Für mich vielleicht ...«, versuchte er zu scherzen.

Zornig schleuderte sie die Haarbürste nach ihm, er fing sie auf, legte sie aufs Bett und verließ das Zimmer. War sie schlechter Laune, war es besser, ihr nicht in die Quere zu kommen. Doch er hatte gespürt, dass etwas anders war, und es war nicht nur das neue Kleid ...

Der einzige große Spiegel stand im Elternschlafzimmer, sie musterte sich. Das hellblaue Kleid, das Mutter aus der Stadt mitgebracht hatte, passte wie angegossen, harmonierte mit den dunkelbraunen Haaren und den dunkelblauen großen Augen

im Kontrast, die erstaunt in die Welt guckten. Ungeduldig zupfte sie am Kleid herum.

»Meinst du, es wird ihm gefallen?«

»Garantiert«, beruhigte Mutter. Erstaunt stellte sie wieder einmal fest, dass für Inku einzig und allein entscheidend schien, ob Jan etwas gefiel. Wem sonst sollte sie gefallen? Weit und breit wohnte niemand, der in Frage kam. Ihren Mann interessierten Kleider nicht, seine Frau hätte im Kartoffelsack herumlaufen können. Das ging Mutter durch den Kopf. »Zeig es ihm, du wirst sehen, er wird begeistert sein!«

Inku lief zu Jan, drehte und wendete sich wie auf dem Laufsteg. »Gefällt es dir?«

»Süß«, rief er aus, »wirklich süß!«

»Meinst du das Kleid oder mich oder beides?«, fragte sie kokett.

Feixend schaute er auf ihren Busen, den das blaue eng anliegende Kleid betonte. »Na, wen oder was wohl? Beide sind zum Reinbeißen!«

»Ach du«, sagte sie verlegen, ihr Gesicht war rot angelaufen. »Bei dir weiß ich nie, ob ein Hintersinn ...« Sie brach ab, Mutter war hereingekommen.

»Passt ihr gut, nicht?«

Jan nickte. »Toll, ja. Bei welcher Gelegenheit soll sie es denn anziehen?«

»Nun«, meinte Mutter nachdenklich, »ich dachte, vielleicht gehst du mit ihr zum Frühlingsfest?«

Jan zögerte, Mutter wusste, dass er sich aus solchen Festen nichts machte. »Warum nicht«, antwortete er langsam, »wenn sie will ...«

»Das würdest du tun, Jan?«, fragte Inku aufgeregt. »Dich bringen doch keine zehn Pferde zu solchen Veranstaltungen!«

Er grinste. »Mit so einem hübschen Mädchen ausgehen – wem gefiele das nicht.«

Inku lief zu ihm und umarmte ihn. »Danke Jan«, flüsterte sie.

Mutter ging zur Tür. »Manchmal kannst du richtig charmant sein.« Sie lachte. »Hast du das mitbekommen, Inku? Das war ein Kompliment!«

Inku guckte ihn mit leuchtendem Gesicht an. »Hast du das ernst gemeint?«

»Ob ich mit dir zum Fest gehe?«

»Das auch, ich meinte vor allem das andere.«

»Ob es mir gefällt?«, fragte er lachend.

»Zieh mich nicht auf, du hast genau verstanden!«

»Also wenn du es unbedingt hören willst: Ja, du bist ein hübsches Mädchen, ein sehr hübsches sogar! Zufrieden?«

Sie schenkte ihm ein Lächeln, ihre regelmäßigen schneeweißen Zähne glänzten.

»Jan, Vater sucht dich«, rief Mutter herauf, »ich glaube, er braucht dich.«

Inku zog sich um und überlegte, warum es ihr so wichtig war, wie Jan über sie dachte und plötzlich war ihr, als rastete im Gehirn eine Sperre ein, als sollte sie daran gehindert werden, weiter zu grübeln. Die Einsicht, dass ihr Jans Meinung noch mehr bedeutete, seit sie jenes Spiel betrieben, das vieles andeutete und in der Schwebe ließ, schob sie von sich. Seit Jan ihr die ausgeschmückten Träume erzählte, die sich fast ausschließlich um sie drehten, hatte sie jedes Interesse an anderen Jungen verloren. Schulfreundinnen neckten sie, dass das Leben an ihr vorbeilaufen würde, wenn sie ewig nur Romane läse und keine wirkliche Liebe erlebte. Sie sähe gut aus, viele Jungen drehten sich nach ihr um, doch sie blockte jeden Versuch ab, ein Date abzumachen, das wäre nicht nor-

mal. Inku lächelte und schwieg, das war einzig und allein ihre Sache, das ging niemanden etwas an, zumal sie selbst nicht wusste, wie sie sich verhalten sollte und was das Gefühl, das ihr abwechselnd heiße und kalte Schauer durch den Körper jagte, bedeutete. Sie war nicht so naiv zu glauben, lesen wäre ein Mittel, um den in ihrer Seele tobenden Aufruhr zu besänftigen, aber es lenkte ab. Oft erfasste sie eine unbändige und verwirrende Sehnsucht nach Zärtlichkeit, und sie erkannte erschreckt, dass sich diese auf Jan richtete. Sie hätte mit Eila, der älteren Freundin, die über sexuelle Erfahrungen verfügte, reden können, aber dann hätte sie von Jan erzählen müssen. Sie hätte mit ihm darüber sprechen können, ihm vertraute sie, aber eine gewisse Scheu hinderte sie, sich ihm über Gefühle zu offenbaren. Konnte denn ein Mann nachempfinden, wie ihr zumute war? Einmal davon abgesehen, dass Jan nicht gerade ein neutraler Gesprächspartner gewesen wäre. Und wenn er sie auslachte, weil sie gestand, welche Rolle er in ihrem Dasein spielte? Das könnte sie nicht ertragen.

Anderen Schulfreundinnen hatte sie nie Geheimnisse anvertraut. Sie behielten nichts für sich und auf vorsichtige Fragen Inkus über das Thema Nummer eins hatten sie ihr geraten, sich einen Freund zuzulegen, Erfahrungen zu sammeln. Es sei verkehrt, sich zu Hause zu vergraben und nichts zu erleben.

Und eines Tages kam die Erleuchtung: Die Scheu, sich Jan anzuvertrauen, war so seltsam nicht, drängte sich doch jedes Mal, wenn sie die Sehnsucht nach Zärtlichkeit in Wellen überrollte, sein Bild in ihr Bewusstsein. Es mochte mit seinen Träumen zusammenhängen, die er erzählte, bei denen sie sich anfangs verlegen abgewendet hatte, aber noch öfter war ihr ein wonniges Prickeln über den Rücken gelaufen, hatten sich Körperregionen bemerkbar gemacht, denen sie bisher kaum

Beachtung geschenkt hatte. Es war kein Wunder, dass sich die Gefühle, die sie immer häufiger überfielen, auf ihn richteten: Niemanden kannte sie so gut wie ihn, ihm vertraute sie. Den Versuch, dagegen anzukämpfen, hatte sie aufgegeben, denn das, was sie bewegte, war stärker. Dieses Ausgeliefertsein an eine kaum fassbare Empfindung machte sie hilflos, und den Zorn über ihre Ratlosigkeit ließ sie ab und zu an ihm aus, dem Verursacher. Bisher hatte sie immer ihren Kopf durchgesetzt, weich und nachgiebig war sie nur zu Jan gewesen. Und nun diese Unbeherrschtheit gerade ihm gegenüber, das ärgerte sie erst recht, das war das Letzte, was sie beabsichtigte. In ihrem Kopf herrschte ein derartiges Chaos, dass sie sich aufs Fahrrad setzte und durch die Gegend sauste oder lange Strecken lief, anschließend abwechselnd heiß und kalt duschte, um sich zu beruhigen.

Sie, die sich nur im Notfall an Regeln hielt und jeden Freiraum auszureizen suchte, hatte sich seiner Gedankenwelt angepasst.

Fantasien, die er aus seinen Träumen weiterspann, zeigten sie in Situationen, die mit der Wirklichkeit nur in wenigen Details übereinstimmten. Die bunt gefärbten Luftschlösser setzten sich im Gedächtnis fest, tauchten mit penetranter Hartnäckigkeit zu den unpassendsten Gelegenheiten auf. Hatte er eine Erzählung abgebrochen, weil sie ihr zu weit ging, gab sie einen Tag später keine Ruhe, bis er sie zu Ende brachte. Hatte sie anfangs ihr Spiel als harmlose Idee eines verrückten Jungen betrachtet, der anders als die Klassenkameraden keine Freundin hatte, merkte sie doch bald, dass weit mehr dahintersteckte.

Je öfter sie seinen Träumen, Andeutungen und erfundenen Geschichten zuhörte, desto mehr festigte sich die Überzeugung, seine Welt behagte ihr unvergleichlich besser als jene, von

der ihre Freundinnen schwärmten, einer im Vergleich derben und oberflächlichen. Gelegentlich auftauchende Bedenken ignorierte sie, die ihnen gehörende Welt sollte nicht gestört werden. Zuerst hatte sie seine Anziehungskraft irritiert, wollte sich nicht vereinnahmen lassen, doch unabhängig vom Willen nahm ihre Bereitschaft immer mehr zu, sich seinem Einfluss auszusetzen. Manchmal fühlte sie sich durch die wachsende Abhängigkeit so schwach, dass sie am liebsten ihren Kopf, der sich abwechselnd heiß und kalt anfühlte, an seine Brust geschmiegt hätte. Sie ließ sich in dieses Gefühl fallen, auch wenn sie sich mitunter spröde gab und ihn ärgerte, aber das machte sie mehr, um seine Aufmerksamkeit zu erregen. Es war ein Gefühl, das sie beschwingt werden ließ, sie glaubte manchmal, nur die Arme ausbreiten zu müssen, um fliegen zu können. Und nun fand sie nichts mehr dabei, ihn spüren zu lassen, dass sie gern mit ihm zusammen war, in ihm mehr sah als den großen Bruder, der sie beschützte. Seine Blicke und Gesten zeigten ihr, dass es ihm ähnlich erging, aber sie sprach nicht darüber, aus Angst, ihm könnte das Gefühl zu massiv erscheinen oder seines könnte schwächer sein. Zwischen ihnen herrschte ein stilles Einverständnis, über ihre die Zukunft betreffenden Hoffnungen und Ängste nicht zu reden.

Inku machte sich keine Gedanken, ob sie Tabus verletzten, verdrängte, je tiefer sie sich in dem regelwidrigen Verhältnis verstrickte, alle Zweifel. Tauchten trotzdem einmal welche auf, sagte sie sich, Jan würde schon wissen, was richtig war. Sie lernte schnell und begann, das Spiel mit ihren Einfällen zu bereichern – und sie hatte viel Fantasie. Da sie noch zu unerfahren war, um die Empfindungen und Reaktionen, die auf sie einströmten, mit der Gefühlswelt in Einklang zu bringen, blieben stimmungsmäßige Rückschläge nicht aus. Von

einer Minute zur anderen wechselte sie von überschäumender Heiterkeit zur Melancholie oder zu übersteigerter Gereiztheit ihm gegenüber. Natürlich wusste sie, dass er ihre angespannte Gefühlslage verursacht hatte, doch ihre Launen hielten nie lange an. Kleine Aufmerksamkeiten, die sie ihm zukommen ließ, sollten ihn dafür entschädigen, dass er ihre Wutausbrüche so gelassen hingenommen hatte. Noch zögerte sie, ihre Gefühle zu offenbaren, konnte sie selbst noch nicht einschätzen.

An den am Busen und Po eng werdenden Kleidern merkte sie, wie rasch sich der Körper veränderte und die Blicke, die ihr Jungen und erwachsene Männer zuwarfen, die nicht nur den langen Haaren und blauen Augen galten, zeigten es noch deutlicher. Das schmeichelte ihr zwar, was wirklich zählte, war aber allein seine Anerkennung. Wie ein Unwetter ohne jede Vorwarnung brach der Gedanke über sie herein, dass sie im Begriff war, sich in den eigenen Bruder zu verlieben – ihr stockte der Atem. Minuten später plagten sie wieder Zweifel, dann schalt sie sich eine dumme Gans, die einem Phantom nachjagte. Vielleicht hatten die Freundinnen recht, sie sollte es mit anderen Jungen probieren ... Doch sie ließ den Gedanken wieder fallen, würde jeden mit Jan vergleichen, und an ihn kam keiner ran. Sie konnte dem Dilemma nicht entkommen, so lange sie nicht daran dachte, das starke Band zu zerschneiden.

Das alles ging ihr durch den Kopf, während der Schulbus durch die karge unwirtliche Gegend schaukelte. Auf Fragen der anderen Schülerinnen ging sie so zerstreut ein und antwortete so einsilbig, dass man sie in Ruhe ließ.

In der großen Pause schäkerte sie mit einem Jungen aus einer höheren Klasse. Er wollte gleich eine Verabredung für den Abend vereinbaren. Als sie die spöttischen Blicke Jans bemerkte, lachte sie den verdutzten Kerl aus und fragte, ob

er im Ernst geglaubt hätte, sie würde nach ein paar Sätzen, in denen er nur Banalitäten von sich gegeben hatte, mit ihm ausgehen? Zu Hause fragte Jan – und es klang so beiläufig, dass offensichtlich war, es war ihm wichtig –, was der komische Junge von ihr gewollt hatte.

»Wieso komisch? Er ist ganz nett. Im Übrigen geht es dich nichts an, wenn ich mit anderen Jungen spreche!«

Es war ein, wie sie sich hinterher eingestand, sinnloser Versuch, weil sie es im tiefsten Inneren nicht wirklich gewollt hatte, sich Jans Einfluss zu entziehen. Sie hatte ihm ihre Selbständigkeit demonstrieren wollen und dass sie jede Bevormundung ablehnte. Doch Jan reagierte nicht wie erwartet, er wurde weder zornig noch war ihm die geringste Verstimmung anzumerken: Er guckte auf und vertiefte sich wieder in sein Buch.

Von derartigen selten vorkommenden Rückschritten abgesehen, hatte sich die Situation zwischen ihnen grundlegend verändert, seit sie das Spiel aktiv mitbestimmte. Sie platzte fast vor Stolz, als er vorschlug, sie sollte über den Ablauf entscheiden, ihm gefiele es außerordentlich, wenn sie Einfluss auf Inhalt und Gestaltung nähme. Brach sie manchmal – Scham oder Scheu waren die Ursache – das Spiel ab, kam sie bald wieder an und drängte darauf, er möge dort fortfahren, wo er aufgehört hatte. Gern ließ sie sich überzeugen, dass nichts Schlechtes an ihrem Spiel sein könnte, es bestünde schließlich aus nichts denn Träumen und Fantasien, manchmal belebt durch kleine verstohlene Berührungen und Zärtlichkeiten.

Sie liebte seine Geschichten, weil er ihr seine ungeteilte Aufmerksamkeit zu Teil werden ließ und auf jeden ihrer Vorschläge einging. Es stärkte ihr Selbstbewusstsein, in der Lage zu sein, seine Sinneswahrnehmungen und sein Denken zu beeinflussen. Er hatte ihr gestanden, wie sehr er das angenehme Prickeln

liebte, wenn sie seine Fantasien mit ihren Reizen bereicherte. Versteckte Hinweise, Blicke und Gesten, zufällige Berührungen, nur ihnen verständliche Redewendungen, mehr angedeutete als ausgeführte Zärtlichkeiten, die sie elektrisierten – all das fand sie tausendmal spannender als die plumpen Berichte der Altersgenossinnen über Sex. Inku und Jan investierten ihre gesamte Fantasie in das Spiel, das sich zu einem Geflecht aus Doppelsinnigkeiten und Andeutungen verdichtete, zu einem Netz aus Wunschvorstellungen und behutsamen Körperkontakten. Je öfter und intensiver sie das Spiel ausprobierten, desto mehr wurde sich Inku bewusst, wie ähnlich sie gestrickt waren. Nachdem sie begriffen hatte, dass ihr die erwachte Weiblichkeit Macht über ihn verschaffte, gab sie öfter die Richtung vor, legte Grenzen fest, billigte Ideen und Handlungen oder verwarf sie. Der Gedanke, dass vieles, was als harmlose Spielerei begonnen hatte, eine andere Dimension erhielt, löste keine Ängste mehr aus, es war mehr die Einbettung angenehm empfundener Sinneseindrücke in den Alltag.

Je sicherer Inku Rahmenbedingungen und Regeln beherrschte, desto besser gefiel ihr das Spiel. Allerdings hatte sie in ihren klugen Romanen nichts darüber gelesen, dass Jan die weibliche Raffinesse in Kauf nahm, um in den Genuss himmlischer Freuden zu gelangen. Und selbst wenn sie es gewusst hätte, hätte sie ihr Verhalten kaum geändert, denn der Reiz wirkte wie das Glas Sekt, das sie am Geburtstag getrunken hatte: Es war ein Prickeln, als sie spürte, wie sein Verlangen stieg und er Mühe hatte, sich zu beherrschen und manchmal glaubte sie, das Pochen des Bluts in seinen Schläfen beobachten zu können.

Mutter schimpfte, wenn sie ihre Wäsche herumliegen ließ, doch Inku hängte weiterhin den gebrauchten BH zu den Handtüchern, legte ihr Höschen auf den Stuhl und wusste, dass er daran roch.

Einmal hatte sie ihn überrascht, wie er im Badezimmer sein Gesicht in ihre Unterwäsche vergraben hatte, er war rot angelaufen, als er ihre Dessous in den Wäschekorb zurücklegte, aber er tat es nicht etwa hastig wie jemand, der etwas Unanständiges getan hatte, sondern ganz gemächlich und dabei sah er sie ruhig an. Ihre Blicke hatten sich für Sekunden ineinander verhakt, ehe sie sich wortlos umgedreht hatte. Es waren nur Augenblicke gewesen, aber intim, sie blieben in Erinnerung. Mitunter schauten sie sich auch vor Dritten so an und stellten sich eine bestimmte Situation vor und wussten, dass sie die gleiche meinten. Zum Zeichen des Verstehens neigte er oder sie den Kopf und lächelte. Beide genossen das Spiel mit Gesten ohne Worte und ahnten, dass es irgendwann ein anderes Ausmaß annehmen würde.

Waren sie mit dem Rad unterwegs, trug sie die enge Hose aus dünnem Stoff, die ihren knackigen Po zur Geltung brachte und sie wusste, dass er nicht nur deshalb hinter ihr fuhr, damit sie das Tempo bestimmte. Manchmal huschte sie in Höschen und BH in sein Zimmer, um etwas zu holen und tat, als würde sie erschrecken, dass er da war. »Oh, ich dachte, du bist auf dem Feld!«

Der Bericht Eilas fiel ihr ein, die ihrem Freund heimlich zugeguckt hatte, als er ausgetreten war und als Inku und Jan einmal im Wald wanderten und er musste, schlich sie ihm nach und beobachtete seitwärts hinter einem Busch kauernd, wie er sein bestes Stück – so hatte er es umschrieben und dabei war es geblieben – herausnahm, etwas an der Spitze zurückzog und den Strahl im Bogen in eine Pfütze plätschern ließ. Fasziniert sah sie zu, wie er es schüttelte und einige Tropfen wegschleuderte. Schnell rannte sie zurück, ehe er alles verstaut und den Reißverschluss zugezogen hatte. Sie nahm sich vor, das Schauspiel bei Gelegenheit noch einmal zu erleben, empfand

dabei keine Scham, es war etwas ganz Natürliches. Beim zweiten Mal stellte sie es wohl ungeschickter an, hatte das Gefühl, er ahnte, eine Zuseherin zu haben, denn auf einmal drehte er sich zu ihr, lenkte den Strahl in ihre Richtung und grinste frech.

Nun, da sie wusste, dass er sofort reagierte, wenn sie lockte, legte sie es zu Hause darauf an, Pullis oder Blusen zu tragen, die ihm Einblick gewährten, aber mehr ahnen als sehen ließen. Er erzählte ihr, davon geträumt zu haben, wie er ihren Busen berührt oder ihre Brüste gestreichelt hatte und sie hätte es zugelassen, nicht aber das Küssen. Jahre später gestand er, manchmal den Eindruck gehabt zu haben, sie biete ihm ihre reifenden Äpfelchen geradezu auf dem Präsentierteller dar.

Sie lachte. »Ja und? Es hat dir doch gefallen, oder?«

Es war Teil des Spiels, dass er beim Abfragen von Vokabeln den Busenansatz zu sehen bekam und wenn die Situation günstig war, ließ sie noch einen Knopf der Pyjamajacke aufspringen oder auch zwei Knöpfe. Seine Blicke hefteten sich wie Saugnäpfe an ihre Brüste und er schüttelte heftig den Kopf, als sie Anstalten machte, aufzustehen. Sie hörte sein trockenes Schlucken, wartete, bis er sie mit heiserer Stimme bat, zu bleiben, sie wären so schön. Er zeigte auf die rosafarbenen Paradiesäpfel, streckte die Hand danach aus. Sie stand auf, reichte ihm das Heft, sagte übermütig, er müsste noch üben. Es gehörte zum Zeremoniell, dass sie wie seinerzeit seine Hand nahm, sie auf ihre warme Brust legte, Sekunden liegen ließ, wegzog und gemächlich die Knöpfe schloss. An der Tür flüsterte sie, er sollte süß träumen. Das erste Mal war sie in ihr Zimmer gelaufen, hatte sich innen gegen die Tür gelehnt, ihr war heiß geworden, die Haut hatte geprickelt, als hätte sie in Selterwasser gebadet, ihre Knospen waren fest und rot gewesen, ein wunderbares Gefühl.

Damals hatte sie geahnt, dass ihr Spiel gefährliche Züge annahm, aber aufhören kam nicht in Frage. Es war schön, der Fantasie keine Fesseln anlegen zu müssen und es war aufregend, die Grenzen zwischen dem, was sie sich ausdachten und dem, was passierte, ein wenig zu verwischen, die Grenze hinauszuschieben. Vorsichtig fragte sie ihn eines Tages, ob sie von ihrem Traum berichten sollte.

»Lass hören, bin neugierig!«

Sie zauderte. Er drohte, sonst auch nichts mehr zu bringen, sie sollte sich nicht so anstellen. Kichernd erzählte sie, im Traum hätten sie beide viel gelacht, allerdings wüsste sie nicht mehr worüber; dann habe sie sich voll Übermut auf seinen Schoß gesetzt. Er hätte ihre Brüste gehalten, ihren Po auf seine Mitte gepresst und plötzlich hätte etwas Hartes gegen ihr Höschen gestoßen, schnell wäre sie abgesprungen und zur Tür raus.

Er wollte vorschlagen, den Traum nachzuspielen, befürchtete aber, es wäre noch zu früh, sie könnte ablehnen, möglicherweise mit allem aufhören. Hätte er geahnt, dass sie ähnliche Gedanken hegte, hätte er keine Sekunde gezaudert.

Sie merkte an seinem Verhalten, dass er ähnlich fühlte und auftauchende Bedenken beiseite schob. Nach außen hin ließen sie Vorsicht walten, schirmten ihr Spiel sorgfältig ab. Die Heimlichkeiten stärkten die Bindung und erhöhten die Abhängigkeit voneinander und beide waren überzeugt, dass niemand und nichts sie jemals trennen konnte.

6. Das Tagebuch

Jedes Mal, wenn sie überraschend ins Zimmer kam, schloss er hastig ein Heft und schob es zwischen andere Unterlagen. Sie vermutete, er schrieb Tagebuch, überlegte, wo er es versteckt haben könnte. Zwischen und hinter seinen Büchern hatte sie bereits gesucht, sie musste es finden, ahnte, dass er auch über sie geschrieben hatte. An seinem langen Tag in der Schule – die Eltern der Schüler, die an der Zeitung mitarbeiteten, hatten sich zusammengetan und einen Fahrdienst eingerichtet – blickte sie sich im Zimmer um, überlegte, wo sie es verstecken würde. Ihr Blick fiel auf das Bett. An einer Ecke warf die Decke Falten, während die anderen Enden straffgezogen waren. Ein Griff unter die Matratze und sie hatte das Heft, hielt es nachdenklich in der Hand, legte es zurück. Niemand mag es, wenn jemand in seinen Sachen herumschnüffelt, doch es ließ ihr keine Ruhe. Sie holte das Heft wieder aus dem Versteck, klappte es auf, sah auf den Titel: »Meine Träume – mein Leben«. Ihre Neugierde siegte über die Skrupel. Sie begann zu lesen und nach wenigen Sätzen verstand sie, dass sie die Hauptrolle spielte. Etliche Seiten weiter stellte sie fest, dass er auch Träume festgehalten hatte, die von ihr handelten, aufregender als die Realität, sie gingen viel weiter. Er hatte Szenen geschildert, die so nicht oder nur ansatzweise stattgefunden hatten, lediglich der Anfang entsprach der Wirklichkeit.

Die Eltern waren zum Markt gefahren, sie hatte Zeit, setzte sich aufs Bett und las. Die Situationen waren so minuziös

beschrieben, als wären sie wirklich passiert, dabei war das meiste erfunden oder geträumt. Schilderte er ihr Auftreten und Verhalten, wie sie sich bewegte, wie sie saß und ging, wie sie Kleider trug oder sich ihr Mienenspiel beim Klavierspielen änderte, stimmte alles, er hatte sie sorgfältig studiert. Kleinigkeiten, wie die Falte über der Nasenwurzel, wenn sie sich ärgerte, oder der Leberfleck am Hals, den sie durch Kragen und Haare verdeckte, ihre gewölbten Augenbrauen, die ihrem Gesicht den Ausdruck beständigen Staunens gaben, hatte er ebenso exakt nachgezeichnet wie ihre Ausdrücke von Freude oder ihr Schmollen. Er hat ihre Grübchen in den Wangen beim Lachen beschrieben, hatte sie aufmerksamer beobachtet, als sie es selbst je im Spiegel getan hatte. Sogar beim Üben am Klavier hatte er zugeguckt, wie sie auf dem Hocker gesessen, bei ruhigen Stücken den Kopf im Takt gewiegt oder zornig mit gerunzelter Stirn eine Passage wiederholt hatte, wenn sie gepatzt hatte. Kam ein Stück in schnellem Tempo, das sie beherrschte, wirbelte ihr Zopf beim raschen Drehen des Kopfes herum. Später hatte er in winziger Schrift hingekritzelt, am liebsten hätte er abseits gesessen, um zu beobachten, wie beim Spielen ihr kurzer Rock hoch rutschte. Inku las und las im Tagebuch, die Stunden flogen nur so dahin.

Manche Stellen las sie zweimal, fand sie aufregend. Er hatte Szenen eingebaut, die sich zugetragen hatten, hatte sie so plastisch geschildert, als hätte er mitgeschrieben. Bei manchen Szenen war ihr zu dieser Zeit nicht bewusst gewesen, welche Reaktionen sie durch ihr Verhalten ausgelöst hatte, andere aber waren durchaus beabsichtigt, schließlich war sie kein kleines Mädchen mehr. Offenbar hatte er bald durchschaut, dass viele ihrer Versuche, ihn zu locken, nicht so unschuldig gewesen waren, wie sie ihn glauben machen wollte. Nachdem

sie bemerkt hatte, dass er auf ihre Signale und Reize reagierte, hatte sie oft getan, als wäre eine Berührung oder eine Situation zufällig zustande gekommen, hatte aber sehr wohl darauf geachtet, wie er sie annahm. Jetzt, da sie die Zusammenhänge schwarz auf weiß vor sich hatte, wurde ihr auch klar, dass sie beabsichtigt hatte, ihn in die Beziehung tiefer hineinzuziehen. Es waren Blicke, kleine Bewegungen, ein unbeabsichtigt aussehendes Hochheben des Rockes, ein tiefes Bücken beim Schuhe binden, sodass er bis zum Höschen blicken konnte, das Vorbeugen beim Schreiben, um ihn ihre Brüste sehen zu lassen – es waren eine stattliche Reihe von Anzeichen gewesen und zusammengenommen waren sie eindeutig. Je mehr sie über die Entwicklung ihrer Beziehung las, desto mehr identifizierte sie sich mit dem Geschehen, in dem vieles für sie zwar offen ablief, anderes aber unbestimmt blieb und sich nicht fassen ließ.

Es dämmerte, sie hörte die Haustür ins Schloss fallen, steckte das Tagebuch an seinen Platz, schlich auf Zehenspitzen aus dem Zimmer. An den folgenden Tagen nutzte sie jede Gelegenheit, um das Heft hervorzuholen, konnte dem Drang einfach nicht widerstehen, Dinge zu erfahren, die er nicht preisgeben wollte. Die Gefahr, durch ihre Neugier das Verhältnis zu ihm zu beeinträchtigen, bestand zwar, das hielt sie aber nicht davon ab, in seine Vorstellungswelt einzudringen. In der Lektüre seines Tagebuchs fand sie die Bestätigung dafür, dass sie zusammenpassten wie die Hälften eines Apfels. Jan formulierte Gedanken, die ihr in ähnlicher Form auch in den Sinn gekommen waren, die sie nur nicht so präzise in Worte zu fassen vermochte. Es erfüllte sie mit Stolz und schmeichelte ihrer Eitelkeit, dass sich der Großteil der Eintragungen auf sie bezog.

Jan blieb nicht verborgen, dass das Tagebuch jedes Mal ein wenig anders im Versteck lag und es blieb ihm nicht ver-

schlossen, wer infrage kam. Seine erste Reaktion, sie zur Rede zu stellen, korrigierte er aus der Überlegung, es könnte die Spannung erhöhen, das Heft, das sie ohnehin kannte, ins Spiel mit einzubeziehen.

Mit Sicherheit hatte sie auch die letzten Seiten gelesen, wo festgehalten war, dass es kein gewöhnliches Tagebuch war, sondern eine Sammlung jener Gedanken, Träume und Vorfälle, die ihn in Unruhe versetzt und später in ihm Leidenschaft ausgelöst hatten. Er hatte das Heft mit dem Einsetzen ihrer körperlichen Entwicklung zum Teenager begonnen, die sich in der Änderung ihres Zusammenlebens ausdrückte. Vieles hatte er nachträglich aus dem Gedächtnis rekonstruiert, das war leicht gefallen, die Bilder waren erstaunlich exakt präsent geblieben. Später hatte er die Szenen umgehend festgehalten, sie mitunter vielleicht allzu genau geschildert. Seine Absicht war gewesen, mit dem Schreiben Ordnung im Kopf zu schaffen, doch hatte er die notwendige Trennung von Realität und Fantasie nicht geschafft, sondern im Gegenteil, durch das Vermengen erfundener Ereignisse mit der Wirklichkeit alles noch komplizierter gemacht.

Sie hatte es erwartet und war doch nicht darauf gefasst, als er sie bei der nächsten Übung für Geometrie ruhig fragte, denn er wollte ein verstocktes Reagieren vermeiden: »Seit wann liest du eigentlich mein Tagebuch?«

Sie guckte hoch, lief puterrot an. »Was denkst du bloß«, sie atmete stoßweise, »so etwas …«

»… würde ich nie tun?«, ergänzte er grinsend. »Warum bist du dann rot geworden wie eine Tomate?«

Erleichtert über seine Reaktion bat sie: »Du erzählst es doch niemandem, oder?«

Er lachte. »Werde mich hüten, das geht nur uns was an.«

»Du bist nicht böse?«

Nachdenklich musterte er sie. »Nein, ich bin nicht böse. Vielleicht ist das gar nicht so schlecht, wir könnten das Tagebuch ...« Er zögerte, wiegelte dann ab: »Nein, wohl doch keine so gute Idee.«

»Nun rück schon raus damit!«

»Na ja, ich dachte, wir könnten es in unser Spiel einbauen.«

»Und wie soll das gehen?«

Sie könnten sich abwechselnd vorlesen. Für ihr Spiel wäre es vielleicht ein Glücksfall, dass sie das Tagebuch gelesen hatte, das könnte sehr reizvoll werden. Den viel weitergehenden Einfall, einzelne Szenen nachzustellen, behielt er noch für sich.

Verdutzt schaute sie ihn mit großen Augen an. »Was ich bisher gelesen habe ... nun, da stehen einige«, sie stockte, »na ja, etwas merkwürdige Dinge drin.« Sie errötete wieder. »Und die soll ich vorlesen?«

Er grinste. »Strafe muss ein. Einmal liest du, einmal ich. Das kann lustig werden. Was hältst du davon?«

»Aber du hast auch Situationen beschrieben, die so gar nicht vorgekommen sind ...«

Jan wartete ab.

»Und die wir«, sie zögerte abermals, »auf keinen Fall zulassen dürfen.«

Das war die Bestätigung, dass sie alles las und das passte in seine Pläne. Er lächelte hintergründig, wollte wissen, ob sie die Geschichte vom Heuboden schon gelesen hätte.

»Jene«, fragte sie zurück, »wo ich auf der Leiter hochgeklettert bin und du die Leiter gehalten und hinaufgeguckt hast?«

Er nickte. »Genau die.«

»Aber so ist es gar nicht gewesen!« Und als er nicht antwortete, ergänzte sie: »Du kannst nicht gesehen haben, was

du beschreibst, ich habe die Wollhose getragen! Du weißt, wie ich sie hasse, aber Mutter predigt, sie sei gut für meine empfindliche Blase.«

Er grinste. »Habe ich das dunkle Heiligtum etwa falsch beschrieben?«

Heftig schüttelte sie den Kopf. »Nein, hast du nicht.« Sie schaute ihn schräg von unten an. »Woher weißt du denn, wie es aussieht?«

Einige Male hätte er sie als Eva gesehen, antwortete er leichthin. Ob sie vergessen hätte, dass sie ihm mitunter mehr gezeigt hätte, als sie zeigen sollte? Sie setzte jenes fremde und ungute Lächeln auf, das er nicht mochte, das gleichzeitig eine enorme Anziehungskraft auf ihn ausübte, weil es etwas versprach. Er lenkte ab und schlug vor, mit den Aufgaben weiterzumachen.

Inku grinste über seinen Rückzieher. Sie neigte sich übers Heft und nahm sich vor, das nächste Mal beim Hinaufsteigen zum Heuboden nichts darunter anzuziehen, nur um zu sehen, was er dann schrieb.

Die Seiten im Tagebuch waren abgegriffen, offensichtlich blätterte oder schrieb er häufig darin. Anfangs war sie oft schockiert über das, was er sich ausdachte oder wovon er träumte – das war kaum zu trennen –, aber mit der Zeit fand sie Gefallen daran. Das Tagebuch verlieh dem Spiel Spannung und leitete häufig unerwartete Wendungen ein. Es war eine eigene Welt, die sie sich schufen, in der sich alles um ihre Beziehung drehte, die Schule, Freunde und anderes war das Umfeld. Bald waren sie so aufeinander eingespielt, dass jeder an der Miene erriet, wie der andere über eine Idee oder eine Situation dachte; wenige Wörter reichten, um sich vor Dritten etwas mitzuteilen, ohne dass es andere verstanden. Es war eine Sprache, die auf zufälligen Situationen und einer gemeinsamen Gedankenwelt

beruhte, und sie war, ohne dass ihnen das damals so bewusst war, erstaunlich intim.

Jan hatte nie vermutet, dass die Hefte – er hatte das zweite angefangen – einmal mehr darstellen würden, als ein Sammelsurium von Beobachtungen und Notizen, gar eine zentrale Rolle in seinem Leben spielen würden und er sie um nichts in der Welt aus der Hand geben würde. Bisweilen überlegte er, ob er Inku gezielt in das gefährliche Fahrwasser manövriert hatte oder ob die Entwicklung ihrer Beziehung nicht auch eine Folge ihrer in diesem Ausmaß unerwartet aktiven Beteiligung war. Traf das zu, beruhigte er sein Gewissen, hatte alles kommen müssen wie es kam.

Sein ursprüngliches Anliegen, sich durch die Führung des Tagebuchs Klarheit über seine Gefühle zu verschaffen, war erfolglos geblieben. Er war nicht im Stande, Träume und Sehnsüchte von der Wirklichkeit zu trennen, sie gingen nahtlos ineinander über. Oft konnte er selbst nicht unterscheiden, was erträumt, was hinzufantasiert und was Tatsache war. Im Grunde verspürte er keine Lust, den von Inku ausgehenden Reiz zu analysieren, das Durcheinander in Herz und Hirn war eine überaus angenehme Erfahrung. Im Kopf wirbelten Erinnerungen wie die Glassteinchen im Kaleidoskop durcheinander. Doch anders als im Film, wo Bilder durch das Drehbuch in einen logischen, zeitlich geordneten Zusammenhang gebracht werden, ließen Träumereien, erdachte Szenen und reale Situationen erst im Rückblick ein Muster erkennen.

Er hatte auch nicht damit gerechnet, dass Inku solchen Gefallen daran finden würde, auszuprobieren, wie er auf bestimmte Änderungen ihres Verhaltens ihm gegenüber reagierte. Schon gar nicht hatte er erwartet, dass sie sich zu einem derart raffinierten Weibchen entwickeln würde, das ihn provozierte

und nach außen hin tat, als sei sie die Unschuld vom Lande. Der Zeitpunkt kam, da er sich eingestehen musste, nicht mehr Herr des Verfahrens zu sein, denn sie gab immer öfter den Anstoß zu neuen Varianten des Spiels und führte mit Absicht Situationen herbei, die an die Grenze dessen stießen, was sie als gerade noch erlaubt einschätzte.

Ihre Freundin Eila hatte Inku gesagt, eigentlich sei nur der Koitus selbst verboten und dazwischen gäbe es eine Unmenge von Variationen. Inku hatte getan, als verstünde sie nicht, was Eila meinte. Wie Jan, genoss auch sie das Spiel mit dem Feuer, kostete Feinheiten aus und liebte unausgesprochene Verheißungen, doch sie verdrängte die Gewissheit, dass es mit dem Spiel vorbei wäre, sobald er zum Studium in die Stadt umziehen würde.

Die Szenen und Beschreibungen im Tagebuch wurden Grundlage einer Geheimsprache, in der Worte durch den Bezug auf bestimmte Situationen reichten. Ein Stichwort genügte, um sie plastisch in Erinnerung zu rufen. Sie schickten sich verschlüsselte Botschaften, die, sollten sie in falsche Hände geraten, keinen Sinn ergaben. Sie erprobten eine Geheimsprache in Briefen, um sich nach der bevorstehenden Trennung alles mitteilen zu können, ohne von anderen verstanden zu werden. Dafür waren zwei Texte zu verfassen: Die eigentliche Botschaft und den längeren zweiten Text, in dem sie versteckt wurde. Auf die Rückseite schrieben sie mit Essig die Zahlen für den Code.

In ihrer phantastischen Welt verschmolzen die Geschwister zu einer Einheit, konnten sich ein Leben ohne den anderen nicht vorstellen.

Das Umfeld war zwar die Voraussetzung für das Dasein, in ihrem Gefühlsleben spielte es aber eine untergeordnete Rolle. Jan wurde manchmal bewusst, dass sie sich völlig nach außen abkapselten und er nahm sich vor, ihr klar zu machen, dass

sie das Spiel beenden müssten, doch es blieb beim Vorsatz, er brachte es nicht über sich, auf die rasanten Berg- und Talfahrten der Gefühle zu verzichten, zumal er wusste, dass es ihr ähnlich erging. Wie die Wellen den Sandstrand hinaufeilen und wieder zurückfluten, umspülten Zuneigung und Zweifel ihre Seelen, vor und zurück, immerzu vor und zurück, sie wurden nicht müde, sich dem Spiel der Wellen auszusetzen.

Das Vorlesen aus dem Tagebuch bescherte eine Nähe, die erregte, die Heimlichkeiten waren wie der verlockende Duft einer köstlichen Frucht. In der dunklen Jahreszeit war es schwieriger, einen Ort zu finden, wo sie ungestört waren, ohne aufzufallen. Wie einfach war es dagegen im Sommer, sie radelten zum See, liefen in den Wald oder kletterten auf ihre Baumhütte. Als Mutter Jan wieder einmal fragte, ob er nicht schon zu groß sei für derlei Kindereien, wie das Sitzen und Vorlesen in der Baumhütte, lachte er, nahm Inku an die Hand und lief mit ihr hinaus.

Mutter schüttelte den Kopf, maulte vor sich hin: »Wie zwei Verliebte!«

Jan hörte es nicht mehr. »Du bist an der Reihe«, sagte er, als sie die Sprossenleiter hochgeklettert waren.

Inku nahm das dicke Heft, blätterte und las. »Die war noch nicht dran, eine Geschichte vom Anfang. ›Einmal, als sie einen Roman las und die Eltern fernsahen, zog sie den Rock langsam hoch, wusste, dass er hinguckte; sie tat, als wäre sie ins Buch vertieft und der Saum des Rocks von selbst hochgerutscht. Sie schaute über den Buchrand, lächelte ihn an, zog Zentimeter für Zentimeter den Rock weiter rauf, bis ...‹«

Inku ließ das Tagebuch in den Schoß sinken. »Aber so war es doch gar nicht!«, protestierte sie, doch der verschmitzte Ausdruck ihrer Augen zeigte, dass es ihr gefiel.

»Nicht ganz«, gab er zu, »aber so wirkt die Geschichte besser.«

»Wenn man es liest«, wandte sie ein, »weiß man nicht, ob du es geträumt oder dir ausgedacht hast – oder ob es geschehen ist.«

Jan lachte. »Na ja, eine Mischung eben. Schließlich ist es mein Tagebuch, und nicht für andere gedacht. Die Episode geht übrigens weiter.«

»Und ich soll sie vorlesen?«

»Das gehört zum Spiel! Es sind nur ein paar Sätze, kneifen gibt's nicht.«

»Also gut: ›Sie drehte sich leicht zur Seite, spreizte die Beine und er sah, dass sie nichts drunter anhatte. Sein Mund war ganz trocken, er schluckte, leckte sich die Lippen. Auf einmal brach sie, als ihm fast die Augen herausfielen, die Vorstellung ab, nicht ohne ihm, ehe sie sich wieder übers Buch beugte, ein verheißungsvolles Lächeln zu schenken.‹«

Inku ließ das Heft sinken, lehnte sich an ihn, er legte den Arm um ihre Schultern. »Was du dir so alles ausdenkst!« Sie dachte nach und fügte leise hinzu: »Und ich würde es sogar tun ...«

»Was tun?«

Sie lachte. »Das weißt du!« Sie beugte sich an sein Ohr, flüsterte: »Zeigen, was du sehen willst ... Oh, ich glaube, Vater ruft dich, gehen wir.«

Sie kletterten vom Baum und liefen zum Haus. Jan fuhr das Auto aus dem Schuppen. Vater bat ihn, das Heu aus der Tenne in den Stall zu werfen, während sie fort wären, weil das frische bald käme. Die Eltern fuhren los, Jan kletterte hinauf, warf mit der Gabel das duftende Heu hinunter. Staubfusseln tanzten in den Sonnenstrahlen, sie drangen wie leuchtende Pfeile durch die Ritzen. Er hielt inne, sah gedankenverloren den Staubkörnchen zu, bemerkte Inku erst, als ihr Kopf über

den Bodenbrettern auftauchte. »Du? Was machst du hier?«

»Dir helfen«, war ihre Antwort und sie stieg die letzten Sprossen hoch. Sie wirkte irgendwie verwandelt, ein Strahlen ging von ihr aus, als hätte sie im Lotto gewonnen. Versonnen musterte er sie.

Sie lächelte ihm zu. »Hallo Jan, aufwachen, arbeiten!«

Er schleppte Heu an den Rand, sie warf es mit der Gabel in den Stall. Stumm arbeiteten sie, bis alles auf einem Haufen lag.

»Hilfst du mir auch, es wegzuräumen?«

Sie nickte. »Na klar. Klettere du zuerst und halte die Leiter, sie schwankt immer, da wird mir schwindlig.«

Schnell stieg er runter. »Jetzt du, schau einfach nicht hinunter!«

Sie hielt sich an den über den Tennenboden ragenden Leiterenden fest, stieg vorsichtig auf die erste Sprosse. Er hielt die Leiter und schaute hinauf, hätte beinahe losgelassen: Sie hatte unterm Rock nichts an, nahm Sprosse für Sprosse. Einen Meter über seinem Kopf fragte sie: »Na, gefällt dir die Aussicht? Bin neugierig, was du jetzt ins Tagebuch schreibst.«

Als sie fast unten war, streckte er ihr die Arme entgegen, griff aber nicht nach ihren ausgestreckten Händen, sondern umfasste ihre Schenkel.

»Nicht Jan!«, rief sie. »Nur schauen!« Aus Romanen wusste sie, wenn sich eine Frau rar macht, steigert das ihren Wert. Sie sprang die letzten Sprossen hinab.

Er packte sie an den Schultern, zog sie an sich. »Du machst mich wahnsinnig«, keuchte er.

Sie kicherte. »Aber, aber ... so etwas sagt man nicht zu einem anständigen Mädchen!« Sie reckte sich und flüsterte ihm ins Ohr, die letzten Worte kamen so leise, dass er sie kaum verstand: »Schon gar nicht seiner Schwester!«

Mit heiserer Stimme erwiderte er, so etwas dürfe sie mit ihm nicht machen, er sei doch nicht aus Holz. Schweigend schütteten sie den Kühen Heu in die Raufen. Zögernd meinte er, es wäre besser, das Spiel zu beenden, es nähme Formen an, die kaum zu beherrschen wären und das Vorlesen aus dem Tagebuch sollten sie auch einstellen. Sein Gesicht wirkte ernst, als er das Scheunentor aufschieben wollte. Sie fasste nach seiner Hand und zog ihn zurück.

»Das meinst du doch nicht im Ernst! Oder magst du unser Spiel auf einmal nicht mehr?«

»Schon, aber wohin wird es führen, wie soll es enden?«

Darauf wusste sie keine Antwort, schweigend gingen sie ins Haus. Sie hämmerte auf das Klavier ein, als sei das Instrument Schuld an ihrer schlechten Laune. Nach Minuten wechselte sie zu leichteren Weisen.

Als wäre nichts geschehen, holte sie weiterhin das Tagebuch hervor. Nachdem sie es zu Ende gelesen hatte, verstand sie, dass er sie gernhatte, sonst hätte er nicht so einfühlsam ihr Verhalten beschreiben können. Jan schilderte auch, wie ihn ihre Bewegungen gereizt hatten, etwa wenn sie beim Gehen kokett mit dem Hintern wackelte. Jedes Mal, wenn er wieder davon anfing, sie müssten das Spiel einstellen, winkte sie ab, dachte nicht ans Aufhören, zumal sie nun wusste, wie sie ihn gewinnen konnte. Gewohnt, durchzusetzen, was sie sich in den Kopf gesetzt hatte, nahm sie sich vor, ihre Mittel einzusetzen, um seinen unvermutet aufgetretenen Widerstand zu überwinden. Hatte er plötzlich Angst, jemand könnte erkennen, dass hinter ihren harmlos aussehenden Spielen mehr steckte? Oder hatte er den Mut verloren, weiterzugehen? Sie wollte unter allen Umständen verhindern, dass er das Spiel, das so viel Spaß bereitete, abbrach.

Der Frühling begann viel zu warm. Inku räkelte sich im Liegestuhl im Garten. Er stand am Fenster und schaute zu ihr. Kaum saß er am Schreibtisch, tauchte sie im Zimmer auf.

»Hast du schon meinen neuen Badeanzug gesehen? Aus der Nähe, nicht vom Fenster aus«, fügte sie anzüglich hinzu.

Langsam ließ er seinen Blick von oben nach unten schweifen, blieb an den Ausbuchtungen haften.

»Toll, wirklich toll«, stammelte er, ohne auf ihre spöttische Bemerkung einzugehen. Er glaubte, in ihren Augen zu lesen, dass sie ihm nicht nur den Bikini zeigen wollte. Er hatte so lange von ihr geträumt und nun schien die Zeit reif fürs Handeln. Ein unbändiges Verlangen erfüllte ihn, schnell trat er auf sie zu, zog sie an sich und versuchte, die Träger des Badeanzuges abzustreifen.

»Nicht Jan, nicht!«

Mit festem Griff hielt er sie fest, zerrte am Oberteil, doch sie wehrte sich unerwartet heftig, stieß ihn von sich und lief hinaus. Mit herunterhängenden Armen stand er da, überlegte: Was hatte er falsch gemacht? War er zu schnell vorgegangen? Hätte er sie darauf vorbereiten sollen, dass er mehr von ihr wollte? Oder hatte sie Angst vor der eigenen Courage bekommen? Es hatte ihr doch Spaß gemacht, ihn zu reizen, aber als es ernst wurde, war sie zurückgezuckt. War es das Verbotene, das sie abgeschreckt hatte?

Jahre später fand er beim Blättern im Tagebuch eine bisher übersehene Eintragung mit winziger Schrift an den Rand gekritzelt: »Ich sehne mich nach körperlicher Nähe zu ihm.« Das war kurz nach dem Vorfall mit dem Badeanzug. Als er dann fragte, antwortete sie, dass sie neugierig gewesen war und zärtliche Zuwendung vielleicht zugelassen hätte, doch die ungestüme Art hatte sie erschreckt, es hatte fast wie Gewalt

gewirkt. Und dann gestand sie ein, manchmal hätte auch sie eine richtige Gier nach Körperkontakt überkommen und diese Unbeherrschtheit hätte sie geängstigt. Manchmal streichelte sie sich selbst und stellte sich vor, es wäre seine Hand.

Das Versprechen, sie zum Frühlingsfest zu begleiten, hatte er einhalten müssen, obwohl er solchen Feiern wenig abgewinnen konnte.

Leute aus der ganzen Umgebung waren gekommen. Der Bretterboden in der Scheune des größten Bauern dröhnte unter den stampfenden Füßen, Staubflusen tanzten durch die Luft. Es wurde getanzt, getrunken und gelacht. Inku hatte keinen Tanzkurs absolviert und war erst dreizehn, dennoch wurde sie oft aufgefordert. Wenn Jan mit ihr tanzte, strahlte sie. Er hatte vom selbstgebrannten Fusel – der Schnaps im Laden war zu teuer und lange nicht so gut, hieß es im Dorf – nur gekostet, denn er konnte Trunkenheit nicht ausstehen.

Die drei Jahre ältere und voll entwickelte Freundin Inkus, Eila, war nicht mehr nüchtern, sie nahm Jan in Beschlag und ließ sich nicht abschütteln. Inku schaute ihm traurig nach, wenn sie ihn abschleppte. Eila drückte beim Tanzen ihren mächtigen Busen an ihn, er vermeinte zu schweben. Sie verriet ihm, Inku hätte bedauert, dass er ihr Bruder wäre, er gefiele ihr am allerbesten. Jan wurde hellhörig.

»Ich habe Inku auch gefragt«, kicherte sie, »ob zwischen euch was läuft.«

Er kam aus dem Schritt, wäre gestolpert, hätte Eila ihn nicht an sich gepresst. Energisch schüttelte er den Kopf.

»Was fällt dir ein!«, polterte er. »Das ist doch Unsinn!«

Eila schaute ihn mit ihren Katzenaugen an, schien auf einmal nüchtern. »Ist ja schon gut, brauchst dich nicht so aufzuregen!« Dann murmelte sie: »Also ist doch was dran! Von mir erfährt

niemand was.« Die Musik war laut, der folgende Satz ging fast unter: »Du weißt doch, dass nicht alles verboten ist, oder?«

Jan war froh, als die Musik eine Pause einlegte, ihm war heiß geworden. Das Fest strebte dem Höhepunkt zu, die ersten Betrunkenen stolperten über den Tanzboden. Vater hatte sich beim Schnaps zurückgehalten, musste fahren, Jan und Mutter hatten keinen Führerschein. Etliche Familien quartierten sich bei Nachbarn ein, das war jedes Jahr so, das gehörte dazu. Mutter meinte, die zwei oder drei Gläschen hauten Vater nicht um, er führe eh vorsichtig.

Jan berichtete Inku vom Gespräch mit Eila, fragte, ob sie etwas angedeutet hätte. Inku reagierte verschnupft, für wie dumm er sie halten würde, sie hätte lediglich erwähnt, dass er ihr gut gefiele und sie bedauerte, dass er ihr Bruder wäre, nicht mehr. »Und Eila ist keine Tratschbase, sie kann schweigen. Hat sie auch erzählt, dass nicht alles verboten ist?«

Er antwortete nicht. Sie kuschelte sich an ihn, er dachte, sie schlafe. Dass Eila etwas ahnte, war beunruhigend, er nahm sich wieder einmal vor, das Spiel zu beenden. Plötzlich spürte er ihre Hand auf seinem Schenkel, ihre Finger tasteten sich hoch und strichen über seine ein wenig ausgebeulte Stelle, die sofort reagierte. Sie kicherte verhalten. Er nahm ihre Hand, schob sie weg und hielt sie fest, bis ihr Kopf müde an seine Schulter sank. Ihr Streicheln hatte ihn erregt, er kämpfte gegen die Versuchung an, ihre Hand zurückzuholen.

7. Ferien

Sommeranfang, die Ferien rückten näher, Veränderungen drohten, sie betrieben das Vorlesen aus dem Tagebuch noch intensiver als bisher.

»Ich bin dran, stimmt«, sagte Jan. »Das ist eine ältere Geschichte, du erinnerst dich bestimmt.« Er räusperte sich. »›Inku kam im Nachthemd ins Wohnzimmer gestürzt und schrie: *Eine Spinne! Eine riesige Spinne mit behaarten Beinen kriecht über die Zimmerdecke! Ihr müsst sie erschlagen, aber schnell, sonst verkriecht sie sich.* Vater sagte, ich solle das erledigen, er lese jetzt die Zeitung. Ich stieg auf Inkus Bett, die Spinne – tatsächlich ein Riesenvieh – krabbelte ganz schnell in eine Ecke, sie merkte, es ging um Leben oder Tod. Ich erwischte sie mit dem Pantoffel, ehe sie hinter dem Schrank verschwand. Inku stand zitternd im dünnen Nachthemd an der Wand, als wäre ein Ungeheuer im Zimmer. Sie bat mich, den Rest von der Decke zu kratzen, sonst schaue sie die ganze Nacht auf den schwarzen Fleck und träume von der Spinne. Ich fischte ein Stück Karton aus dem Papierkorb, schabte das Zeug weg, warf es ins Klo, kam zurück. Inku lag im Bett.

Zufrieden?

Danke Jan, flüsterte sie, nahm meine Hand und schmiegte ihre Wange hinein.‹«

Jan brach ab. »Bis zu dieser Stelle stimmt alles, jetzt kommt, was ich hinzugedichtet habe.« Er hielt ihr das Heft hin. »Du bist dran!«

»Schon wieder ich? Na ja, egal.« Sie kauerte mit angewinkelten Beinen in der Ecke des Diwans und las mit warmer, klangvoller Stimme: »›Schnell schlüpfte meine Hand unter die Decke und griff ihr unters Nachthemd, streichelte die glatte Haut ihrer Schenkel, glitt höher, bis ich die festen Kraushaare spürte. Mit sanfter Gewalt zog sie die Hand weg.

Nicht, Jan, sagte sie leise. *Geh jetzt lieber, bitte!*‹«

Inku ließ das Heft sinken, warf ihm einen eigenartigen Blick zu. Die kleine Falte über der Nasenwurzel vertiefte sich. Bevor sie etwas einwenden konnte, erklärte er, nun käme die Stelle, wie es wirklich gewesen sei.

Inku las weiter: »›Als ich ins Wohnzimmer zurückkam, schimpfte ich: *Wegen der blöden Spinne!*

Mutter spöttelte, ob ich mich überanstrengt habe, Inku sei eben ein kleines Mädchen und habe Angst vor den Viechern. Kleines Mädchen ist gut, dachte ich, wenn du wüsstest ... Dann wünschte ich eine gute Nacht und wollte den Aufsatz fertigschreiben.‹«

Nachdenklich erklärte Inku, es fiele ihr schwer, sich in dem ständigen Hin und Her zwischen Wirklichkeit und Tagebuch, also dem, was passiert wäre und was er sich ausgedacht hatte, zurechtzufinden.

»Das stimmt schon«, gab er zu, »aber es gibt dem Ganzen Spannung. Jetzt kommt wieder Fantasie, also weiter!«

»›Ich ging in mein Zimmer und roch an meiner Hand.‹« Inku hielt inne. »Warum?«

Er grinste und erklärte, ihren Geruch zu mögen und diesen ganz besonders. Sie schlug die Augen nieder und errötete. »Da stehen noch ein paar Zeilen!«

Inku las: »›Beim Frühstück wurde ich unsicher, ob es wieder ein Traum gewesen war. Inku verhielt sich so abweisend,

aber zum Glück hielt ihre schlechte Laune nicht lange an. Ich werde sie später fragen, ob wirklich passiert oder geträumt.‹«

Sie klappte das Tagebuch zu. »Es war nicht schlechte Laune, Jan, ich war traurig.«

Jan guckte sie fragend an. Mit hochgezogenen Augenbrauen antwortete sie, er müsste sich denken können warum. Bei der Gegenfrage, weil er fortginge, begann sie zu schluchzen. »Du machst bei Lia ein Praktikum, gehst dann auf die Uni und ich bleibe allein hier.«

Sanft strich er ihr über die Haare, versprach, sie so oft wie möglich zu besuchen, außerdem könnte sie zu ihm kommen und nahm ihr das Versprechen ab, es zu tun. Gemeinsam mit den Eltern freuten sie sich über Jans Abitur, doch die bevorstehende Trennung lag wie ein dunkler Schatten auf dem Tag. Beiden war bewusst, dass sich ein Lebensabschnitt, angefüllt mit Hoffnungen und Träumen, unwiederbringlich dem Ende zuneigte. Die anderen Jugendlichen freuten sich auf die Ferien, sie wurden immer einsilbiger.

Die ganze Familie fuhr zu einer Geburtstagsfeier. Sie war lustiger als angenommen, alle hatten bei der Bowle kräftig zugelangt. In stockdunkler Nacht ging es zurück, sie waren müde, einzig Jan war aufgekratzt. Vater konzentrierte sich auf die Straße, auf der Strecke gab es viel Wild. Mutter schlief, Inku lehnte sich im Halbschlaf an Jan. Vorsichtig streckte er seine Hand aus, berührte ihren Schenkel, zog sie zurück. Er wusste, er würde sich ärgern, wenn er die Gelegenheit vorbeigehen ließ, vielleicht war es für lange Zeit die letzte. Er nahm sich ein Herz und tastete zwischen ihren Schenkeln hoch und sie ließ es zu. Seine Finger zwängten sich unters Höschen, sie spreizte die Schenkel, damit er hinkam. Plötzlich stöhnte sie verhalten auf, legte ihre Hand auf seine und zog sie weg, nicht,

ohne zärtlich ihre Finger über seine Hand gleiten zu lassen. Das Licht einer Straßenlampe fiel in den Wagen. Sie sah, wie er an der Hand roch und lächelte.

Beide schliefen ein und fuhren hoch, als das Auto vor dem Viehgatter hielt. Vater schob es auf.

Jan fragte sich, ob er wieder geträumt hatte. Er schaute auf seine Hände, roch daran, blickte zu Inku. Ein abgründiges Lächeln umspielte ihren Mund.

Wenige Tage blieben. Die Eltern fuhren in die Stadt, um einzukaufen und Bekannte zu besuchen. Es war Brauch, dass jeder, der in die Hauptstadt fuhr, Mitbringsel von Nachbarn für Verwandte und Freunde mitnahm. Jan und Inku sollten den Hof aufräumen und, wenn die Eltern bis zum Abend nicht zurück wären, die Tiere versorgen. Jan atmete auf, hatte schon befürchtet, sie würden Inku mitnehmen.

Die Stimmung war gedrückt, als sie begannen, Werkzeuge und Geräte in den Schuppen zu räumen und den Hof zu kehren. Seit jenem Ausflug hatte sie eine ihnen nicht verständliche Scheu daran gehindert, ernsthaft miteinander zu reden, hatten alles, was ihre Beziehung betraf, ausgeklammert und dachten doch unentwegt an den bevorstehenden Abschied.

Sie waren mit der Arbeit fertig und setzten sich auf die Bank vor der Scheune.

»Wir müssen über uns reden«, sagte Jan.

Sie reagierte nicht.

Verstimmt machte er einen Rückzieher. »Wenn du nicht willst ...«

»Quatsch, natürlich will ich!«

Er hatte sich vorgenommen, nicht über die Trennung zu reden. Ob sie sich an den Ausflug zu den Schafen erinnerte? Sie nickte. Damals hatte sie gesagt, wenn er wieder einen

Traum hätte, wollte sie ihn unbedingt hören.

Sie griente. »Na ja, so habe ich es nicht gesagt …«

»Aber gemeint«, widersprach er. »Es geht um den Traum mit dem Badeanzug.«

»Badeanzug?«, fragte sie, als erinnerte sie sich nicht, worauf er anspielte.

Am Lächeln erkannte er, dass sie es genau wusste. »Du hast mir damals stolz den neuen Badeanzug vorgeführt.« Sie schürzte die Lippen, als überlegte sie, neigte bejahend den Kopf. »Der Bikini hat deine Formen betont und mir gefallen. Um genau zu sein«, berichtigte er sich, »*du* hast mir darin gut gefallen.«

Sie verzog den Mund zu jenem Lächeln, das ein Versprechen schien, spitzte dabei den Mund als wollte sie küssen. Es machte ihm zu schaffen, zu denken, dass sie das bei anderen Männern auch machte. Sie wäre vor ihm herumgetänzelt, fuhr er fort, als wollte sie ihm ihre tolle Figur zeigen.

Inku machte eine abwehrende Handbewegung. »Was du dir wieder zusammenreimst«, lachte sie. Dieses Lachen ließ die Grübchen in den Wangen deutlich hervortreten. »Und wie ging es weiter im Traum?«

Er wäre, fuhr Jan fort, aufgestanden, hinter sie getreten und hätte sie, als sie sich umdrehte, umklammert, wäre mit der einen Hand unter ihren BH geschlüpft und hätte sie auf eins ihrer festen Äpfelchen gelegt.

»Und was habe ich getan?«

»Du hast gerufen: *Was fällt dir ein!* und hast dich mit einer Drehung aus der Umklammerung befreit. Allerdings«, fügte er hinzu, »erst nach Sekunden. Und es war ein herrliches Gefühl.«

Ihre Frage, ob sonst nichts geschehen war, klang eher bedauernd, als hätte sie mehr erwartet. Leider wäre sonst nichts passiert, das hatte er auch im Traum beklagt, ihre Brüste hätten

sich so warm und glatt angefühlt, ein Gefühl sei durch seinen Körper gelaufen, als hätte er eine Stromquelle berührt.

Sie lehnte sich an ihn. »Manchmal«, flüsterte sie, »sagst du ganz verrückte Sachen, dann wieder so zärtliche.« Sie schwieg eine Weile. »Wir haben in letzter Zeit unser Spiel vernachlässigt. Warum eigentlich?«

»Du bist gut, du hast doch nicht mehr gewollt.«

»Jetzt will ich wieder«, beharrte sie.

Sein Blick ruhte abwägend auf ihr. »Und warum auf einmal?«

»Immer willst du alles begründet haben«, maulte sie. »Nimm es einfach wie es ist. Wir können doch einfach weitermachen.« Ganz langsam, als formten sich die Worte beim Reden, erklärte sie: »Es fehlt mir und ich kenne niemanden, mit dem ich sonst so etwas machen möchte. Es hat Spaß gebracht, viel Spaß.«

Er wandte ein, sie wäre fast vierzehn und gut entwickelt, würde sich bald einen Freund zulegen und dann keine Lust mehr haben, mit ihm solche Kindereien zu spielen.

Inku lehnte ihren Kopf an seinen, grinste. »Na, ob alles, was wir gemacht haben, als Kinderei bezeichnet werden kann ...« Sehr bestimmt stellte sie fest, er wüsste genau, dass sie keinen Freund suchte und keinen wollte.

Beide hingen ihren Gedanken nach, bis Jan lächelnd sagte: »Wenn uns jemand so sieht, könnte er annehmen, wir seien ein Liebespaar.«

Sie schmiegte sich an ihn. »Wäre für dich die Vorstellung so schlimm?«

Unruhig rückte er von ihr ab. Er wusste, er war nicht in der Lage, frei zu formulieren, wenn er sie spürte, es musste aber gesagt werden. »Willst du denn nicht verstehen, dass eine solche Liebe nicht möglich ist? Abgesehen davon bist du zu jung für mich oder ich zu alt für dich.«

Sie spielte mit ihrem Zopf. »Ach die paar Jahre ... Mag sein, dass wir nicht ...« Sie stockte. »Du weißt, was ich meine.« Sie fröstelte. »Mir wird kalt, gehen wir hinein.«

Jan stand auf, um zum Haus zu gehen.

Sie hielt ihn am Ärmel fest. »Wir könnten auf den Heuboden hochklettern wie früher.«

»Da waren wir Kinder. Jetzt ist es anders, es wäre nicht vernünftig.«

»Vernünftig!«, äffte sie nach, nahm seine Hand und zog ihn mit sich. Er half, das Tor aufzuschieben, schlug abermals vor, ins Haus zu gehen, hier wäre es fast dunkel.

»Hast du Angst vor Geistern?«, lachte sie. »Sei kein Frosch. Früher hast du nie gekniffen!« Sie ließen das Tor einen Spalt offen, setzten sich auf einen Heuballen. »Hier ist es wärmer.«

Er brachte Argumente vor, um sie zu überzeugen, dass es besser wäre, das Spiel aufzugeben. Sie war unkonzentriert, doch als er wieder darauf zu sprechen kam, dass sie über kurz oder lang einen Freund haben würde, schüttelte sie energisch den Kopf.

»Nein, werde ich nicht!« Sie sagte es entschlossen.

»Aber du ...«, wollte er fortfahren, doch sie unterbrach ihn.

»Ich brauche keinen Freund, ich will *dich!*«

Er legte seinen Arm um ihre Schulter. »Du weißt, dass das nicht möglich ist!« Um seinen Worten Nachdruck zu verleihen, war seine Tonlage schärfer geraten als beabsichtigt. »Es hat keinen Sinn, sich zu beklagen, die Allgemeinheit wird es nie akzeptieren, ob uns das gefällt oder nicht!«

Sie schluchzte auf, ihre Stimme klang ganz dünn: »Wir können uns doch lieb haben ...«

Unbeholfen strich er ihr über die Haare und drückte sie an sich, hatte mit weinenden Mädchen keine Erfahrung. Ja,

lieb haben könnten sie sich schon, aber Zärtlichkeiten, die irgendwann zu Sex führen könnten, wären für sie tabu. »Und auf Dauer ist das auch kein Spaß.«

»Auch nicht ein bisschen?«, fragte sie lächelnd unter Tränen.

»Und wer entscheidet, wo das Bisschen aufhört? Glaubst du, ich bin aus Holz und spüre nichts?«

Noch während er fragte, wurde ihm bewusst, wie lange er sein Begehren schon unterdrückte und wie schwer es ihm fiel, das Verlangen zu beherrschen. Klar wie nie zuvor erkannte er, dass sein Verlangen immer nur ihr gegolten hatte. Die Einsicht erdrückte ihn schier, hatte es lange nicht wahrhaben wollen, dagegen angekämpft und geglaubt, das gebe sich mit der Zeit. Er hütete sich, ihr das zu sagen, es hätte alles nur erschwert.

»Dass du was spürst, recht kräftig sogar«, erwiderte sie in seine Gedanken hinein und rieb sich mit dem Handrücken die Augen trocken, »hab ich gemerkt, als wir gerauft haben und du mich im Schwitzkasten hattest. Damals habe ich ...«

Er legte ihr den Finger auf den Mund. »Pst! Ich dachte, du hättest es nicht gespürt.«

Ihre großen Augen schauten ihn an, als wüsste sie, was in seinem Kopf vorging. »Du bist zwar älter, scheinst aber nicht zu wissen, dass Mädchen früher reif und nicht so doof wie Jungen sind.« Als er nichts erwiderte, fuhr sie fort, in der Schule würde über alles geredet, selbstverstandlich auch über Sex und bei den Jungen sei Sex ohnehin Thema Nummer eins.

»Stimmt«, gab er zu, »aber ich halte mich da raus, ich mag das mitunter schmierige Gerede nicht.« Außerdem, erklärte er scheu lächelnd, könnte er nicht mit einschlägigen Erfahrungen aufwarten, kannte nur Szenen, die mit ihr zu tun hätten oder die er im Tagebuch beschrieben hatte, Andeutungen, die gerade mal zum Träumen reichten. Die Szenen mit ihr wären

wie auf einen Film gebannt, kostbar, nie würde sie ein anderer sehen. Gedankenversunken nahm er ihre Hand, strich zart mit den Fingern darüber. Er gehörte nicht zu den Angebern, die taten, als hätten sie alles erlebt. Er hatte auch kein Verlangen, Prostituierte zu besuchen und es mit ihnen zu treiben. »Und du weißt, dass ich keine Freundin habe.«

Noch nie hatte er so offen mit ihr gesprochen. »Vielleicht hast du doch irgendwo ein Mädchen, von dem ich nichts weiß ...«

Sein Lachen verklang in der Scheune. Das wäre nicht möglich, denn wenn er nicht in der Schule war, klebten sie zusammen oder er bereitete etwas für die Schule vor oder er half Vater.

»Mhm.« Die Falte zwischen den Augenbrauen vertiefte sich, ein Zeichen, dass sie scharf nachdachte. »Hast du«, sie schluckte zweimal, die Frage fiel ihr schwer, »hast du schon mit einem Mädchen Sex gehabt? Du bist fast achtzehn.«

Ein Kopfschütteln war die Antwort.

»Du bist doch nicht etwa ein«, sie zögerte, »na ja, ein ... eben?«

Er grinste. »Du meinst, ein Homo? Das müsstest du eigentlich schon herausgefunden haben.«

Sie ließ nicht locker, wollte wissen, warum er keine Freundin hatte. So viel sie gesehen hatte, hätte er bei Mädchen große Chancen. Und plötzlich stieß sie hervor: »Die eine schaut dich immer ganz verliebt an!«

»Unsinn!« Eine Zeitlang sagte er nichts, fragte leise, ob sie sich nicht denken könnte, warum nicht.

Langsam nickte sie. »Aber ich will es hören!«

»Weil es dich gibt.«

Aneinandergelehnt saßen sie auf dem Strohballen, zufrieden, sich zu spüren. Sie waren sich so nahe, dass es wehtat. Lange

saßen sie so. Es war still, nur das Scharren und Mahlen der Kühe war zu hören.

Jan sagte: »Ich möchte dich was fragen, aber du darfst nicht beleidigt sein.«

»Schieß los!«

»Damals, als ich die Spinne erschlug, habe ich da ...« Er stockte.

»Was?«

»Du weißt, was ich meine.«

Sie griente, schüttelte den Kopf.

»Habe ich unter die Decke gegriffen oder war es Einbildung?«

»Jan, das weißt du nicht mehr? Du hast nicht nur unter die Decke gegriffen, sondern deine Hand war an einer Stelle, wo sie nichts zu suchen hatte!«

»Habe ich ...«, stotterte er, »hab ich dich gestreichelt?«

Ihr Schweigen als Zustimmung auslegend wollte er wissen, warum sie dann tagelang kaum mit ihm geredet hatte.

Nachdenklich antwortete sie: »Ich war dir nicht böse, sondern geschockt, weil ich dich nicht daran gehindert und mir sogar gewünscht habe, das angenehme Gefühl sollte nie aufhören.«

»Oh«, sagte er. »Also doch.« Und nochmals: »Oh!«

Plötzlich brach sie in Lachen aus, irritiert schaute er sie an. Sie hörte nicht auf zu lachen, zeigte ihre perlweißen Zähne. »Siehst du«, kicherte sie, »jetzt habe ich eine deiner Geschichten zu Ende erzählt, auf meine Weise.«

»Also habe ich nicht, war ich nicht ...«, stammelte er.

Sie wischte sich die Tränen aus den Augen, bewegte verneinend den Kopf. Jan war erleichtert und zugleich enttäuscht, murmelte, für ihre vierzehn sei sie ganz schön raffiniert. »Donnerwetter, mich so reinzulegen!«

Sie feixte. »Hatte einen guten Lehrmeister ...« Und dann flüsterte sie ihm ins Ohr: »Du kannst es jetzt nachholen, ich hätte nichts dagegen.«

»Inku nicht, das ...«

»Ja«, fiel sie ihm ungeduldig ins Wort, »ich weiß, das dürfen wir nicht.« Sie griff nach seiner Hand und zog sie auf ihren Schenkel. »Ist doch nichts dabei, niemand sieht es!«

Er kämpfte mit sich, es fiel ihm schwer, die Hand stillzuhalten.

»Oder magst du mich nicht?«, flüsterte sie.

Er wollte aufstehen, doch sie klammerte sich an ihn, zog ihn zurück.

»Magst du mich nicht?«, wiederholte sie.

Ihr Gesicht war ganz nahe, in ihren großen Augen war ein Flackern, ein Sonnenstrahl, der sich durch den Torspalt verirrt hatte, spiegelte sich darin. Da war dieser verlockende Mund, der sich zuspitzte, wenn sie ihn ansah. Der Gedanke tauchte wieder auf, der ihn öfter heimsuchte und rasend machte, ob sie das bei anderen Männern auch machte. In dem Moment wurde ihm klar, dass es schon passiert war, dass er sich in die eigene Schwester verliebt hatte und sie begehrte. Er musste diese Klippe umschiffen, koste es was es wolle, und zwar bevor er nicht mehr in der Lage war, auf Distanz zu gehen. Es war eine Liebe ohne Hoffnung, er musste fliehen und versuchen, Inku zu vergessen und ihr Bild, das ihm permanent vor Augen schwebte, zu verdrängen, das würde am ehesten in fremder Umgebung gelingen.

Als spürte sie, was in Sekundenbruchteilen durch sein Gehirn lief, flüsterte sie: »Küss mich, Jan, ein einziges Mal!«

Sie schloss die Augen, spitzte die Lippen und kam ihm so nahe, dass er ihren Atem spürte. Und dann war sein Mund auf

ihrem, er küsste sie zart wie die Berührung eines Schmetterlings. Auf den Augenblick hatte sie gewartet, schlang die Arme um ihn, zog ihn an sich, öffnete ihre Lippen und sie küssten sich, hungrig, konnten nicht genug kriegen.

Als sie voneinander ließen, aber in der Umarmung verharrten, sagte sie: »Siehst du, du willst es auch. Sag was, nur nicht wieder, dass wir nicht dürfen!«

Er umfasste ihr Gesicht mit beiden Händen, küsste sie wieder und wieder, flüsterte schließlich, jetzt wisse sie, warum er mit keinem Mädchen was habe. »Aber ...«

Sie legte ihm den Zeigefinger auf den Mund. »Nein, nicht, es war so schön!« Sie hielten einander umschlungen, als befürchteten sie, jemand könnte sie mit Gewalt trennen. Plötzlich brach aus ihr hervor: »Ich habe Angst, die Großstadt verändert dich und du findest eine andere.« Sie schloss die Augen. »Ich werde auf dich warten, was immer auch geschieht.« Er wollte etwas entgegnen, sie ließ ihn nicht zu Wort kommen, wiederholte ernst: »Ich warte auf dich!« Dann verzog sie den Mund zu einem Lächeln. Sie wollte etwas von ihm haben, an das sie immer denken konnte, etwas, das sonst niemand bekam. Sie lachte eigenartig. »Das hoffe ich jedenfalls.« Sie überlegte kurz. »Das mir auch zeigt, wie sehr du mich magst.«

Jan guckte sie ratlos an. »Ich weiß nicht, was du ...«

»Du hast Angst, etwas zu tun, was wir nicht dürfen. Stimmt doch, oder?« Auf sein verwirrtes Nicken flüsterte sie ihm etwas ins Ohr, es kam so leise, dass er es kaum verstehen konnte. »Hörst du, ich will es von dir!« Und wieder wisperte sie ihm etwas zu, er lief rot an, als sie sagte, sie müsste es nur schlucken.

Verblüfft fragte er, woher sie das alles wüsste. Von Eila, der Freundin, die mit dem Riesenbusen, er kannte sie vom Fest. Eila hätte erzählt, dass sie es öfter machte, er käme beinahe

jeden Tag und sie mochten es beide. Das wäre Wahnsinn, murmelte er und sie wusste, dass sie das nicht durften. Inku hielt die flache Hand vor den Mund und blies darüber, als läge eine Feder drauf. Mit lockender Stimme wies sie darauf hin, dass sie nicht mehr viel Zeit hätten und die Gelegenheit günstig wäre. »Komm, gehen wir ins Haus.«

Aufgewühlt folgte er.

8. Praktikum

Jan hatte seinem Vater zugestimmt, dass es sinnvoller wäre, das Praktikum vor Beginn des Studiums zu absolvieren, dann konnte er beurteilen, ob Journalismus etwas für ihn sei. Den Beruf auf den Erfahrungen in der Schülerzeitung und dem Wissen aus Büchern aufzubauen, gliche einem Lotteriespiel. Als hätte es Vater mit Lia, der Journalistin, abgesprochen – Jan war sich nicht sicher, ob er es nicht wirklich getan hatte –, rief sie just zu dieser Zeit an: Wenn er noch Interesse am Praktikum hätte, müsste er sich rasch entscheiden, die Redaktion brauchte einen Assistenten und es gäbe genug Bewerber.

Nun ging es Schlag auf Schlag. Inku und er waren froh, den Tag genutzt zu haben. Sie war aufgedreht, ließ ihm kleine Aufmerksamkeiten zukommen, das beschwichtigte sein schlechtes Gewissen. Dachte er an jenen Abend, liefen ihm noch Wochen später heiße Wellen über den Körper, bis ihm einfiel, oft genug einem Traum oder einer Wunschvorstellung zum Opfer gefallen zu sein. Er durchkämmte seine Erinnerungen, versuchte, die Bilder zu schärfen, doch ein Gedächtnis funktioniert nicht wie ein Fernglas. Zwar entsann er sich, dass sie nach dem Gespräch in der Scheune ins Haus gegangen waren und er unglaublich aufgeregt gewesen war, aber was konkret passiert war, blieb verschwommen wie hinter Milchglas. Um Gewissheit zu erlangen, schrieb er ihr mit Geheimcode, fragte, ob es Traum oder Realität gewesen wäre. Sie reagierte

fast beleidigt, wenn er das nicht mehr wüsste, könnte sie ihm auch nicht helfen.

Er rief nachmittags von einer Zelle an, da er annehmen konnte, dass sie allein war. Auch war es in der Redaktion laut und jeder konnte mithören. Sie ließ ihr lockendes und girrendes Lachen hören.

»Jan, hast du das wirklich vergessen?«

Er fragte nach.

Und wieder kam das Lachen. »Es war für dich doch schön, oder? Ist es nicht egal, ob Traum oder Wirklichkeit?«

»Ja doch, wunderschön, aber ich möchte ...«

Übermütig kichernd unterbrach sie ihn. Das hätte er nun von seinen Träumen, sie wären so intensiv, dass er sie nicht von der Wirklichkeit unterscheiden könnte. Ihr passierte das nie. Wenn sie etwas Schönes erlebte, wüsste sie es, schon deshalb, um auf die Erinnerung zurückgreifen zu können. Als sähe sie sein ratloses Gesicht vor sich, fügte sie hinzu: »Jedenfalls spüre ich, wenn ich daran denke, noch immer den, na ja ...«, sie zögerte kurz, »... etwas fremdartigen Geschmack im Mund.«

»Ist es also passiert?«

Sie ließ sich nicht festnageln und fragte: »Kommst du am Wochenende?«

»Nein, ich habe am Samstag Dienst, Redakteure mit Familie haben Vorrang, Praktikanten rangieren an letzter Stelle.«

Enttäuscht sagte sie, weg zu müssen und legte auf.

Verblüfft über das jähe Ende ging er in die Redaktion zu Lia. Sie brachte ihm bei, dass es eine Sache wäre, die Tätigkeit eines Journalisten zu verstehen, eine andere, sie dauerhaft auszuüben: Immer unter wechselnden Voraussetzungen und mit anderen Gesprächspartnern, auf die man sich einstellen müsste. Lia schenkte ihm nichts und erzog ihn zum selbständigen

Arbeiten. Sie schickte ihn zu unangenehmen Verwaltungen und schwer zugänglichen Unternehmern, die Journalisten als Belästigung empfanden. Das sagte sie ihm natürlich erst, als er seine ersten Erfahrungen gemacht hatte.

Die Wohnung von Tante Kaari, einer weit Verwandten seiner Mutter, lag nahe dem Zentrum und wies viel Grün auf. Die an Selbständigkeit gewohnte Tante überließ ihm ein Zimmer und stellte klar, sie erwartete, dass er ihre Lebensführung nicht störte. Sie kümmere sich auch nicht um seine Belange, solange er die Wohnung in Ordnung hielt.

Die Tante war eine eigenartige Frau. Sie hatte einen ausgeprägten Reinheitsfimmel, der den normalen Ordnungssinn weit überstieg: Die Gläser standen in Reih und Glied, die an der Wand über dem Herd hängenden Gerätschaften glänzten frisch poliert, im Badezimmer standen die Tiegel wie Zinnsoldaten nach der Größe geordnet auf der gläsernen Konsole. Staub betrachtete sie als persönliche Beleidigung, bekämpfte ihn gnadenlos. In der Familie galt Kaari als streng und schrullig, der ihre Eigenständigkeit über alles ging. Kein Mann hätte es mit ihr lange ausgehalten. Böse Zungen behaupteten, die Männer wären ihr davongelaufen, weil sie, so hatte es Vater – der selten über andere urteilte – beschrieben, ein Eisblock auf langen Beinen sei. Sie lebte allein, hatte weder Kinder noch Katzen. Ein Hund kam nicht in Frage, sie hätte regelmäßig mit ihm ausgehen müssen, überdies verursachten Tiere nur Schmutz.

Die fünfundvierzig Jahre sah man der Tante nicht an, sie hielt sich mit Joggen und Gymnastik fit. Die Arbeit in der Bibliothek nahm bei weitem nicht ihre gesamte Zeit und Energie in Anspruch. Sie dachte nicht daran, sich wegen Jan umzustellen, lebte weiterhin, als wäre sie in der großen Wohnung im zweiten Stock allein. Vom winzigen Balkon aus konnte er,

wenn er den Hals reckte, zum Park sehen.

Jan vermisste Inku noch mehr als befürchtet. In der Stadt, fremd wäre ihm jede Stadt gewesen, wurde ihm erst so richtig bewusst, wie eng ihre Verbindung geworden war. Er hatte das Gefühl, als wäre seine Seele daheim geblieben, hatte sich damit abgefunden, dass er weit mehr für sie empfand als erlaubt und dass es sinnlos war, das zu leugnen.

Er stürzte sich in die Arbeit, hoffte, in der neuen Umgebung diese Liebe ohne Hoffnung zu verdrängen und ihr Bild, das ihm permanent vor Augen schwebte, durch andere Eindrücke zu überdecken.

Es war gut, dass er mit einem Kopfsprung in die andere Welt eingetaucht war, sich mit ihr auseinandersetzen musste, er war ein Landkind, brauchte Zeit, um sich in der weitläufigen und modernen Hauptstadt Lapplands zurechtzufinden.

Als er später vom Flugzeug aus den Zusammenfluss der beiden großen Ströme überblickte, verstand er die Schwärmerei der Bewohner für ihre Stadt mit den riesigen Brücken, die das Zentrum mit anderen Stadteilen verbinden. Besonders beeindruckte ihn die Eisenbahnbrücke über den Kemijoki, den längsten Fluss Finnlands, wie der Kollege aus der Redaktion versicherte, der ihn auf seinem Boot mitgenommen hatte. Jan staunte über die endlos langen mit Holz beladenen Züge, die über die Brücke donnerten. Hier führe der Reichtum Lapplands vorbei: das Holz, dozierte der Kollege stolz.

In die Wohnung zurückgekehrt, erzählte Jan Tante Kaari vom Ausflug und drückte seine Verwunderung aus, kaum alte Häuser entdeckt zu haben. Sie klärte ihn auf, die deutsche Wehrmacht habe 1944 beim Abzug die Taktik der »verbrannten Erde« angewandt und neunzig Prozent der Gebäude Rovaniemis zerstört. Jan fiel der alte Geschichtslehrer ein, der vom Lapp-

landkrieg erzählt hatte, als in der Provinz Brücken gesprengt, Straßen vermint und Dörfer niedergebrannt worden waren.

In der Redaktion gab es viel Abwechslung, manchmal wusste er nicht, was zuerst machen, alles sollte schnell gehen, am besten gestern geschehen sein. Er begleitete Lia, wenn sie recherchierte oder Interviews machte, nahm an Redaktionssitzungen teil, verfasste Meldungen, schrieb sie um, kürzte. Enttäuscht war er über Lias distanziertes Verhalten, anders als damals beim Besuch im Dorf. Im Archiv suchte er für Redakteure Informationen und Artikel heraus, kopierte und verteilte sie. Manchmal legte ihm der Chef vom Dienst eine Meldung auf den Tisch.

»Mach etwas für den Lokalteil daraus, Informationen für den Hintergrund findest du im Archiv!«

Als Jan das Ergebnis präsentierte, gab es ihm der Chef zurück. »Nicht übel für den Anfang. Jetzt kürze es auf die Hälfte, hast aber nicht den ganzen Tag Zeit!« Beim zweiten Mal: »Schon besser, nun nochmals auf die Hälfte!« Dann war er zufrieden. »So geht es. Du musst schnell auf den Punkt kommen, überhaupt schneller arbeiten und immer an die sechs ›Ws‹ denken: wer, was, wann, wo, warum, wohin!«

Lia und andere Redakteure deckten ihn mit Aufträgen ein, Praktikanten wurden für zeitraubende Routinearbeiten eingesetzt. Erst nachts fand er die Ruhe, intensiv an Inku zu denken, bei Tag flogen einzelne Bilder wie Blätter im Herbstwind durchs Gehirn und wirbelten davon. Jener Abend nach dem Gespräch in der Scheune ging ihm nicht aus dem Kopf, er wusste noch immer nicht, ob es Traum oder Realität gewesen war.

Und Inku ging auf seine Fragen nicht ein.

Er schilderte ihr im Brief das hektische Leben, streute verschlüsselte Botschaften ein, schrieb von seinen Gefühlen und

seiner Sehnsucht. Inku schrieb offener, formulierte erstaunlich treffsicher. Wäre nicht die kindliche Schrift, hätte das Geschriebene von einer Frau in reifen Jahren stammen können.

Fuhr er am Wochenende nach Hause, flogen die Stunden nur so dahin. Kaum hatte er sich eingewöhnt, hieß es wieder Abschied nehmen. Selten hatten sie Gelegenheit, allein zu sein. Er half Vater beim Flicken der Zäune und bei den Tieren. Eines Abends – es war die Zeit der langen hellen Nächte – fuhren sie zu ihrem See, flach und warm genug, um zu schwimmen. Sie spritzten sich an, kraulten ein Stück, tollten im sumpfigen Gras herum, neckten sich, er tauchte unter ihr durch, dann lagen sie unter einer Birke. Plötzlich brachen zwei Jungen durchs Gebüsch, sprangen mit Geschrei ins Wasser, hatten das Paar beobachtet und enttäuscht beschlossen, es wenigstens zu erschrecken. Jan war froh, sich zurückgehalten zu haben, er hatte befürchtet, die Beherrschung zu verlieren. Sie hielten sich an der Hand, waren zufrieden, beisammen zu sein.

Langsam, als könnten sie den Abschied hinauszögern, radelten sie zurück, stiegen im Wald ab, umarmten und küssten sich scheu, die Trennung stand ihnen vor Augen.

Als er abreiste, versteckte sie sich, kam auch auf das Rufen der Eltern nicht hervor, wollte nicht, dass jemand ihre Tränen sah.

Als Jan in die Stadt am Polarkreis gekommen war, erschien sie ihm riesig. Nachdem er etwas von der Welt gesehen hatte, begriff er, mit 60.000 Einwohnern war sie eine Kleinstadt. Beim Gedanken an den Stolz, mit dem Bewohner erzählten, Lapplands Hauptstadt sei durch Eingemeindungen mit acht Quadratkilometern dreimal so groß wie Luxemburg und damit die flächengrößte Stadt Europas, lächelte er. Moderne Wohnblocks zogen am Busfenster vorbei. Anfangs hatte er sie nur durch die Hausnummern unterscheiden können.

In einem der Blocks wohnte Tante Kaari, die gleich am ersten Tag erklärt hatte, die Tante könne er weglassen, das machte sie nur älter. Kaari wunderte sich, dass er so oft Post erhielt, immer die gleiche kindliche Schrift und das gleiche Postamt, kein Absender. Ein Anruf brachte die Bestätigung, die Briefe, auf die Jan sehnsüchtig wartete, stammten aus seinem Heimatdorf. Sie fragte ihn, ob das eine Freundin wäre, die so oft schrieb. Auf die Antwort, er hätte keine Freundin, wollte sie wissen, ob er der anderen Fakultät angehörte, in seinem Alter sei eine Freundin normal. Jan hatte eine scharfe Erwiderung auf der Zunge, merkte aber, es war nur Neugier, erwiderte etwas unwillig, nein, er wäre kein Homo, hätte aber keine Lust, sich eine Freundin anzulachen, nur weil es so üblich wäre.

Kaari lachte. »Oh, wieder mal ins Fettnäpfchen getreten. Nichts für ungut, wenn du nicht darüber reden willst, mir soll es recht sein.« Sie trug, wenn sie zur Arbeit fuhr oder ausging, lockere Pullover oder weite Kleider, zu Hause dünne Blusen oder leichte ärmellose Jäckchen, liebte es warm in der Wohnung. Die Tante sammelte Material für eine Abhandlung über das Mittelalter, Geschichte war ihr Hobby.

Meist war Jan zu müde, um zu lesen, ließ den Fernseher laufen, hatte den Ton leise eingestellt. Erhob sie sich, um Tee zu holen, folgte ihr unwillkürlich sein Blick und er überlegte, ob ihr der aufreizende Gang bewusst war. Die eng anliegende türkisfarbene Hose spannte sich wie eine zweite Haut um den Po, deutlich zeichnete sich das Höschen ab und die weiße Bluse bedeckte zwar die prallen Brüste, ließ ihre Umrisse aber gut erkennen. Drehte sie schnell den Kopf, flatterten die dichten braunen Haare, die sie vermutlich färbte, wie eine Fahne mit. Inkus Zopf fiel ihm ein. Es hätte ihn stutzig machen müssen, dass Inkus Bild verblasste, wenn er Kaari beobachtete. Saß

die Tante am Schreibtisch, nahm sie manchmal die randlose Brille ab, die das kühl wirkende Gesicht unnahbar erscheinen ließ, starrte in Gedanken versunken in den Raum, schien ihn vergessen zu haben. Begegneten sich zufällig ihre Blicke, schaute sie überrascht, als würde ihr jetzt erst bewusst, dass er bei ihr wohnte. Sie schien nicht zu bemerken, dass er immer wieder auf ihre Brust guckte, die sich im Profil imponierend darbot. Damals ahnte er nicht, dass sie einmal zu ihm sagen würde, noch größere Brüste behinderten sie beim Joggen.

Normalerweise war sie morgens fertig und saß am Frühstückstisch, wenn er unter die Dusche ging. An jenem Tag musste er früher in die Redaktion, öffnete verschlafen die Badezimmertür, sah sie unter der Dusche stehen.

Gelassen, als wäre es das Normalste in der Welt, nackt vor ihm aufzutreten, sagte sie: »Ah, du bist schon auf? Ach ja, habe vergessen, du musst heute früher weg. Reich mir bitte das Handtuch, bin gleich fertig.«

Wortlos nahm er das Badetuch, hielt es ihr hin.

»Du musst näher kommen, ich beiße nicht«, lachte sie.

Täuschte er sich oder wollte sie ihm zeigen, dass sie reichlich Holz vor der Hütte hatte? Verwirrt drehte er sich um, fühlte, während er Kaffee trank, ihren Blick auf sich ruhen.

Seine Verlegenheit entging ihr nicht, belustigt lachte sie. »Also dann bis heute Abend, mein Junge!«

»Bis später«, brummte er.

Mehr als ihm lieb war, beschäftigte ihn der üppige Körper der Tante, die ihre Nacktheit präsentiert hatte, als würde sie das immer so machen. Auch während der Arbeit tauchte das Bild der reifen Frau auf und zum ersten Mal drängte sich etwas zwischen Inku und ihn, etwas Fremdes, Beunruhigendes. Das Warnsignal im Gehirn missachtete er. Abends lag ein Zettel auf

dem Tisch, sie sei ausgegangen, er brauchte nicht zu warten. Das hatte er nie getan, sie war weggeblieben und irgendwann gekommen, keiner hatte den anderen kontrolliert. Er schalt sich einen Dummkopf, weil er einen Moment Enttäuschung verspürt hatte. Unruhig wälzte er sich hin und her, wachte auf, als sie kam und gegen ihre Gewohnheit den Mantel auf einen Stuhl warf, ihre Schuhe fortschleuderte. Er hörte sie in Strümpfen herumgehen, dann nahm sie etwas aus dem Kühlschrank, summte vor sich hin, bis ein Sektkorken knallte. Es hielt ihn nicht mehr im Bett, er schlüpfte in die Pantoffeln, ging ins Wohnzimmer. Sie räkelte sich auf dem Sofa mit der hohen Seitenlehne, hatte die Beine angewinkelt, die Bluse halb aufgeknöpft, den Rock hochgezogen, auf dem Tischchen stand die Flasche, das Glas hielt sie in der Hand.

»Hallo Jan.« Sie grinste spöttisch. »Hab ich dich geweckt? Setz dich, trink ein Glas mit! Heute ist ein Grund zum Feiern.«

Ein zweites Glas stand da, offenbar hatte sie damit gerechnet, dass er kam. Er nahm die Flasche, schenkte ihr nach und sich ein. »Hast du etwa ...«

»Nein, nicht Geburtstag, etwas viel Besseres! Auf dich, Jan!« Sie hob das Glas.

»Auf dein Wohl«, erwiderte er lahm, wollte sich im Lehnsessel niederlassen.

Kaari machte eine einladende Handbewegung. »Komm her, hier ist Platz genug und wie ich morgens sagte: Ich beiße nicht.«

Verlegen setzte er sich an den Rand des Sofas.

»Bist du so schüchtern oder«, sie zog die Augenbrauen zusammen, die Falte über der Nasenwurzel vertiefte sich, »bin ich dir zu alt, um mit mir gemütlich Sekt zu trinken?«

»Nein, nein«, beeilte er sich zu erwidern. Den Gedanken, dass Inku über der Nasenwurzel eine ähnliche Falte hatte, wenn

auch nicht so ausgeprägt, verscheuchte er. »Du bist schon in Ordnung.« Er nahm einen großen Schluck, trank nochmals. »Und gut gebaut.«

»Oh danke«, lachte sie, gab ihm ihr Glas. »Stell es ab! Komm, ich will dich spüren!« Sie zog ihn an sich, nahm seine Hand, schob sie unter die Bluse. Durch den weichen BH spürte er die festen Brustwarzen und ehe er sich versah, schlüpfte ihre Hand in seine Pyjamahose und umfasste seinen Penis.

»Oh, da rührt sich was, genau das brauche ich jetzt.« Sie streichelte ihn, ließ los. »Komm, hilf mir!« Sie hob ihren Po. »Na mach schon, zieh es runter! Ja, so ist's gut. Hast du schon einmal mit einer Frau geschlafen?«

Errötend schüttelte er den Kopf.

Energisch streifte sie seine Pyjamahose runter. »Dann wird's Zeit!«

Sie hatte seinen Kopf an sich gedrückt, mit einer raschen Bewegung den BH geöffnet, gab ihm die Brust wie einem Säugling. Mit geübtem Griff führte sie ihn ein und nach wenigen Stößen kam er zum Höhepunkt, entlud sich. Sanft streichelte sie seine Haare. »So ist's gut«, murmelte sie. »Nicht aufhören, mach weiter, ja, immer weiter!«

Sie wies ihn in die körperliche Liebe ein, er hätte keine einfühlsamere Lehrmeisterin finden können. Längst waren sie ins Bett gewechselt, hatten sich gegenseitig die letzten Kleidungsstücke heruntergerissen. Nach Stunden schliefen sie erschöpft und nass geschwitzt ein, er an ihren Rücken geschmiegt. Er erwachte, als sie die Wohnungstür hinter sich zuzog. Im Badezimmerspiegel betrachtete er die schwarzen Ränder unter seinen Augen, entdeckte die Schrift mit Lippenstift: »Hat Spaß gemacht!«

Er fühlte sich hundeelend, als er sich klarmachte, dass er

Inku verraten hatte, seiner so lange zurückgestauten Gier zum Opfer gefallen war. Zum ersten Mal fuhr er am Wochenende nicht nach Hause, obwohl er konnte, schrieb auch nicht. Die Ausrede am Telefon, er müsste am Sonntag für jemanden einspringen, der krank geworden wäre, klang glaubhaft. Sein schlechtes Gewissen Inku gegenüber beruhigte er damit, es wäre an der Zeit gewesen, die Geschichte zu beenden, ehe es zu seelischen Verwerfungen kam. Tief drinnen schmerzte es, sich eingestehen zu müssen, sie hintergangen zu haben und nicht den Mut besessen zu haben, ihr die Wahrheit zu sagen. Er entschuldigte sein Verhalten vor sich, er habe sich jahrelang beherrscht, sei reif gewesen.

Kaari, von Job und Joggen nicht ausgelastet, nahm ihn ohne Rücksicht auf seinen langen Arbeitstag, als wollte sie alle Kraft aus ihm saugen, damit er nicht auf dumme Gedanken kam. Versuchte er, Abstand zu gewinnen und sagte, er sei zu müde, fand sie immer Mittel, ihn zu reizen, bis er bei ihr lag. Es fiel ihr leicht, ihn ins Bett zu locken. War er erschöpft, setzte sie sich auf ihn und tobte sich aus. Und als er einmal keine Lust verspürte und meinte, er müsste endlich schreiben, was los sei, brach sie in hässliches Lachen aus.

»Glaubst du im Ernst, dein Mädchen wartet so lange auf dich? Sie hat längst einen anderen, sie schreibt nicht mehr!«

Gereizt starrte er sie an. »Das geht dich nichts an, das ist meine Sache!«

Mit kalt funkelnden Augen fuhr sie ihn an: »Meinst du etwa, ich weiß nicht, wer es ist?«

Jan antwortete nicht, seine Augen waren schmal geworden. Er spürte ein Gefühl in sich aufsteigen, dem Hass ähnlicher als der Leidenschaft, und gestand sich ein, ganz allein an seiner Misere schuld gewesen zu sein.

»Es war nicht schwer, das herauszubekommen, auch wenn der Absender fehlte: Postämter haben eine Nummer ...«

»Aber ich ...«, wollte Jan einwenden.

»Such dir keine Ausreden, zumal du die üble Angewohnheit hast, im Schlaf zu reden.« Nach einer Pause, lang genug, um ihren Worten Gewicht zu verleihen: »Du hast nicht viel gesagt, aber den Namen und ein paar zärtliche Worte habe ich verstanden, und das nicht nur einmal. Vermutlich weißt du nicht, dass du im Schlaf redest.«

Bestürzt glotzte er sie an.

»Keine Bange, von mir erfährt niemand etwas, das ist euer Bier. Aber solange du hier bist, gehörst du mir.« Mit einer müden Geste fuhr sie sich mit der Hand durchs dichte Haar, einzelne Strähnen schimmerten grau. »Und damit wir uns richtig verstehen: Ich verlange vollen Einsatz, keine Pflichtübungen!«

»Das ist Erpressung«, stotterte er. »Das heißt, wenn ich nicht mehr will ...«

»Nenne es wie du willst«, unterbrach sie ihn. »Ich denke, ich habe mich deutlich ausgedrückt. Bis morgen Abend gebe ich dir Zeit zum Überlegen. Jetzt geh und schreib deinem Liebchen, dir fällt schon was ein.« Jans Finger umschlossen bereits den Türgriff, da fügte sie hinzu: »Auch du wirst lernen, dass alles seinen Preis hat.«

Er drückte die Klinke.

»Und gewöhne dir das Plaudern im Schlaf ab. Es ist nicht gerade erhebend, nach einer wilden Nacht den Namen einer anderen zu hören, an die du offensichtlich gedacht hast, während du bei mir lagst.« Er wollte die Tür zuziehen, da ergänzte sie halblaut: »Im Übrigen solltest du, wenn du schon Tagebuch schreibst, es besser verstecken!«

Jan erschrak, hatte nicht vermutet, dass Kaari es lesen würde. Dann hatte sie bestimmt auch die Stelle gefunden, wo er beschrieben hatte, was an jenem Abend geschehen war oder was er sich erträumt hatte und Kaari konnte annehmen, dass es passiert wäre. Sie hatte am Anfang das Gleiche mit ihm gemacht.

Den ganzen Tag drehte sich das Ultimatum wie ein Mühlenrad im Kopf, zermahlte fein säuberlich sämtliche Ausreden, die er sich zurechtgelegt hatte. Manchmal, wenn sie, satt vom Sex, im Zimmer umherging, wurde ihm klar, die aufreizenden Bewegungen waren ihr zur zweiten Natur geworden. Es war nicht zu übersehen gewesen, dass Kaari eine erfahrene intelligente Frau war. Dass sie kalt und berechnend war, hatte er nun erfahren. Vater hatte mit der Bezeichnung Eisblock nicht so unrecht gehabt, wenn er es auch anders gemeint hatte.

Gestern war Jan zu aufgewühlt gewesen, um Inku zu schreiben, auch war ihm keine glaubhafte Rechtfertigung eingefallen und belogen hatte er sie noch nie. Wie würde sie reagieren? Allmählich begann er zu ermessen, was er aufs Spiel gesetzt und vielleicht für immer verloren hatte.

Lia hatte schon seit Tagen beobachtet, dass er nicht richtig bei der Sache war und abgeschlafft wirkte, ihm oft Fehler unterliefen. Sie machte ihm unmissverständlich klar, wenn er nochmals Kollegen falsche Unterlagen auf den Tisch legte, sich Aufträge nicht merkte und Geschriebenes dreimal überarbeiten musste, könnte man ihn nicht brauchen. Lia war eine scharfe Beobachterin, zählte eins und zwei zusammen, sagte ihm auf den Kopf zu, er hätte eine Freundin. Es ginge sie zwar nichts an, aber diese Frau täte ihm nicht gut, er hätte sich geändert, wäre unkonzentriert und nicht mehr so hilfsbereit, wirkte kalt und nervös. Aber gerade die warmherzige Art und die

Gelassenheit hätten seinen Charme ausgemacht. Ihre Augen, die durch die Brille übergroß erschienen, musterten ihn scharf. Bei der Arbeit hörte der Spaß auf, sie duldete die Schlamperei im Job nicht. Am Ende der Standpauke riet sie: »Mach dich los von ihr, das rat ich dir!« Sie grinste schief. »Das reimt sich sogar.« Sie wandte sich ab, machte einen Schritt, drehte sich nochmals um. »Ach ja, beinahe hätte ich es vergessen: Inku hat angerufen, hat gefragt, was mit dir los sei. Ich sagte ihr, du arbeitest viel, sie solle sich keine Sorgen machen.« Mit sanfter Stimme fügte sie hinzu: »Tu ihr nicht weh, sie ist ein liebes Mädchen!«

Das hatte fürsorglich geklungen, die Reporterin schien weit mehr zu ahnen als vermutet. Er nahm sich vor, mit Äußerungen ihr gegenüber vorsichtig zu sein. Was er nicht ahnte: Lia hatte zu Inku Kontakt aufgenommen. Inku hatte ihm nicht mehr geschrieben, seit sie ihm die mit der Maschine geschriebene Mitteilung, Lia habe angerufen und Fragen gestellt, geschickt hatte.

Mit müder Stimme sagte er zu Lia, sein Privatleben ginge sie nichts an und was den Job betraf, würde er sich zusammenreißen. Und leise setzte er hinzu, er befände sich in einer blöden Situation, hätte sie sich selbst eingebrockt. Stumm schaute ihn Lia an, setzte sich und begann zu lesen.

Das Praktikum ging zu Ende. Kaari teilte ihm in der letzten Nacht mit der Stimme einer strengen Lehrerin mit, nun habe er die echte Reifeprüfung bestanden, sogar mit Auszeichnung.

Er war lange nicht mehr zu Hause gewesen und der Empfang durch Inku war wie erwartet denkbar kühl. Bei der ersten Gelegenheit sagte sie ihm, er könnte sich jede Art von Rechtfertigung schenken, sie wüsste alles, auch von der sauberen Tante, diesem Weibsstück.

»Ich werde es dir erklären«, unterbrach er lahm.

Sie machte eine ungeduldige Abwehrbewegung, schaute ihn an, als könnte sie durch ihn durchsehen, Tränen liefen ihr über die Wangen. »Es gibt nichts zu erklären und ich habe dir nichts mehr zu sagen.« Sie wendete sich ab und lief ins Haus.

Das tat weh. Ein einziger Satz hatte alles zerstört, was je zwischen ihnen bestanden hatte. Ob sich aus den Trümmern jemals wieder Vertrauen aufbauen ließ, glaubte auch er nicht wirklich. Kaaris Worte, dass einem für alles im Leben irgendwann die Rechnung präsentiert würde, hatten offensichtlich seine Berechtigung.

9. Studium

Jan hatte sich nicht vorgestellt, dass das Studium in einem so düsteren Klima beginnen würde. Niedergeschlagen war er mit dem Bus in die Hauptstadt gefahren, hatte das Fenster freigewischt, wollte sich mit den bunten Herbstwäldern und dem klaren blaugrünen Wasser im Fluss von Inkus abweisender Art und der neuerdings von ihr ausgehenden Kälte ablenken. Doch der Fluss erinnerte ihn auch ans Kajakfahren mit Inku. Voll Wehmut dachte er daran, wie sie manchmal mit ihm fischen war, sie am Ufer Feuer gemacht und die Fische gebraten hatten, satt und zufrieden dagelegen und die Nähe des anderen gefühlt hatten. Er zwang sich dazu, in die Gegenwart zurückzukehren, der Bus näherte sich der Flussmündung. Um die Jahreszeit waberte fast immer Nebel über dem Wasser. Zuerst hieß es, sich eine Bude zu suchen. Bei Tante Kaari wohnen, kam nicht in Frage, für sie war die Affäre ebenso abgeschlossen wie für ihn, es gab kein Zurück. Ins Studentenheim wollte er nicht.

So probierte er es bei der Adresse, die ihm ein Freund seines Vaters zugesteckt hatte. Das Ehepaar vermietete auf Empfehlung, hatte er gesagt, sei allerdings altmodisch, was die Moral anginge. Jan stellte sich vor, hatte Glück, ein Student war ausgezogen, das Zimmer frei. Er räumte die Sachen ein, bummelte durch die Stadt, um die Umgebung zu erkunden. Er suchte Arbeit, egal was. Kannte er sich einmal aus, war es leichter, ein gemütliches Zimmer zu finden. Die Arbeit würde

ihn davon abhalten, ständig an Inku zu denken. Während des Praktikums hatte er sich nie an die Unruhe der Stadt gewöhnt, die Redaktion und Kaari hatten ihn ausgefüllt, er war oft wie ein Blinder durch die Stadt gelaufen. Obwohl es zu Hause nicht mehr wie früher war, fühlte er sich hier trotz der vielen Menschen oft allein, es fehlte die Geborgenheit, die ihm der Hof geschenkt hatte. Von den oberen Stockwerken der Universität sah er über den Fluss und die Wälder, das beruhigte.

Während des Praktikums hatten der Reiz des Neuen und die Gewissheit, in ein paar Wochen wieder zu Hause zu sein, den ungewohnten Aufenthalt in der Stadt erleichtert. Nun kämpfte er gegen den ständigen Drang an, seine Klamotten zu packen und heimzufahren, doch weit mehr als das Heimweh bedrückte ihn das selbst verschuldete Zerwürfnis mit Inku.

Jan hatte Vater gegenüber nie ein Hehl daraus gemacht, nicht den Hof übernehmen zu wollen, hatte nicht erwartet, dass es Vater so treffen würde, dass der von Generation zu Generation weitergegebene Hof in fremde Hände übergehen sollte. Der Ertrag war ständig zurückgegangen, daran hatte die Plackerei nichts geändert. Etliche Nachbarn hatten aufgegeben und waren in die Stadt gezogen. Jans Eltern hatten sich nicht dazu durchringen können, den Hof im Stich zu lassen.

Erst das Fernsehen hatte besonders Jugendlichen die Abgeschiedenheit bewusst gemacht, viele glaubten, das wahre Leben ziehe an ihnen vorüber. Kamen im Sommer Fremde, wunderten sie sich, wenn Einheimische von Nachbarn sprachen, die Kilometer weit entfernt wohnten. Jan hatte die räumliche Absonderung nie gestört, er wusste sich zu beschäftigen und vor allem hatte er Inku. Er hatte die Tatsache, dass sich der Traum, Journalist zu werden, nur in der Stadt realisieren ließ, verdrängt. Die Eltern hatten ihm seinen Berufswunsch nie

auszureden versucht, obwohl die Chance, eine feste Stelle zu erringen, gering war. Es war nicht einfach gewesen, sie zu überzeugen, dass der Beruf seinen Fähigkeiten und Anlagen entsprach.

Zu seiner großen Überraschung hatte ihm Vater am Tag nach der Abiturfeier einen Studienführer auf den Tisch gelegt. Ein Vollstudium-Journalismus würde nur in Helsinki angeboten, hatte er sich schlau gemacht. Sie konnten selbst in Rovaniemi nur einen Teil der Kosten schultern, Jan müsste neben dem Studium arbeiten. Lia hatte zum Fachstudium geraten, das bot in großen Redaktionen mehr Möglichkeiten, abgesehen davon, dass das Leben in Helsinki noch viel teurer wäre. Journalistische Seminare könnte er hier auch belegen und die Praxis erlernte er im Job. Das leuchtete ein. Er entschied sich für Wirtschaft.

Um finanziell über die Runden zu kommen, übernahm er Botengänge und fuhr Waren aus, hoffte, bald an eine Adresse für eine kleine Wohnung zu kommen. Noch hatte er die Hoffnung nicht aufgegeben, dass ihn Inku eines Tages besuchen würde. Sein jetziges Zimmer war dafür denkbar ungeeignet. Ein Kommilitone, mit dem er öfter in der Mensa diskutiert hatte und der wusste, dass er in der Regionalzeitung praktiziert hatte, fragte ihn, ob er seinen Job beim Hörfunk übernehmen wollte, er wechselte in die Hauptstadt.

Jan griff zu, durchlief mehrere Abteilungen, arbeitete im Archiv, führte einfache Recherchen durch, steckte Teile aus alten Sendungen ab, beantwortete Hörerbriefe, half Redakteuren bei Dokumentationen, sprang ein, wenn jemand ausfiel.

In der zweiten Woche wurde er Gustavsen als Assistent zugeteilt, einem mit allen Salben geschmierten alten Hasen, der immerzu Pfeife rauchte, Rauchverbote grundsätzlich missachtete und jedes Studio im Nu in eine Räucherkammer ver-

wandelte. Seine schwedische Herkunft war nicht die Ursache für sein mürrisches Wesen, wurde Jan versichert. In Gustavsens Beiträgen stimmte alles und schrieb er einen Text, hatte er einen Flachmann oder eine Flasche Bier auf dem Schreibtisch stehen. Er empfahl Jan, eine Zeit bei einem Freund in der Lokalredaktion der zweitgrößten Regionalzeitung zu hospitieren, um das Verfassen von Meldungen und Nachrichten zu üben.

Die Bezahlung war schlechter, der Herausgeber versuchte, sinkende Anzeigen durch Einsparungen bei den Löhnen auszugleichen. Jan trug Informationen zusammen, schrieb Meldungen, kürzte und schrieb um, verfasste neue, doch Gustavsens Freund nörgelte ständig an ihm herum. Bis ihm der Neuling eine Meldung unterjubelte, die der Redakteur aufgesetzt hatte, lediglich das Datum war geändert.

Der Journalist stutzte, schaute ihn scharf an und brüllte: »Was soll das denn? Das ist keine Meldung, das ist Mist!«

Jan ließ sich nicht aus der Ruhe bringen, erklärte, diesen Mist habe er selbst produziert und wies das Original vor. Der Redakteur kniff die Augen zusammen und lachte, dass ihm die Tränen kamen.

»Saubengel, verfluchter! Ich glaube, du kannst zum Hörfunk zurück.«

Abends war Jan hundemüde, doch wälzte sich eine Flut von Erinnerungen durchs Gehirn, er träumte wild, wachte auf, konnte nicht mehr einschlafen. Er stürzte sich in die Arbeit, doch das Unterbewusstsein ließ sich nicht austricksen, holte im Traum nach, was er tagsüber verdrängte, zeigte ihm Inkus trauriges Gesicht, das beim Abschied wie versteinert gewirkt hatte. Ein kühler Händedruck, keine Umarmung, kein Wort, das Verzeihung und Hoffnung signalisierte. Verstehen konnte er ihre Haltung, weh tat sie dennoch. Alle Versuche einer An-

näherung schlugen fehl. Was sie verbunden hatte, war gekappt.

An jenem Abend nach dem Praktikum, als er nach Wochen zum ersten Mal wieder nach Hause gekommen war, hatte er die erste Gelegenheit genutzt, mit ihr zu reden, doch sie hatte dem Gespräch sogleich eine Wendung gegeben, die seine geringe Hoffnung zunichte gemacht hatte. Bevor er eine Chance bekam, etwas zu erklären, hatte sie auf der Beantwortung einer Frage bestanden.

»Sonst gibt es kein Gespräch!«

Stumm nickte er.

»Du hattest in der Stadt eine Freundin. Hast du mit ihr geschlafen?« Ein Blick und sie kannte die Antwort. »Dann habe ich dir nichts mehr zu sagen.«

»Aber ...«

Müde hatte sie abgewinkt. Sie hatte es ernst und endgültig gesagt, er hätte erklären können, was er wollte, alles hätte hohl geklungen. Mehrere Male hatte er mit ihr zu sprechen versucht, sie hatte ihn nur ausdruckslos angeguckt und sich abgewandt. Waren die Eltern dabei, hatte sie auf Fragen reagiert, aber abweisend. Mutter hatte gefragt, was sie hätte, sie ginge mit Jan um, als wäre er ein Fremder.

Inku antwortete, als hätte sie diesen Einwand erwartet: »Das ist er auch: Er ist mir fremd geworden.« Und war aus der Küche gelaufen.

Auf Mutters Nachfrage hatte Jan den Kopf geschüttelt. Was hätte er ihr denn erzählen sollen?

Kaari hatte ihm das prophezeit, als er vor dem Bahnhof Rucksack und Tasche aus dem Auto gewuchtet hatte. Sie war nicht ausgestiegen, hatte das Fenster heruntergekurbelt. »Also dann, mach's gut. Ich bin mir sicher, du wirst mich nicht vergessen.«

Er hatte das Gepäck abgestellt, um ihr die Hand zu geben.

»Übrigens, das Mädchen weiß von uns, aber nicht von mir. Keine Ahnung, wer es ihr gesteckt hat. Vermutlich hat sie die Nase voll von dir ...«

Dann war sie davongebraust, hatte seine ausgestreckte Hand übersehen.

Für ihn war das Kapitel Kaari abgeschlossen, nicht aber für Inku. Sie war mit fünfzehn seelisch reifer als manche Erwachsene. Wohl hatte sie verstanden, dass es für sie beide keine Zukunft gab, doch Gefühle sind allemal stärker als Verstandesgründe – sie verhielt sich ihm gegenüber weiterhin schroff und abweisend. Sein Verrat hatte sie tief verletzt, wollte ihm zeigen, dass sie sich das nicht bieten ließ. Kam er nach Hause, rannte sie ihm nicht mehr wie früher entgegen und umarmte ihn, sondern reichte ihm höflich die Hand, war schweigsam, ging ihm aus dem Weg, hatte seine Briefe ungeöffnet zurückgeschickt. Sein Hinweis, er habe erklären wollen, wie alles gekommen war, hatte sie mit einem Achselzucken abgetan.

Es hatte sie Mühe gekostet, sich so kalt und unnahbar zu geben, sie sehnte sich nach ihm, aber ihr Stolz ließ nicht zu, so zu tun, als wäre nichts gewesen. Es war ihr schwergefallen, seine Briefe zurückzusenden. Da die Briefträgerin immer Inku die Post mitgab – so ersparte sie sich den Weg –, hatte Mutter erst nach Wochen gefragt, ob Jan nicht mehr schrieb, hatte nichts als ein Kopfschütteln geerntet. Inku wollte Jan mit der Nase darauf stoßen, dass sie sich zu wehren wusste, hatte aus Romanen gelernt, Eifersucht sei ein altbewährtes Mittel, wenn es darum ging, die Gefühle eines Mannes zu testen.

Der blonde sommersprossige Martti wunderte sich, als ihn Inku einlud, am Samstag zu kommen, sie wollte wandern, der Bruder lebte in der Stadt, sie hätte sonst niemanden, der

mitging und allein dürfte sie nicht. Martti war zwei Jahre älter, nicht gerade ein Idol, aber er schien gutmütig zu sein, hatte öfter versucht, mit ihr anzubandeln und jedes Mal hatte sie ihn abblitzen lassen. Pünktlich traf er mit dem Mountainbike ein, war erstaunt, Jan anzutreffen, der seine Enttäuschung über Inkus Entschluss, mit Martti auf den Berg zu steigen, nicht verbarg, hatte er doch selbst beabsichtigt, ihr das vorzuschlagen.

Mutter merkte ihm seinen Missmut an. »Inku wird flügge, wird auch Zeit.« Dann murmelte sie: »Dass sie die Wanderung aber ausgerechnet heute unternimmt, da du gekommen bist und sie es wusste, wundert mich schon sehr.«

Mit finsterem Gesicht wandte sich Jan ab, den folgenden Satz hörte er nicht mehr. »Komisch, diesen Martti hat sie bisher nie erwähnt.«

Jan half Vater bei der Mahd, arbeitete hart, redete den ganzen Tag kaum, blieb beim Mittagessen verschlossen. Vater fragte ihn, was ihm auf den Magen geschlagen sei, ob ihm das Studium nicht gefalle.

»Nein, das Studium ist schon in Ordnung. Jeder hat mal eine Zeit, wo er ungenießbar ist.«

Martti wunderte sich, dass sich Inku nach dem Aufbruch – Jan ließ sich nicht sehen –, fröhlich und unbeschwert gegeben hatte, doch kaum waren sie ein Stück marschiert, wurde sie immer einsilbiger. Er fragte, ob sie umkehren wollte, schließlich wäre ihr Bruder da. »Oder hast du nicht gewusst, dass er kommt?«

Inku lachte auf. »Natürlich wusste ich es! Aber glaubst du, wenn der Herr Studiosus geruht, nach Hause zu kommen, tanzen alle nach seiner Pfeife?«

Beflissen pflichtete Martti bei, tat alles, um ihre Gunst zu erringen, erntete aber nichts als schlechte Laune. Er ahnte,

dass es mit Jan zusammenhing, nahm an, die beiden hatten gestritten. »Versteh einer die Weiber«, murmelte er in den spärlich sprießenden Bart.

Verbittert fuhr Jan zurück, schwor sich, lange nicht zu kommen, trug aber seine Gedanken über Inku und seine Träume weiter ins Tagebuch ein, das machte sie erträglicher. Mitunter überwältigte ihn das Gefühl, das Leben zerrinne ihm zwischen den Fingern. Inku war viele Kilometer weit weg, hatte sich gedanklich und gefühlsmäßig von ihm gelöst, alles erschien leer und öde. Es war nicht nur ihr Äußeres und ihr Geplauder, das ihm fehlte, es war vor allem, das irritierte ihn besonders, ihr Geruch. Er hatte ihren Körperduft wie eine Droge eingeatmet, wenn sie neben ihm gesessen und sich vorgeneigt hatte, um zu sehen, wie er mit Zirkel und Lineal Winkel konstruierte. Jan war überzeugt, es gab keine Stelle ihres Körpers, die er nicht gern gerochen hätte. Aus ihren Achselhöhlen war ein Duft geströmt, den er begierig eingesaugt hatte, sie roch überall anders. In letzter Zeit war das Bukett intensiver geworden, hatte ihn berauscht, er hatte sich zur Konzentration zwingen müssen. Er hätte darauf gewettet, unter hundert Frauen sie am Geruch zu erkennen.

Im Tagebuch beschrieb er, was sie unternehmen konnten, sollte sie wider Erwarten auftauchen: Die Stadt zeigen, ins Theater fahren oder Wein trinken und reden. Er konnte mit ihr, käme sie bald, in den Zirkus gehen, hatte die bunten Wagen der Fahrensleute am Straßenrand gesehen. Sie konnten orangefarbene Kerzen anzünden, die sie so gern mochte, und er bekam vielleicht eine Chance, ihr zu erklären, warum es so gekommen war mit Kaari. Ob sie verzeihen würde?

Kam sie, bestand Aussicht, dass alles wie früher werden würde oder schöner. Die Möglichkeit, dass sie unnahbar blei-

ben würde, zog er nicht in Betracht – dann würde sie nicht kommen. Er malte sich aus, die Flasche Rotwein zu trinken, die für diesen Anlass auf dem Schrank wartete, dachte daran, dass sie nach einem Gläschen einen Schwips hatte, ein- oder zweimal hat er sie ausgelassen erlebt. Wünschte sie, dass er aus dem Tagebuch vorlas, würde er die Passage aussuchen, wo er ihren Besuch ausgemalt hatte. Im Zimmer hatte nur ein Stuhl Platz, sie würden auf dem Bett sitzen und wenn sie gegessen, getrunken und sich ausgesprochen hatten, würde er über ihre Haare streichen. Reagierte sie positiv, würde er sie in die Arme schließen und küssen. Ihm wurde heiß bei dem Gedanken, bis er merkte, wieder einmal Wunschträumen nachzujagen.

Er legte den Bleistift ab, öffnete das Fenster, ließ die kühle Nachtluft ins Zimmer strömen. Der Wind trug vom Hafen das tiefe Tuten eines Schiffes und die hellere Antwort eines kleineren herüber. Die Peitschenleuchten warfen lange Schatten der Bäume auf die Hauswände. Zum hundertsten Mal fragte er sich, ob ihr Kommen nur ein Wunschtraum bleiben würde. Eine Mücke flog sirrend herein, wohl die letzte im Jahr, sie ließ sich leicht fangen. Er schloss das Fenster, blieb unschlüssig stehen. Was nützte es, sich Träumen hinzugeben, die ihn aufwühlten, ihm seine Einsamkeit vor Augen führten und ihn daran erinnerten, was er durch eigene Schuld verloren hatte? Doch ein Gedanke setzte sich fest und ließ sich nicht mehr abschütteln: Sollte sich eine Gelegenheit ergeben, würde er sie nutzen, ungeachtet der Folgen.

Kaari hatte ihn gelehrt, Liebe und Sex wären zweierlei. Bei ihr war ein schales Gefühl geblieben, ihre Angewohnheit, hinterher gierig eine Zigarette mit goldenem Mundstück zu rauchen und sich einen Espresso zu machen, hatte den Eindruck gefestigt, dass es ihr nach der Befriedigung egal war, wie er sich fühlte.

Er war sich benutzt vorgekommen, hatte das Bedürfnis gehabt, sich innerlich zu reinigen, als könnte man die Seele mit Seife waschen. Doch auch wenn er noch so lange unter der Dusche stand, der unangenehme Nachgeschmack war geblieben.

Während der Wochen bei Kaari hatte seine Sehnsucht nach Inku nie nachlassen, war eher stärker geworden, je länger er unter dem Einfluss von Kaari gestanden hatte. Die Gedanken zogen ungeordnet und ohne Zusammenhang mit dem, was er getan hatte, durchs Gehirn und er ließ sie ziehen.

Eines Abends, als er von einer Geburtstagsfeier nach Hause kam, saß Inku auf der zweiten Stufe vor seiner Wohnung, die er mit dem Job vom Kollegen geerbt hatte. Sie schlief, den Kopf auf den verschränkten Armen. Neben ihr lag die Tasche, die sie auch als Rucksack tragen konnte. Verblüfft rieb er sich die Augen, hatte es genau so erträumt und im Tagebuch beschrieben und nun war sie hier. Sie wachte auf, schaute ihn mit großen Augen an, stand auf und umarmte ihn scheu, er drückte sie an sich.

In der Wohnung blieb sie vollkommen stumm, Hauptsache, sie war da. Ihm lagen eine Menge Fragen auf der Zunge, doch ihr permanentes Schweigen lähmte ihn, er brachte den Mund nicht auf. Es war ein eigenartiges Wiedersehen.

Sie tranken Tee, sein Angebot zu einem Glas Wein lehnte sie kopfschüttelnd ab. Er streckte die Hand aus, um sie zu streicheln, wiederum die lautlose Verneinung. Etwas Schweres, Bedrückendes, das sich nicht fassen ließ, senkte sich auf sie beide, lastete schwer auf ihm. Er bewegte sich nicht, hütete sich, das Wort zu ergreifen, es hätte alle Hoffnungen begraben können. Er begann zu schwitzen, als ein hässliches Geräusch ertönte, lauter wurde und schriller. Endlich riss er die Augen auf, drückte auf den Knopf des Weckers, und war erleichtert, dass es ein Traum gewesen war.

Es war nicht das letzte Mal, dass er von ihrem Kommen träumte. Jedes Mal gestaltete sich der Traum ein wenig anders, die Anfangsszene auf der Treppe blieb. Zum Glück war keiner so bedrückend wie der erste, manche Träume waren vergnüglich oder gar aufreizend, oft so realistisch, dass er am Morgen mit der Hand neben sich griff und erstaunt war, sie nicht zu finden. Er hatte sich angewöhnt, jeden Traum ins Tagebuch zu übertragen, wenn er zur rechten Zeit aufwachte. Konnte er nicht einschlafen, las er im Tagebuch und hoffte, der letzte Traum würde sich fortsetzen und nicht gerade dann aufhören, wenn es spannend wurde. Einen liebte er besonders, las ihn öfter, der Anfang wiederholte sich stets: Sie war gekommen, saß auf der Treppe, als er von der Arbeit kam, sprang auf und umarmte ihn, erzählte von zu Hause. Sie tranken Wein, lachten viel. Inku wurde ausgelassen, neckte ihn, schenkte nach, sagte, ihr sei zu warm, zog den Pullover aus. Ihre Brüste waren gewachsen, er kämpfte gegen das aufsteigende Verlangen, trank aus Angst nichts, sich sonst nicht beherrschen zu können. Sie spürte es, schmiegte sich an ihn, nahm seine Hand und führte sie unter ihre Bluse, nun war es mit seiner Standhaftigkeit vorbei, sie streichelten und küssten sich, seine Finger gruben sich unter den BH, mit der Hand umschloss er ihre feste Brust, spürte die harten Knospen. Mit der anderen öffnete er den Gürtel ihrer Hose, sie half, er tastete unter das Höschen, streichelte ihre Schamhaare, sie ließ es zu, spreizte die Schenkel. Sie flüsterten sich Zärtlichkeiten ins Ohr, küssten sich, seine Zunge wühlte sich in ihren Mund, sie stöhnten vor Lust. Zu lange hatten sie danach gegiert und das Verlangen unterdrückt, jetzt gab es kein Halten mehr und als es am schönsten war, wachte er auf, lag im Bett, allein.

Manchmal fürchtete er sich vor dem Einschlafen, weil das Aufwachen jedes Mal enttäuschend war.

So vergingen die Wochen. Er war nicht nach Hause gefahren, wollte kein zweites Mal erleben, dass sie ihn stehen ließ wie einen lästigen Besucher, um mit einem anderen auszugehen, stürzte sich aufs Studium, kam voran, hatte im Rundfunk viel zu tun. Schlimm waren die Abende, wenn er an sie dachte, schön waren die Nächte, da er von ihr träumte.

Nach den Erfahrungen mit Kaari trug er kein Verlangen, sich eine Freundin zuzulegen – an Gelegenheiten hätte es nicht gemangelt.

Er lebte spartanisch, ging selten mit Kommilitonen oder Kollegen zu einer Feier, die meist mit einem Besäufnis endeten. Die Arbeit neben dem Studium ließ nicht viel Freiraum. Das Schreiben an sie hatte er eingestellt, bewahrte die zurückgekommenen Briefe auf, ohne zu überlegen, wozu.

Er legte Prüfungen ab, arbeitete sich beim Rundfunk ein, bereitete selbständig Sendungen vor und die Praxis konnte er für das journalistische Seminar gut verwerten. Von Lia hörte er nichts, mied den Kontakt, denn sie allein konnte es gewesen sein, die Inku sein Verhältnis mit Kaari gesteckt hatte.

Mutter schrieb besorgt, ob er krank wäre, weil er nicht käme. Inku machte ihr Sorgen, sie wäre so anders, traurig und zerstreut, lehnte einen Therapeuten ab. In der Schule hätte sie sich verschlechtert, zeigte an nichts Interesse. Warum Mutter schrieb, dass Inku den jungen Mann, mit dem sie damals die Bergtour gemacht hatte, nicht mehr treffe und sich abkapselte, wurde ihm erst klar, als sie in ihn drang, er sollte mit ihr reden, er wäre der Einzige, auf den sie hörte. Der Brief machte ihm Hoffnung, konnte er daraus doch den Schluss ziehen, dass es Inku nicht leicht fiel, die Verbindung völlig gekappt zu haben.

10. Wiedergefunden

Es war ein hektischer Tag gewesen. Müde stieg er in den dritten Stock, nahm die letzte Wende und sah sie neben der Wohnung auf der Treppe zum Dachboden sitzen. Einen Augenblick verhielt er den Schritt, seinen Sinnen nicht trauend – allzu oft hatten ihn Tagträume genarrt –, zumal Inku regungslos wie eine Wachsfigur auf der Stufe saß. Zögernd stieg er weiter, argwöhnte, ein weiteres Mal genarrt zu werden und aus einem Traum zu erwachen, in dem er sich ausgemalt hatte, was sie unternehmen würden, wenn sie denn käme.

Nun war sie da!

Doch anders als in der Scheinwelt schlief sie nicht, sondern schaute ihm gespannt entgegen, als hinge von diesem ersten Blickkontakt alles Weitere ab. Er suchte zu erraten, was ihr Blick ausdrückte, spürte ein wildes Pochen in den Schläfen, das stürmische Klopfen des Herzens. In den Sekunden, die er die letzten Stufen nahm, bis er vor ihr stand, tauchten Bilder auf, die einmal die leere Treppe zeigten, dann wieder sie mit Rucksack, als wollte ihm das Unterbewusstsein vorführen, dass Illusion und Realität eng miteinander verknüpft sind.

Stumm schauten sie sich an. Jan lehnte die Tasche an die Wand, streckte ihr die Hände entgegen. Unverwandt musterten ihn ihre großen Augen, als suchte sie etwas in seinem Gesicht, ehe sie zögernd seine Hände ergriff und sich hochziehen ließ. Sie wirkte müde, ihr Antlitz war schmal und ernst. Als er sie

in die Arme nahm, gab sie etwas von ihrer Zurückhaltung auf, aber sie erwiderte die Umarmung nicht.

»Endlich«, flüsterte er mit heiserer Stimme. »Endlich«, wiederholte er, »bist du gekommen!« Er nahm den Rucksack, der neben ihr lag, sperrte auf, stellte ihn und seine Tasche im Gang ab. Seine Bewegungen waren langsam wie im Traum, und auch sie schritt über die Schwelle, als schwebte sie. Er zwickte sich in den Arm, um nicht erneut einer Illusion zum Opfer zu fallen. Die Tür fiel zu, er wollte Inku an sich ziehen.

»Nicht Jan«, sagte sie und befreite sich. »Ich bin müde, war lange unterwegs und habe Hunger. Hast du was zu essen da?«

Er hatte sich das Wiedersehen anders ausgemalt, durfte aber nichts überstürzen, das konnte alles verderben. »Hätte ich geahnt, dass du kommst, stünde ein komplettes Menü auf dem Tisch.«

Während er Eier aus dem Kühlschrank nahm, Brote schmierte und Salatblätter wusch, streifte Inku die Schuhe ab und setzte sich mit angewinkelten Beinen aufs Sofa, schaute zu, wie er Eierspeise und Salat zubereitete. Er rückte den Tisch zum Sofa und spürte, dass sie noch nicht richtig angekommen war, fragte nach Neuigkeiten von zu Hause.

»Mutter macht sich Sorgen, weil du nie kommst.«

»Weiß sie, warum?«

Sie dachte nach, runzelte die Stirn. »Fragt jemand nach dir, antwortet Mutter, dass du unheimlich viel zu tun hast.« Inku zögerte. »Aber ich glaube, Mutter ahnt etwas ...« Sie brach den Satz ab, als hätte sie zu viel verraten.

Beim Essen waren sie bemüht, nichts anzusprechen, das alte Wunden aufreißen könnte, spürten, ein ungutes Wort könnte nicht verheilte Narben wieder aufreißen. Zwischen ihnen stand wie eine Mauer aus Glas die Scheu, nach der langen Trennung über Gefühle zu reden. So erzählte er vom Studium und von

der Arbeit, bot an, ihr Universität und Rundfunk zu zeigen.

»Später«, sagte sie bloß. Den Vorschlag, jemanden zu organisieren, der ihr die Stadt zeigte, weil er bis vier zu tun hatte, lehnte sie ab. »Ich finde mich schon zurecht.« Sie gähnte ausgiebig. »Tut mir leid, aber ich falle um vor Müdigkeit. Kann ich auf dem Sofa schlafen?«

»Das nehme ich, du schläfst im Bett. Im Badezimmer findest du Handtücher, aber stoß dich nicht, es ist eng.«

Während er abräumte, die Lebensmittel in den Kühlschrank stellte, Teller und Bestecke in die Spüle räumte, hörte er die Dusche rauschen. Sein Bademantel schlotterte um sie, als sie einen Gute-Nacht-Gruß murmelte und unter die Steppdecke kroch und sofort einschlief. Er spannte ein Leintuch aufs Sofa, holte eine Decke aus dem Schrank. Lange konnte er nicht einschlafen, ihre Ankunft hatte sein Seelenleben durcheinandergewirbelt. Er war glücklich, dass sie da war, aber die Kluft schien größer als vermutet. Verschlafen hörte er die Glocken Mitternacht schlagen, fiel in unruhigen Schlummer.

Als er wach wurde, richtete Inku das Frühstück.

»Oh, das ist ein guter Anfang.« Er schämte sich, vor ihr in Shirt und Unterhose herumzulaufen, bat sie, sich umzudrehen. Ihr Grinsen sah er nicht, als sie ihm nachschaute.

Beim Frühstück lächelte sie über Anekdoten aus den Studios, offensichtlich hatte sich ihre Anspannung gelegt. Ob sie Wünsche für das Essen hätte, er ginge nach der Arbeit einkaufen.

»Nein, habe ich nicht. Du hast gar nicht gefragt, wie lange ich bleibe.«

»Ich wollte nicht daran denken, du bist doch erst angekommen.« Unwillkürlich schielte er zu ihrem Rucksack, den sie nicht ausgepackt hatte. »Und ich hatte Angst, du könntest gleich zurückfahren.«

Die Angewohnheit, auf Dinge, über die sie nicht sprechen wollte, einfach nicht zu reagieren, als hätte sie diese überhört, war neu. Sie schlug vor, sich in der Stadt zu treffen und zusammen einzukaufen.

»Gut. Halb fünf vor dem Rathaus? Nicht zu verfehlen.«

Er zog den Anorak an, ging zur Tür. Leise rief sie: »Jan.«

Er drehte sich um.

»Ich bin froh, bei dir zu sein.«

Beschwingt stürmte er die Treppe hinunter. Die Kollegen wunderten sich über seine gute Laune, sonst war er meist wortkarg bis verschlossen. Prompt fragte einer, ob er verliebt sei. Jan schaute den Kollegen an und grinste. Die Stunden schlichen dahin, die Vorlesung, die er zwischen zwei Terminen besuchte, sonst eine angenehme Abwechslung, machte ihn nervös. Viel zu früh stapfte er im Nieselregen vor dem Rathaus auf und ab.

Plötzlich stand sie neben ihm. Er hatte sie von der anderen Seite erwartet. Unbefangen nahm sie seine Hand, schlug vor, zum Markt gleich um die Ecke zu gehen. Trotz der vielen Menschen ließ sie die Hand nicht los.

»Du hast dich ja richtig schick gemacht.«

»Hat Mutter gekauft. Wenn ich zu dir fahre«, meinte sie, »soll ich ordentlich angezogen sein.«

Er grinste. »Und sonst läufst du unordentlich herum?«

»Ach du!«

Sie kauften Gemüse und Obst, im Laden neben der Wohnung Lebensmittel und Fisch.

»Wir können zusammen kochen.«

Er war erleichtert, dass sie ihre Zurückhaltung aufgab und lockerer war, nahm sich dennoch vor, den Prozess der Wiederannäherung behutsam anzugehen. »Heute fühlst du dich

sichtlich besser, oder?«, tastete er sich vor.

Sie gab keine Antwort.

Hatte sie ihn wegen des Verkehrslärms nicht verstanden?

»Später«, sagte sie, als er nicht mehr mit einer Antwort rechnete.

Während sie duschte und sich umzog, räumte er in der Kochnische Lebensmittel in den Kühlschrank, stellte Wasser auf den Herd.

»Es ist wirklich eng«, stellte sie aus dem Badezimmer kommend fest, »wenn ich an zu Hause denke.«

Er hatte die gemütliche Badestube vor Augen, sah sich durchs Schlüsselloch gucken, grinste breit. Er sprühte Salat ab, sie konnte es nicht sehen. »Machst du den Fisch?«, fragte er. Der dünne Pullover betonte ihre Formen und er stieß einen anerkennenden Pfiff aus. »Donnerwetter!«

Inku lächelte. »Gefällt er dir? Auch von Mutter.«

Dass der Pullover neu war, hatte er übersehen, seine Bewunderung galt dem, was sich darunter erahnen ließ. »Ja, die sind ...«, hastig berichtigte er sich, »... der ist spitze.«

Ein fragender Blick streifte ihn. Für zwei war kaum Platz in der Kochnische, sie stießen mehrmals zusammen, lachten viel, hin und wieder fragte sie, wo das oder jenes sei.

Sie aßen mit Heißhunger, Inku erzählte von ihren Eindrücken in der Stadt, von zu Hause und von der Schule. Er berichtete über das Studium und die Arbeit im Rundfunk.

»Für diese Gelegenheit habe ich eine Flasche Rotwein aufgehoben. Du trinkst doch ein Glas mit?«

Sie lächelte spöttisch. »Immer noch der große Bruder, der aufs Schwesterchen acht gibt?«

Sie setzte sich zu ihm aufs Sofa, er schenkte ein. »Weingläser habe ich nicht. Auf unser Wohl!«

»Skol«, erwiderte sie.

»Du wolltest mir beim Einkaufen etwas sagen ...«

Mit abwesendem Blick stellte sie das Glas ab, antwortete, es hinge damit zusammen, dass sie gestern so müde gewesen war. Nicht nur von der Fahrt, sie hätte viele Nächte schlecht geschlafen, wäre sich nicht sicher gewesen, ob sie herfahren sollte.

Jan schwieg und wartete. Sie wäre wahrscheinlich nicht gekommen, wenn Mutter nicht gedrängt hätte.

»Mutter glaubt, Abwechslung tue mir gut, meine Gesundheit bereitet ihr Sorgen. Ich war eine Weile krank«, flocht sie ein, machte eine abwehrende Handbewegung, als Jan zur Frage ansetzte. Sie zögerte. »Sie meint, der Besuch würde auch dir guttun.«

Wie recht sie hatte, dachte Jan.

»Sie wollte«, Inku sprach schneller, »dass ich zum Therapeuten gehe ...«

Das hatte Mutter geschrieben, bestätigte Jan und auch, dass sie nicht gegangen wäre. Inkus Zopf wirbelte mit, als sie verneinend den Kopf drehte.

»Was hat dich veranlasst, doch zu kommen?«

Sie nahm ihr Glas, nippte, hob es hoch, als wäre im dunklen Rot des Weins die Antwort zu finden, gab sich einen Ruck. »Weil ich glaube, dass wir reden müssen. Über uns.«

Als er etwas einwerfen wollte, packte sie seinen Arm, bat ihn, sie ausreden zu lassen, sie müsste es loswerden. Jan nahm einen Schluck und nickte.

»Damals, als ich das mit Kaari erfahren habe«, sie hielt inne, sprach, als spuckte sie die Worte aus, »dieser sauberen Tante«, ihre Stimme sank zu einem Flüstern ab, »ging es mir schlecht, sehr schlecht sogar.« Einen Moment stockte sie, dann wurde

ihre Rede fieberhaft, als befürchtete sie, er würde sie unterbrechen und sie den Mut verlieren. »Es gab eine Zeit, da ich nicht mehr leben wollte. Dann wieder packte mich der Zorn wegen deines Verrats, ich hätte dich umbringen können.« Jan wollte etwas einwenden, sie drückte ihm den Zeigefinger auf den Mund. »Sag bitte nichts! Ich war so naiv, dachte, niemand könnte unsere Einheit sprengen.« Geistesabwesend nahm sie ihr Glas und trank. Es hätte sonst was drin sein können, sie hätte es nicht bemerkt. »Das glaubte ich zumindest so lange, bis ich erfuhr, was los war und warum du nicht geschrieben hast und nicht gekommen bist.« Sie schaute an ihm vorbei aus dem Fenster. »Ich brauchte Stunden, um zu begreifen, war tagelang völlig verstört, Mutter rief den Arzt.« Sie lachte auf. »Er verschrieb Baldriantee, um mich zu beruhigen. – Baldriantee! Es dauerte Wochen, bis ich wieder auf dem Damm war. Das wirkte sich auf die Schule aus, es ging ständig bergab.«

Lange überlegte er, ehe er antwortete, es wäre nicht seine Absicht gewesen, er hatte ihr nicht wehtun wollen. Sie ging nicht darauf ein und er fragte, ob sie es von Lia erfahren hatte, legte ihr Schweigen als Bejahung aus. »Warum hat sie das getan? Ich verstehe es nicht.«

Erregt hielt sie ihm vor, das spielte doch keine Rolle, entscheidend wäre, dass er es getan hatte. Er suchte nach Worten, ohne etwas endgültig zu zerschlagen, meinte stockend, vielleicht wäre die Geschichte mit Kaari gar nicht so falsch gewesen. Als ihn Inku verständnislos anschaute, erklärte er, eine enge Beziehung zwischen ihnen wäre nun mal nicht möglich und hätte keine Zukunft. Sie dürften nicht zusammensein wie andere Paare.

Aufmerksam musterten ihn ihre großen Augen. Es war still, das Ticken des Weckers auf dem Fensterbrett drang ins

Bewusstsein, als mahnte er, die Zeit zu nutzen.

»Du sagst das«, sagte sie mit tonloser Stimme, »als passte dir das alles in den Kram.«

Energisch den Kopf schüttelnd murmelte er: »Was redest du da! Du weißt, das ist Unsinn!«

»Vielleicht wolltest du einen Schlusspunkt setzen, bevor ...« Als hätte sie zu viel verraten, presste sie die Hand auf den Mund.

»Bevor?«

Flüsternd antwortete sie mit gesenktem Kopf: »Bevor etwas passiert, das wir nicht mehr zurücknehmen können.« Sie hob den Kopf, ergänzte trotzig: »Was soll die Frage, du weißt so gut wie ich, was ich meine!«

Stumm schauten sie sich an, ließen die Worte nachklingen. Knisternde Spannung füllte den Raum. Beide hatten sich unabhängig voneinander vorgenommen, behutsam aufeinander zuzugehen, wussten, ein falsches Wort oder eine unangemessene Geste könnte den Versuch einer Annäherung zum Scheitern verurteilen. Beide waren von widersprüchlichen Empfindungen beherrscht: Auf der einen Seite die Angst, den anderen zu verlieren; auf der anderen die unterschwellige Befürchtung, die Leidenschaft könnte wie ein Sturm über sie hereinbrechen und ihre mühsam bewahrte Standhaftigkeit zu Fall bringen. Sie sehnte sich wie er danach, die Gefühle zu offenbaren, befürchtete aber, er könnte sie abermals verletzen. Und Jan hatte Angst, zurückgewiesen zu werden und mit wehem Herzen dazustehen.

»Hast du kein anderes Licht? Das Zimmer wirkt so kalt und unfreundlich.«

Froh, etwas zu tun, das die Spannung milderte, holte Jan aus der Kommode Kerzen, stellte sie auf Untertassen, zündete sie an und knipste das Licht aus. »Besser?«

Sie nippte vom Wein. »Vor allem wärmer. Hast du …«, sie stockte, schluckte, nahm erneut einen Anlauf, »hast du sie seit damals wiedergetroffen?«

»Nein, nie mehr.« Er schenkte nach, gestand, es fiele ihm schwer, mit ihr darüber zu reden. Mit dem Ende des Praktikums wäre die Beziehung zu Ende gegangen. Kaari hätte gedroht, Inku alles zu erzählen, wenn er vorher ginge.

»Woher wusste sie von mir? Hast du ihr was erzählt?«

Heftiges Kopfschütteln. »Wo denkst du hin! Von deinen Briefen wusste sie den Ort, den Rest reimte sie sich zusammen. Vor allem«, er sprach stockend, »nachdem ich im Schlaf deinen Namen genannt habe …«

Niedergeschlagen gestand er ein, sich manchmal vorgekommen zu sein, als hätte er sich Tage nicht gewaschen, in Wirklichkeit wäre der Schmutz im Inneren gewesen. »Mag sein«, nachdenklich nahm er das Glas auf, trank aber nicht, »dass es nicht von gutem Charakter zeugt, eine Beziehung hinterher schlecht zu reden, doch ich muss das loswerden.« Er hätte nicht den Mumm aufgebracht, sofort auszuziehen, wäre nicht von ihr losgekommen. Vielleicht spräche zu seinen Gunsten, dass ihr Spiel, das Vorlesen des Tagebuchs und manche Vorfälle, sie wüsste, was er meinte, ihn manchmal bis zum Wahnsinn gereizt hätte. Es wäre ein Fehler gewesen, im Tagebuch die Träume weiter ausgeschmückt zu haben und alles wäre nicht Wunschvorstellung gewesen, einiges wäre auch passiert. Er wäre, wie man sagte, fällig gewesen und Kaari hatte es gespürt. Außerdem hatte sie das Tagebuch gefunden und gelesen.

Aufmerksam hatte Inku zugehört und sein Mienenspiel studiert. »Du hättest alles von mir bekommen können, alles!«

Fassungslos stotterte er: »Aber wir …«

»Ja ich weiß«, unterbrach sie, »wir hätten es nicht dürfen.«

Die senkrechte Falte zwischen ihren Augenbrauen vertiefte sich, ein Zeichen, dass sie angestrengt nachdachte. »Mir wäre es egal gewesen, völlig egal. Warum hast du nie mit mir darüber gesprochen, warum nicht?«

Er hatte geglaubt, sie würde nicht akzeptieren, was er sich wünschte und er hatte sie nicht in etwas hineinziehen wollen, dessen Folgen nicht abzuschätzen waren. Sie hätte es ihm eines Tages vorwerfen können und sie wäre so verdammt jung gewesen. »Und außerdem bist du eben meine ...«

Sie hinderte ihn am Weitersprechen, presste ihm wieder den Finger auf den Mund. »Nicht Jan, lass es! Führst du noch immer Tagebuch?«, lenkte sie ab.

Er nickte.

»Hast du auch beschrieben, wie unser Wiedersehen aussehen wird?«

Abermals neigte er den Kopf.

»Lies vor!« Als er zögerte, bat sie eindringlich: »Bitte Jan.«

Seine Bemerkung, das wäre jetzt für sie beide nicht ratsam, tat sie mit einer Handbewegung ab. So holte er das abgegriffene Heft aus der Lade. Sie kuschelte sich an ihn, Jan legte den Arm um sie.

»Wie früher«, lächelte sie. »Also los!«

»Wie pflegte ich zu sagen? Na schön, wenn du unbedingt willst, also: ›Ich bin nach Hause gekommen und sie saß mit dem Rucksack auf der Treppe, müde und hungrig.‹«

»So war es auch, weiter!«

»›Wir haben gegessen und geredet, Wein getrunken, viel gelacht und über unser Spiel gesprochen. Sie hat gefragt, ob ich noch Tagebuch führe, dann verlangt, ich solle vorlesen.‹«

Inku griente. »Der reinste Hellseher, weiter!«

»›Sie hat gefragt, warum ich ihr das mit Kaari angetan habe

und ich habe erzählt.‹ Jetzt allerdings unterscheiden sich Tagebuch und Realität«, unterbrach er und las: »›Sie hat geweint, ich habe sie an mich gezogen und ihr sanft über die Haare gestreichelt und gemurmelt: Das ist gut, lass es raus …‹«

Bei den Worten drückte sie sich an ihn, er spürte ihr Zittern und ein Aufschluchzen. »Aber Inku, das ist doch alles Fantasie, es gibt keinen Grund zum Weinen mehr!«

Sie schmiegte ihren Kopf in seine Halsbeuge und schniefte, er reichte ihr ein Taschentuch. »Und dann war nichts mehr?«, fragte sie.

»Doch, aber ich glaube, wir sollten nicht weiterlesen …«

Sie lächelte unter Tränen. »Kommt mir bekannt vor, du hast das oft gesagt, und dann meist doch weiter gelesen.«

»Ja, früher«, gab er zu, »aber wir sollten den Graben nicht wieder aufreißen.«

Auf ihre Frage, ob es sie verletzen würde, schüttelte er den Kopf. Das nicht, aber diesen Teil hätte er für sich geschrieben. War es der Wein oder die entspannte Atmosphäre? Jedenfalls kicherte sie und kuschelte sich an ihn.

»Lies weiter, es ist unfair, die Neugier anzufachen und dann zu kneifen.«

Er lachte. »Das hast du auch oft gesagt. Schön, wenn du unbedingt willst … Erinnerst du dich: Du hast mir einmal was ins Ohr geflüstert und ich habe dich angerufen, ob es Wirklichkeit gewesen war oder ein Traum.« Er nahm das Heft auf. Beim Weiterlesen flatterte seine Stimme. »›Wir hatten uns in der Scheune geküsst und waren ins Haus gegangen. Ich war wie in Trance, konnte mich hinterher beim besten Willen nicht erinnern, was passiert war. Ich habe sie mehrmals angerufen, doch sie hat mich zappeln lassen, hat nur gesagt, wenn sie daran denke, fühle sie noch den seltsamen Geschmack im

Mund. Sie hat offen gelassen, ob sie das erfunden hat oder ob es wirklich passiert ist.‹«

»Den *fremdartigen* sagte ich«, unterbrach sie ihn.

Irritiert guckte er hoch, ließ das Heft sinken. »Richtig. Und woher wusstest du das, wenn du es noch nie gemacht hast?«

Da brach sie in das gluckernde Lachen aus, das er liebte. »Wer sagt dir denn, dass ich es noch nie gemacht habe?«

»Du hast doch selbst ...« Nach einer Schrecksekunde: »Mit wem?«

Wieder lachte sie, er spürte das Beben ihres Körpers. »Jan, du wirst doch nicht eifersüchtig sein?«

Beschämt senkte er den Kopf. »Stimmt, ich habe kein recht dazu.«

Zärtlich strich sie über seine kurzen Haare, beruhigte ihn, dass sie es mit niemandem gemacht hätte, auch nicht mit ihm. Nach einer winzigen Pause fügte sie hinzu, das bereute sie, weil sie damals bereit gewesen war. Ihre Freundin Eila hatte gesagt, wenn sie einen Mann einmal so weit hatte, ginge alles von allein, sie müsste nur schlucken, es nicht im Mund behalten.

Abrupt löste er sich aus der Umklammerung, murmelte, es täte ihnen nicht gut, sich über so etwas zu unterhalten, er hielte das nicht aus.

Lange sagte sie nichts. »Du hast noch immer Schiss, ja? Trotzdem will ich hören, wie es weitergeht.«

Es fiel ihm schwer, weiter vorzulesen, wie es sein könnte und gleichzeitig zu wissen, dass es nicht möglich war. Trotzdem nahm er das Heft. »›Sanft hat sie meinen Kopf an sich gezogen und geflüstert, sie könnten es jetzt nachholen, wenn ich wolle. Die Bitte, mich nicht zu quälen, hat sie überhört und lächelnd die Frage wiederholt, ob ich es mir wünsche. Es sei keine Frage des Wollens, war meine Antwort, wir dürften

es einfach nicht. Hartnäckig wiederholte sie die Frage, ob ich es wolle. Statt einer Antwort drückte ich sie fest an mich. Da hat sie sich zurückgebeugt, mir in die Augen geschaut und gesagt: *Du willst es also.*‹« Da brach Jan das Vorlesen ab, klappte das Tagebuch zu. »Genug, ich kann nicht mehr, das geht zu weit!« Entschlossen legte er das Heft auf den Bücherstapel neben dem Fenster.

»Das ist feige!«, begehrte sie wieder auf, doch er reagierte nicht. Mit einem rätselhaften Gesichtsausdruck musterte sie ihn sekundenlang, nahm das Heft. »Na schön, dann werde ich lesen.«

Er wollte ihr das Heft entwinden, doch sie hielt es hoch, zog die Kerze zu sich und begann mit warmer den Sinnen schmeichelnder Stimme, die ihn schon früher in die Welt wilder Träume versetzt hatte, zu lesen.

»›Behände schlüpfte sie nach unten, fummelte an meinem Gürtel herum, öffnete ihn und zog den Reißverschluss der Jeans auf. Ich hielt ihren Arm fest, bat Inku lahm, nicht weiterzumachen. Brummig entgegnete sie, das predige er ewig, dass sie das nicht dürften, aber sie wolle es und griff mit der anderen Hand nach unten, zog meine Klamotten runter. Als hätte ich darauf gewartet, schnellte mein gutes Stück hervor.

Oh, ist er groß, raunte sie, beugte sich nieder und küsste ihn.

Nein, nicht, hör auf, rief ich, doch sie achtete nicht auf mich, hielt ihn mit der Hand und nahm ihn in den Mund. Es kam wie ein Rausch über mich, mit der Zurückhaltung war es vorbei, mit Logik ging nichts mehr, ich presste ihren Kopf an meinen Schoß. Sie fühlte meine Wildheit, bewegte ihren Kopf, hörte mein Stöhnen und als ich kam, schluckte sie.‹« Inku ließ das Heft sinken, flüsterte ihm ins Ohr: »Weißt du was? Ich bin selbst ganz nass.«

Wieder versuchte er, ihr das Heft wegzunehmen. »Lies nicht weiter, bitte!«

Sie wehrte ihn ab. Sein Versuch, sie am Weiterlesen zu hindern, war lahm. Sie las, als wäre sie nie unterbrochen worden. »›Er zuckte ein paarmal, zog sich zurück. Sie leckte sich die Lippen.

Oh Gott, stöhnte ich, *jetzt ist es passiert!*

Inku schob sich hoch, küsste mich und flüsterte, es sei doch schön gewesen, oder? Ich zog sie an mich, presste meinen Mund auf ihren, küsste sie, bis sie sich japsend abstemmte und rief, sie bekomme keine Luft. Ich hielt sie umschlungen, flüsterte, etwas Schöneres habe ich noch nie erlebt, streichelte ihre Wangen, fuhr mit dem Finger ihre Lippen nach.

Ich liebe dich, Inku, sagte ich leise, *weiß es seit langem, hatte Angst davor.*

Sie schmiegte ihre Wange an meine. *Ich liebe dich auch, Jan.*

Eine Weile blieben wir so, bis ich mich sanft von ihr löste, aufstand und mich niederkniete.

Was machst du da, fragte sie, als ich ihre Jeans aufhakte.

Jetzt bist du dran, antwortete ich und zog die blaue Leinenhose runter.

Sie flüsterte, sich nicht gewaschen zu haben und außerdem sei sie, fügte sie kichernd hinzu, tropfnass.

Ich mag alles an dir, murmelte ich, *hilf mir, stemm dich hoch, ja, so ist es gut.* Ich stand auf, hob ihre Füße an, zog ihr die Jeans ganz aus und warf sie neben mich. Sie hob ihr Gesäß, ich befreite sie vom letzten Hindernis, kniete mich hin und begann sie zu küssen, bis sie rief: *Jan, Jan!*

Ich legte ihre Beine auf meine Schultern, meine lange Zunge – ich hatte als Junge oft vorgeführt, wie meine Zunge die Nasenspitze erreichte – bearbeitete sie.

Bald schrie sie vor Lust. *Oh, oh ... ist das schön!* Sie drückte meinen Kopf an sich und spreizte ihre Schenkel, wühlte in meinen Haaren, hauchte dann, ich solle heraufkommen und sie küssen.‹«

Inku hielt inne, schaute ihn an und raunte: »Gott oh Gott, genau so hätte es sein können!« Dann las sie weiter. »›Die Kerzen waren heruntergebrannt.

Heute wirst du nicht auf dem Sofa schlafen, kicherte sie und wollte unter die Decke kriechen.

So halb angezogen, fragte ich lachend und half ihr, die Bluse auszuziehen, entledigte mich aller Kleider. Als ich den Büstenhalter aufhakte, konnte sie es sich nicht verkneifen zu sagen, darin habe der Herr offensichtlich Übung. Mit dem Lob über ihre tolle Figur lenkte ich ab. Sie sei zu dick, hielt sie ihm entgegen, vor allem um den Po herum. Statt einer Antwort küsste ich sie dort, flüsterte, mir gefalle er, knackig und gut zum Festhalten. Sie lachte, nannte mich einen verrückten Kerl. Wir pressten unsere Körper aneinander, sie spürte sein Verlangen erneut erwachen.

Jan, flüsterte sie, *ich möchte alles mit dir machen, nur das eine nicht.* Er könnte irgendwann, befürchte sie, nichts mehr von ihr wissen wollen. Ich versicherte, diese Angst brauche sie nicht zu haben, ich liebe sie. Auf einmal wurde sie ernst, sagte, sie werde auf ihn warten. Grinsend erkundigte ich mich, womit sie denn warten wolle. Es hörte sich feierlich an, als sie erwiderte, ich werde der Erste sein, das schwöre sie. Kurz überlegte sie, fügte hinzu, wenn es nach ihr gehe, werde ich auch der Letzte sein. Irgendwann schliefen wir ein und ich träumte davon, dass wir eng umschlungen dalagen.‹«

Kaum hatte Inku die Szene zu Ende vorgelesen, murmelte sie, erledigt zu sein, sie müsste schlafen, es wäre ein langer Tag

gewesen. Halb schlafend wünschte sie ihm eine gute Nacht, verzichtete aufs Zähneputzen.

Zwar hatte Jan auf mehr gehofft, aber müde war er auch und schlief überraschend schnell ein, nachdem er auf dem unbequemen Sofa unter die Decke gekrochen war.

In den Morgen blinzelnd merkte er, dass etwas anders war und es waren nicht nur die aufgezogenen Vorhänge. Er eilte ins Badezimmer. Ihre Sachen waren fort, auf dem Tisch lag ein Zettel: »Ich muss zurück, es war wunderschön. In Liebe, Deine Inku.«

Er hatte nicht erwartet, dass sie ohne Abschied verschwinden würde. Die Erinnerung an die Nacht ließ ihn lächeln, bis die Zweifel wiederkamen: War diesmal etwas geschehen oder war alles wieder ein Produkt seiner Fantasie? Er wusste, dass sie vorgelesen hatte, nachdem er sich geweigert hatte, seine intimsten Wünsche aus dem Tagebuch wiederzugeben, hatte noch ihre warme sanfte Stimme im Ohr. Also war wohl wieder nichts passiert, er hatte die Gelegenheit vorbeigehen lassen. Wie war es möglich, dass Traum und Realität so nahtlos ineinander übergingen, dass er sich so schwer tat, Wunschvorstellung und Wirklichkeit zu unterscheiden? Er roch am Bettzeug, ihr Geruch war noch da, hier gewesen war sie.

Hastig machte er Morgentoilette, aß eins von den übrig gebliebenen belegten Broten, erneuter Beweis ihres Besuchs. Sie hatten gegessen und Wein getrunken, die halb leere Flasche stand auf dem Tisch. Auf dem Weg in die Redaktion nahm er sich vor, abends alles ins Tagebuch nachzutragen. Ruckartig blieb er stehen, fluchend rannte ein Mann in ihn hinein. Wie ein Automat, in den man eine Münze einwirft, entschuldigte sich Jan, der Fremde schüttelte den Kopf. Ihm war eingefallen, sie hatten alles gelesen, es gab nichts nachzutragen, abgesehen

von ihrem unerwarteten Verschwinden. Es war beim Vorlesen geblieben, sie hatten keine der Szenen nachgespielt, nichts in die Wirklichkeit umgesetzt. Es war ein gewisser Trost, dass die beim Vorlesen der Träume hervorgerufenen Gefühle und Reaktionen herrlich gewesen waren, vielleicht wäre die Realität farblos.

11. Erfüllung

Der Trost wirkte nur kurz, ihr plötzliches Verschwinden ohne Abschied hatte ihn getroffen. Als anzunehmen war, sie sei allein, rief er an, doch sie überging die Frage einfach, ob sie sich wieder lediglich vorgelesen hätten oder ob es zu mehr gekommen war, versprach aber, bald zu kommen.

Am Wochenende stand sie tatsächlich vor der Tür, blieb zwei Tage. Sie schwebten in den Wolken, küssten und streichelten sich, redeten und lasen sich aus dem Tagebuch vor. Jan fiel es schwer, Zurückhaltung zu üben, wollte sie aber nicht in ein Verhältnis verwickeln, das sie ihm einmal vorwerfen könnte.

Am Sonntag musste sie zurück. Sie standen vor dem Waggon, als durchgesagt wurde, die Abfahrt verzögere sich wegen des verspäteten Zugs aus Helsinki, ein Rentier sei von der Lok erfasst worden.

Inku hätte sich hinterher in den Hintern beißen können, Martti überhaupt erwähnt zu haben. Lachend hatte sie Jan erzählt, der hartnäckige Verehrer, den sie bereits mehrmals hatte abblitzen lassen, tauche manchmal zu Hause auf. Mutter förderte seine Werbung, verwöhnte ihn mit gutem Essen.

Jan hatte sich zu den Passanten gedreht, die der eingefahrene Zug gebracht hatte und aus der Unterführung heraufeilten und einstiegen. Inku entging das verschlossene Gesicht. »Ist es dieser, wie heißt er nur?«

»Martti.« Jetzt bemerkte sie seine Verstimmung. Auf seine Frage, ob sie Martti möge, lachte sie. »Bist du etwa auf ihn eifersüchtig?«

Sein verbissenes Schweigen veranlasste sie zur Frage, ob er im Ernst glaubte, sie nähme die lange Fahrt auf sich und flirte vorher mit einem anderen. »Hast du wirklich geglaubt, ich gehöre zu den Mädchen, die einmal mit dem, dann mit einem anderen herumschmusen? Einmal ganz davon abgesehen, dass Martti nicht mein Typ ist.« Sie überlegte kurz. »Allerdings, eines muss ich ihm lassen: Er ist verdammt hartnäckig.«

Der Lautsprecher mahnte zum Einsteigen, der Zug fuhr ab, Jan winkte lange. Die Einsicht, dass er nicht der Einzige war, der sich um ihre Gunst bemühte – er hatte sich oft genug gesagt, kein recht dazu zu haben –, war ein Dämpfer, der ihm erneut vor Augen führte, dass er offensichtlich nicht in der Lage war, Traum und Realität auseinanderzuhalten.

Am Freitagabend läutete es, Inku war an der Tür, er war gerade nach Hause gekommen.

»Habe es nicht mehr ausgehalten, ich musste kommen.« Sie packte ihre Tasche aus. »Mutter hat übrigens ein gebratenes Huhn mitgeschickt, sie weiß, wie gern du es isst.« In einem Roman hatte Inku den Satz gefunden, Eifersucht löse starke Gefühle aus und lasse erkennen, wie ernst die Absichten eines Manns seien. Um das zu erproben, erwähnte sie beim Essen, ihr machte die Werbung des gutmütigen Marttis Spaß. Sie wollte Jan einen Denkzettel verpassen, bedachte aber nicht, dass ein Schuss auch nach hinten losgehen kann. Hätte sie geahnt, Jan zöge aus der Bemerkung über die Absichten Marttis den Schluss, er stünde Inkus Glück im Weg, hätte sie den langweiligen Mann nicht erwähnt. Da Jan aber nicht nachfragte, nahm sie an, das Thema hätte sich erledigt.

Mutter vermutete, sie hätte in der Stadt einen Freund, erzählte sie. Da sie ihn nie nach Hause mitbrächte, nähme Mutter an, es wäre nichts Ernstes. Inku lachte auf. »Wenn sie wüsste ...«

Jan schwieg meistens und entgegen sonstiger Gewohnheit achtete sie nicht darauf, übersah seine missmutige Miene. Mutter hatte ihr beim Abschied an der Haltestelle etwas in die Hand gedrückt und geflüstert, das wäre für den Freund, sie sollte aufpassen. Verlegen hielt Inku Jan eine kleine Schachtel hin.

Er nahm sie, öffnete und grinste. »Das darf nicht wahr sein: Präservative!« Seine Stirnfalten zogen sich zusammen. »Ahnt Mutter etwas von uns?«

»Sie glaubt, ich besuche meinen Freund. Du bist vor allem für Vater der formale Besuchsgrund.«

»Und die Gummis?«

»Sie will verhindern«, erklärte Inku mit belegter Stimme, »dass ich wegen eines Kindes eine feste Bindung eingehe, die nur auf Sex beruht.«

»Du meine Güte, du bist fünfzehn!«

Inku kicherte. »Fast sechzehn! Nie davon gehört, dass jüngere schwanger werden?« Sie bestand darauf, das Vorlesen aus dem Tagebuch wieder aufzunehmen, zumal er angedeutet hatte, einige Geschichten wären neu.

Jan wollte jedoch ernsthaft mit ihr reden. »Mein Gott, das liegt doch alles so weit zurück! Ich wollte mit dir etwas besprechen, das mir unter den Nägeln ...«

Sie unterbrach. »Das kann warten, ich will erfahren, was du damals über mich gedacht und geträumt hast.« Widerstrebend holte er das Tagebuch aus der Schublade. »Gut, wenn du darauf bestehst ... Es kann aber sein, dass dir einiges missfällt, was jetzt kommt.« Er blätterte und las: »›Mir war bewusst, dass es

eine Unart war, aber ich konnte nicht mehr davon lassen, es war wie eine Droge.‹« Er schaute auf. »Es fällt mir schwer, dir das zu erzählen, vielleicht verachtest du mich dann …«

Ungeduldig machte sie mit der Hand ein Zeichen, er sollte fortfahren und schmiegte sich an ihn.

»Na schön.« Die Neugierde über ihre zu erwartende Reaktion war größer als sein Schamgefühl. »›Wie jeden Morgen schaute ich, wenn niemand in der Nähe war, in den Wäschekorb und suchte …‹« Er setzte aus, las auf ihr verärgertes Zeichen weiter. »›Ich schämte mich vor mir selbst, schaffte es aber nicht, es sein zu lassen, es war wie ein Rausch.‹«

Ihre Augen waren dunkel geworden, ein Lächeln ließ ihr Gesicht erblühen. »Nun rück schon raus damit, was du gesucht hast!«

Mit rotem Gesicht setzte er fort. »›Ehe ich duschte, suchte ich die Wanne nach schwarzen Härchen mit den wie Violinschlüssel geringelten Spitzen ab. Hatte sie gebadet und weichte im Schmutzwasser Wäsche ein, fischte ich die Kraushaare heraus und gab sie zu den anderen im Plastiksäckchen. Aus der Wäschetruhe suchte ich ihre Intimwäsche, roch daran, sog den Duft ein und sammelte die Härchen ein.‹« Mit rotem Gesicht schaute er auf, fuhr fort, als sie ungeduldig den Kopf schüttelte. »›Manchmal, wenn ich das Beutestück nicht für andere Zwecke verwendete, schabte ich mit dem Taschenmesser die verkrustete Schicht mit einem Stich ins Gelbliche ab, gab die Krümel ins Säckchen mit den Haaren, das roch köstlich.‹«

»Nein!«, rief sie, »das hast du getan?«

Er nickte.

»Du bist unmöglich, Jan!« Sie atmete tief ein, stieß langsam die Luft aus. »Du magst meinen Geruch?«, fragte sie flüsternd.

»Er ist köstlicher, als das teuerste Parfüm, ich konnte nie

genug davon kriegen. Ich war«, gestand er, »auf dich fixiert, bei einer anderen wäre es mir nie eingefallen. Ich wollte es dir schon öfter sagen, um zu sehen, wie du reagierst, fürchtete aber, dann nichts mehr zu finden.«

Inku drehte sein Gesicht zu sich und küsste ihn. »Du verrückter Kerl.«

Erleichtert, dass sie sein Tun nicht widerlich fand, erwiderte er den Kuss dennoch nicht. Er wusste nicht, wie lange er sich in der Gewalt haben würde und er wollte endlich loswerden, was zu sagen war. »Ich muss mit dir ...«

Mit der gleichen ungeduldigen Handbewegung hieß sie ihn schweigen. »Hast du das Säckchen mit den Haaren noch?«

»Sicher, mein kostbarster Besitz.« Grinsend fragte er: »Willst du es sehen?« Er legte das Heft beiseite, kramte in einer Schublade, reichte ihr eine winzige Nylontüte. »Willst du riechen? Der Geruch hält sich eine Weile.«

Energisch schüttelte sie den Kopf. Zögerlich kam die Frage: »Alle von mir?«

Ernst richtete er den Blick auf sie. »Du weißt, dass mich andere nie interessiert haben.«

Nun nahm sie das Säckchen und roch daran. »Tatsächlich!« Nachdenklich sah sie ihn an. »Das habe ich noch nie gehört. So etwas ist aber nicht normal, oder?«

Er zuckte die Achseln, erinnerte an ihr Geschenk beim Abschied damals. Gerade üblich wäre das auch nicht gewesen.

Ihr spitzbübisches Lächeln betonte die Grübchen in den Wangen. Das wäre später gewesen, entgegnete sie und er hätte sie auf den Gedanken gebracht. Sie machte ein Geständnis, das ihn aus der Fassung brachte. »Eigentlich wollte ich dir das nie sagen, dass ich einmal, als ich etwas aus dem Badezimmer holen wollte, gesehen habe, wie du im Wäschekorb gekramt

hast. Neugierig schaute ich nach und sah, es fehlte, was ich gerade hineingeworfen hatte.«

Nun war es an ihm, rot anzulaufen. »Du wusstest es?«

Sie nickte. »Ich habe es in deinem Zimmer unter dem Kopfpolster gefunden.«

»Du wusstest es ...«, murmelte er. »Deshalb das überraschende Geschenk.«

Stockend erzählte sie, dass sie es nicht nur gewusst hatte, sondern ihn bei seiner abartigen Gewohnheit sogar unterstützt hätte, ohne dass er es merkte.

Verdattert guckte er sie an. »Wieso, was ...?«

Sie wäre mit seinen Gewohnheiten und Gedankengängen vertraut gewesen, unterbrach sie ihn, wäre mehr und mehr in sein Fahrwasser geraten, das Spiel mit dem Feuer hätte Spaß gemacht und schließlich hätte sie ja sein Tagebuch gelesen. Anfangs hatte es sie verstört, aber bald Gefallen daran gefunden, im Mittelpunkt seiner Träume zu stehen. Vor dem Ausziehen hätte sie den Stoff hineingedrückt, er wüsste, was sie meinte, damit mehr haften blieb. Am nächsten Morgen hatte sie nachgeschaut, meist war ihr Höschen ganz sauber gewesen, sie hätte es noch einmal anziehen können. Der Gedanke an das, was er getan hatte, sei unheimlich erregend gewesen, manchmal war sie erschrocken, wie ähnlich sie ihm geworden sei. »Weißt du noch«, fragte sie, »wie ich einmal vor dem Schlafengehen zu dir gehuscht bin, deine Hand genommen und etwas Weiches hineingelegt habe?«

Er lächelte. »Natürlich, du hast meine Finger draufgedrückt und warst draußen. Ich öffnete die Faust und roch daran, sog den köstlichen Duft ein.«

Als er wieder davon anfing, dringend etwas mit ihr besprechen zu müssen, drückte sie ihm das Tagebuch in die Hand

und forderte ihn auf, weiterzulesen, die Stelle handelte davon, alles andere habe Zeit.

Jan neigte sich über das Heft. »›Als ich einmal Abschied nahm, drückte sie mir etwas in die Hand und flüsterte, ich dürfe es niemandem zeigen und müsse es gut verstauen, der Brief bringe die Erläuterung. Es fühlte sich leicht und flockig an wie Seide. Ich ließ das Päckchen in der Anoraktasche verschwinden, wollte im Bus den Brief lesen, aber ständig stiegen Leute zu, ich habe die Lektüre auf die Zugfahrt verschoben. Nach dem Umsteigen bin ich eingeschlafen und erst am Ziel aufgewacht. Sonst brauchte ich ein bis zwei Tage, mich an die Großstadt und meine Bude zu gewöhnen, diesmal war es leichter, ich hatte das Geschenk und den Brief, also reale Dinge, nicht nur Träume. Dort stand, wenn ich es auspacke, solle ich mich an das unlängst Vorgelesene erinnern und es in Gedanken daran, dass sie es länger als sonst getragen habe, tun. Ich habe das zarte schwarze Gebilde aus dem Umschlag gezogen, der Moschusduft betäubte mich schier. Selbstverständlich habe ich die Anweisung befolgt und war glücklich. Doch das Glück war von kurzer Dauer.‹«

Nachdenklich meinte sie: »Liest man das Tagebuch, glaubt man, das sei wirklich alles passiert, dabei hast du dir das Meiste ausgedacht!«

Er lächelte zerstreut. »Na ja, alles auch nicht …«

Nun fiel ihr auf, wie verloren er wirkte, wollte wissen, ob etwas geschehen war, das sie erfahren müsste. Er schüttelte den Kopf und begann umständlich zu erklären, dass sie so nicht weitermachen dürften, sie müssten Schluss machen.

Erstaunt blickte sie ihn an. »Aber weshalb auf einmal? Gerade jetzt, da wir zueinandergefunden haben?«

Sie saßen bei Kerzenlicht und Wein, auf den ersten Blick schien es wie immer und doch hatte sie das Gefühl, eine Glas-

wand stünde zwischen ihnen. »Jan, was hast du auf einmal?«

Er hatte daran gedacht, ihr die Mappe mit den deutschen und englischen Zeitungsausschnitten mit Berichten von Prozessen und Urteilen zu zeigen, entschied jedoch, es nicht zu tun, schüttelte den Kopf, murmelte: »Nichts, es ist nichts.«

Sein reserviertes Verhalten verunsicherte sie, automatisch passte sie ihr Verhalten an, zog sich ins Schneckenhaus zurück, ärgerte sich aber, nichts zu unternehmen, um die Barriere zu überwinden, weil ihr Stolz es nicht zuließ. Schweigend erwiderte er ihren Blick, überlegte, wie er es ihr beibringen konnte, ohne sie zu verletzen.

Mit schleppender Stimme sagte sie, darauf hoffend, er würde widersprechen: »Du willst nichts mehr von mir wissen ...«

Als er weiterhin beharrlich schwieg, stand sie auf und begann ihre Utensilien in die Tasche zu packen. Hätte sie die Ursache seines Verhaltens geahnt, hätte sie anders reagiert und wäre jetzt nicht auf dem Weg zum Bahnhof. Er begleitete sie, kühl reichte sie ihm die Hand.

»Ich hoffe, du«, sagte sie stockend, »na ja, dass du weißt, was du tust.« Ihre Hoffnung, er würde sie zum Bleiben auffordern, schwand. Leise fügte sie hinzu: »Wenn ich daran denke, was wir damals im Wohnzimmer gemacht haben. Wir waren doch bereit ...«

Er wusste, worauf sie anspielte. »Trotzdem ist es besser so, glaub mir.« Sie stieg ein, der Zug rollte aus der Halle.

Ihm ging die Szene durch den Kopf, solange Inku da war, hatte er die Bilder unterdrückt. Es war ein ausnehmend schwüler Tag gewesen, der warme Wind war durch das offene Fenster geströmt, alles war leicht erschienen, fast schwerelos. Er hatte am großen Tisch sitzend ins Freie geträumt und aus den Augenwinkeln wahrgenommen, dass Inku hereingekommen war.

Sie hatte unschlüssig gewirkt, als suchte sie etwas, schließlich hatte sie gefragt, was er da lese.

»Nichts Besonderes, es ist ziemlich langweilig.« Er hatte sich ihr zugewandt, den Stuhl zurückgeschoben, das Buch weggelegt. War es seine einladende Handbewegung oder hatte sie es ohnehin von sich aus vorgehabt? Er hätte es hinterher nicht beurteilen können. Einige schnelle Schritte ... Sie hatte sich überraschend rittlings auf ihn gesetzt, mit dem Gesicht zu ihm, ihre Arme hatten ihn umfasst. Sofort hatte sich etwas in seiner Hose gerührt und war hart geworden, als hätte es darauf gewartet. In ihren Augen hatte er gesehen, sie hatte es gespürt, aber keine Anstalten unternommen, herunterzuklettern. Sie hatte ihre Arme um seinen Hals gelegt, als er seinen Gürtel geöffnet, den Reißverschluss aufgezogen und sein bestes Stück hervorgeholt hatte, hart und fest. Er hatte ihr unter den Rock gegriffen, den Penis unter die Wollhose gezwängt. Sie hatte es geschehen lassen, ihm sogar geholfen, mit den Fingern den Stoff auf die Seite gezogen. Er hatte ihre feinen Härchen gespürt, während sie sich auf ihn gedrückt, ihre Arme um seinen Nacken gespannt hatte. Er hatte es feucht und weich gespürt, beide hatten sich keuchend aneinandergeklammert. Wenige Stöße und er war zuckend zwischen ihren Schenkeln gekommen. Sie hatten gestöhnt, waren so wild gewesen, dass es ihnen egal gewesen war, wenn jemand ins Zimmer gekommen wäre oder hätten es nicht einmal bemerkt ... Sie hatten sich geküsst, voneinander nicht genug kriegen können und nochmals das Wolken-Regen-Spiel gespielt.

Ermattet hatte sie in seinen Armen gelegen, hatte geflüstert: »Das, Jan, war aber kein Traum!« Er hatte sie an sich gedrückt, ihr ins Ohr geraunt: »Ein Wahnsinn, aber wunderschön! Steig ab, du wilde Reiterin, bevor jemand kommt!«

Während ihm die Szene durch den Kopf ging, sah er den Schlussleuchten des Zuges mit hängenden Schultern und nassen Augen nach, bis er entschwunden war.

Vielleicht wäre es besser gewesen, überlegte er, ihr die Berichte in ausländischen Zeitungen über Prozesse, in denen es um Inzest gegangen war und die mit Verurteilungen geendet hatten, zu zeigen. Oder er hätte sie noch mehr in Gewissenskonflikte gestürzt. Besonders beeindruckt hatte ihn jener Fall in Deutschland, wo ein Geschwisterpaar zwei Kinder hatte und vor dem Verfassungsgericht erreichen wollte, das Gesetz zu ändern, den Prozess aber verloren hatte. Auch die Klage vor dem Europäischen Gerichtshof erbrachte keine andere Entscheidung, die Klage wurde abgewiesen, das deutsche Gesetz stehe mit den Menschenrechten in Einklang. Das Paar bekam also keine Gelegenheit, sich aus der Umklammerung durch eine veraltete Gesellschaftsordnung und überholte Rechtsordnung zu befreien. Wieder hatten Zwänge und Beschränkungen, die auf eine lustfeindliche Kirche und einer Neuerungen grundsätzlich abholden Justiz und Bürokratie zurückgingen, gesiegt. Wer gegen sie zu leben versuchte, zerbrach an ihnen.

Es war richtig gewesen, ihr Spiel zu beenden, um Inku zu schützen, auch wenn das Gefühl anderes forderte. Es blieben die Erinnerungen und Träume. Es gehörte zu seinem Job, ausländische Zeitungen zu lesen, zumal er gut englisch sprach und leidlich deutsch verstand. Für das Thema war er empfänglich, die Berichte über das langwierige Verfahren waren ins Auge gesprungen. Offenbar war die Gesetzeslage überall gleich, in englischen und amerikanischen Blättern war er auf ähnliche Meldungen gestoßen. Hilflose Wut erfüllte ihn auf eine Gesellschaft, die Gesetze machte und unter Strafe stellte, was keiner wissenschaftlichen Untersuchung standhielt, die

das Glück einzelner verhinderte und sie kriminalisierte.

Jahre später erst erkannte er, ihm als Journalisten hätte das nicht passieren dürfen, er hätte merken müssen, dass er in Finnland nie über ähnliche Fälle oder Prozesse gelesen hatte ...

Kleinlaut hatte er eingestehen müssen, es sei sein größter nicht zu entschuldigender Fehlgriff als Journalist gewesen. Er hatte den Bericht in der *Frankfurter Allgemeinen* vor sich liegen und lange darauf gestarrt. Ohne Zusammenhang war ihm der hartnäckige Verehrer Inkus eingefallen und Jan hatte sich gefragt, ob er Inku eine Chance verbaue. Die Vorstellung, sie müsste vor Gericht über ihre Beziehung zu ihm aussagen, hatte ihm schlaflose Nächte beschert. Der Umdenkungsprozess war in Gang gekommen, er wollte alles tun, um zu vermeiden, dass sie vor Gericht geschleppt und befragt werde, wie weit sie gegangen seien. Staatsanwälte sehen ihre Aufgabe darin, peinliche Einzelheiten ans Licht zu zerren und Angeklagte mit Fangfragen zu quälen.

Jan hatte der Geschichte ein Ende bereiten müssen, ehe mehr geschah. Es war ihm schwer gefallen, die Trennung einzuleiten, er war jedoch überzeugt, es sei notwendig. Die Gewissheit, nicht stark genug zu sein, um künftigen Verlockungen zu widerstehen, hatte ihn bestärkt, alles zu verhindern, das sie tiefer in die verhängnisvolle Verbindung getrieben hätte. Er durfte sie nicht durch die Bindung belasten, hatte keinen anderen Weg gesehen, als Distanz zu schaffen. Inku könnte ihn eines Tages dafür hassen, wenn seine Standhaftigkeit bei günstiger Gelegenheit ins Wanken geriet.

Der Zufall war ihm zu Hilfe gekommen, dem Dilemma zu entkommen. Der Chefredakteur hatte entschieden, Jan wäre nun so weit, eine ausführliche Reportage über die Lage der Bauern im Norden in Angriff zu nehmen. Das brächte Reisen

und unregelmäßigen Dienst mit sich, mit vielen Landwirten würde er erst am Feierabend Gespräche führen können. Jans Antwort, er reiste gern, hätte keine Familie und die Thematik hätte er im kleinen Finger, gefiel.

»Das dachte ich mir, Sie machen also die Story.«

Jan berichtete, in seiner Heimat seien bereits viele Bauern weggezogen. Ein fundierter Bericht erforderte allerdings, in ganz Lappland zu recherchieren.

»Gut. Sie können auch etwas über andere Themen schicken oder Reportagen fürs Radio machen.«

Das passte in Jans Pläne. War er viel unterwegs, blieb wenig Zeit, trüben Gedanken nachzuhängen. Er hatte Angst vor dem bleiernen Gewicht eines unausgefüllten Lebens ohne Inku, wusste, Ablenkung durch viel Arbeit würde ihm guttun. Und je länger er über ihre Situation nachdachte, desto mehr war er überzeugt, richtig gehandelt zu haben. Trotz der Gewissensbisse, einfach fortgelaufen zu sein, ohne mit ihr geredet zu haben.

Ein behutsames Loslösen hätte er nicht durchgehalten, der harte Schnitt war leichter. Die Wohnung unterm Dach aufgeben, in der er glückliche Stunden erlebt hatte, war ihm nicht leicht gefallen, nun würde er in Hotels leben. Er recherchierte in Dörfern im Norden und im gebirgigen Nordwesten, die engere Heimat sparte er aus, das kannte er ja. Bauern und ihre Familien, die bereits aufgegeben hatten und in die Stadt gezogen waren, berichteten über die gewaltige Umstellung ihres Lebens; er sprach mit Vertretern des Bauernverbands, schickte ein Exposé in die Redaktion. Der Chef meinte, das Material reiche für mehrere Berichte, einen pro Woche.

»Und wenn Sie schon da oben sind, machen sie gleich für den Rundfunk Interviews mit, fangen Sie Atmosphäre ein!«

Jans Artikel und Radiosendungen mit trefflichen Stim-

mungsbildern fanden über die Region hinaus Beachtung, wurden von einer Magazinsendung in der Hauptstadt übernommen. Man merkte, schrieb ein Kritiker, der Reporter beherrschte nicht nur die Thematik, sondern könnte sich auch in die Lage der Betroffenen einfühlen. Kein Wunder, dachte Jan, schließlich betraf es meine Familie. Er hatte so viel Material zusammengetragen, dass er für die Uni ein Referat in Volkswirtschaftspolitik schreiben und dieses zur Grundlage seiner Diplomarbeit machen konnte. Als ein Kollege zum Rundfunk in Helsinki wechselte, wurde ihm die feste Stelle angeboten. Sein Tätigkeitsfeld erweiterte sich, hatte erhöhten Zeitdruck zur Folge. Das kam ihm gerade recht, lenkte ab. Doch selbst unter größtem Druck kamen ihm Szenen mit Inku in den Sinn, die wieder alles aufwirbelten. Auch wenn ihm die Arbeit kaum Zeit für das Studium ließ, legte ihm der Chefredakteur doch ans Herz, es unbedingt abzuschließen.

»Überlassen Sie lieber die eine oder andere Sendung freien Mitarbeitern, ich kenne etliche Journalisten, die ihr Lebtag lang bereut haben, das Studium abgebrochen zu haben.«

Für seine Recherchen jagte Jan von einem Ort zum anderen, wühlte in Archiven, wohnte drei Wochen in der Hauptstadt, reiste ins Ausland. Seine innere Unrast hatte in der Erkenntnis seine Wurzeln, dass er ohne Inku nie zufrieden sein würde, vom Glück nicht zu reden. Der Versuch, Gefühlswallungen durch Ortswechsel, zeitraubende Nachforschungen und das Schreiben von Berichten in der Nacht – oft konnte er nicht einschlafen – zu betäuben, war wenig erfolgreich. Die kontinuierliche Überlastung überstieg seine physische und psychische Leistungsfähigkeit. Gereiztheit und Nervosität machten sich breit. Und was er bisher geflissentlich vermieden hatte: Er begann, dem Alkohol zuzusprechen, um den Tiefen des Ge-

dächtnisses leichter Bilder und Erinnerungen zu entlocken. Die Verbindung zur Redaktion stellte er übers Telefon her, die Adresse wechselte ständig.

Er konnte nicht ahnen, dass ihn Inku verzweifelt suchte. Kaum hatte sie eine Spur gefunden, hieß es, er wäre schon fort. Der Umkreis ihrer Suchaktionen war begrenzt, Hotels konnte sie sich nicht leisten. Endlich ließ sich eine Sekretärin in der Redaktion erweichen und verriet, dass sich Jan in der Provinzhauptstadt aufhielte. Inku erwischte ihn im Bahnhof beim Kauf einer Fahrkarte. Ihm blieb fast das Herz stehen, als sie plötzlich neben ihm stand, seinen Arm berührte.

»Hallo Jan.«

»Inku, mein Gott, du! Was machst du denn hier?«

Ihre großen dunklen Augen musterten ihn, leise antwortete sie: »Ich suche dich schon lange, habe erfahren, dass du hier bist.«

»Ich warte auf den Zug nach Helsinki. Einen habe ich gerade verpasst, der nächste geht in einer Stunde.«

Die Erklärung klang distanziert und kalt, seiner Stimme fehlte die freudige Überraschung, die sie erwartet hatte. Im Bahnhofsrestaurant mit der Atmosphäre eines riesigen Badezimmers saßen sie bei Kaffee und Brötchen. Inku erzählte, ihre Ersparnisse für die lange und bisher vergebliche Suche aufgebraucht zu haben.

»Um Himmels Willen, warum tust du dir das an?«

Sie rührte in der Tasse, fragte, ob er sich das nicht denken könnte. Als er schwieg, erklärte sie, nicht ohne ihn leben zu wollen, die Folgen wären ihr egal.

Beim Recherchieren und in Interviews horchte er sonst in die Menschen hinein, ausgerechnet bei ihr verabsäumte er es. Er hatte Angst, sein mühsam gefundenes Gleichgewicht

aufs Spiel zu setzen, war wie vernagelt, merkte nicht, dass ihr Bekenntnis weit mehr war als eine Jungmädchenlaune. Und als er sogar über ihren melodramatischen Auftritt spöttelte – der inneren Stimme, die ihn ermahnte, anders mit ihr zu sprechen, befahl er zu schweigen –, stand Inku einfach auf, machte keine Szene, ging durch die Bahnhofshalle auf die Straße, ohne ein Wort zu verlieren. Einen Augenblick kämpfte er mit dem Verlangen, nachzulaufen und sie in die Arme zu schließen, doch er blieb sitzen, starr und blicklos.

Seine Fähigkeit, sich in andere hineinzuversetzen, sonst geradezu sein Markenzeichen, hatte ihn im Stich lassen. Ihr Schweigen hätte ihn warnen müssen, er hatte ihrem Stolz einen tödlichen Schlag versetzt. Sie war zu ihm gekommen und er hatte sie mit einer Gefühllosigkeit zurückgewiesen, als wäre seine Seele tot.

Die Angst vor der Liebe und ihren Folgen hatte ihn feige fliehen lassen, er hastete von einem Termin zum nächsten, schrieb Artikel, machte Radiosendungen und Berichte fürs Fernsehen. Er war so davon überzeugt, Inku nur ein verpfuschtes Leben bieten zu können, dass er nicht merkte, was er angerichtet hatte.

Mit noch mehr Arbeit reagierte er auf die erneute und jetzt endgültige Trennung. Inku dagegen fehlte die Kraft, dem kräftezehrenden und Nerven verschleißenden seelischen Auf und Ab weiter standzuhalten.

Der Portier im Hotel überreichte ihm ein Telegramm, das die Redaktion weitergeleitet hatte: »Ruf zu Hause an, es geht um Leben und Tod, Mutter.«

Jan befürchtete, es sei etwas mit Vater. Doch Vater war am Apparat und berichtete mit brüchiger Stimme, Inku habe einen Selbstmordversuch unternommen, Schlaftabletten ge-

schluckt, läge im Krankenhaus, Mutter wäre bei ihr. Man habe ihr den Magen ausgepumpt, es stünde nicht gut um sie, ihr fehlte der Lebenswille. Fast tonlos fügte Vater hinzu, er wüsste nicht, warum sie es getan hatte, vermutlich eine unglückliche Liebe. Mit festerer Stimme fügte er hinzu, Mutter ließe ihm ausrichten, er sollte alles liegen lassen und kommen, er wäre ihre letzte Hoffnung.

Jan flog mit der nächsten Maschine in die Hauptstadt Lapplands, nahm ein Taxi zum Hospital.

Mutter fing ihn an der Tür ab, Tränen rannen ihr aus den Augen. »Gott sei Dank, sie hat oft nach dir gefragt! Es klang so dringend, als hinge ihr Leben davon ab.«

Er wollte ins Zimmer.

Da bat Mutter: »Jan, sei lieb zu ihr, sie braucht dich!«

Blass und schmal lag sie da, hing am Tropf. Er nahm ihre Hand. »Inku, was machst du denn für Sachen!«

Sie schlug die Augen auf und lächelte. »Jan«, flüsterte sie, »endlich!«

»Das erste Mal seit ich hier bin, dass sie gelächelt hat«, freute sich Mutter, als er sie später durch den Flur begleitete. »Ein gutes Zeichen, bleib bei ihr. Ich gehe einkaufen, habe mich nicht getraut, wegzugehen.«

Nach Stunden meinte die Krankenschwester, im Vergleich zu gestern gehe es ihr erstaunlich gut, offensichtlich bewirke sein Besuch mehr als die Kunst der Ärzte. Doch kaum wollte Jan aufstehen und gehen, umklammerte Inku seine Hand.

»Nicht weggehen!«, kam es leise über ihre trockenen Lippen, die er immer wieder mit Wasser befeuchtete.

Langsam tropfte das Beruhigungsmittel mit der Kochsalzlösung in die Vene. Gegen neun schlief sie ein. Jan war vom schiefen Sitzen ganz krumm. Inku hatte seine Hand nicht

losgelassen. Er nächtigte in einer Pension nebenan, doch der Schlaf ließ lange auf sich warten. Zu heftig waren die Vorwürfe, die er sich machte.

Am Morgen war er der erste Besucher. Die Stationsschwester berichtete, Inku hätte das erste Mal durchgeschlafen und sogar eine Kleinigkeit gegessen. Der Arzt bestätigte, sie hätte sich bemerkenswert schnell erholt. »Und wie ich hörte«, der kahlköpfige Mediziner grinste, »ist das mehr Ihr Verdienst als unserer.«

Jan klopfte. Inkus Stimme klang fester, sie sah besser aus. Er steckte Narzissen in die Vase, die er aus dem Schrank neben dem Schwesternzimmer geholt hatte, begleitete den Arzt vor die Tür.

»Es geht aufwärts, aber sie braucht Schonung. Es stand auf der Kippe.« Er zögerte. »Ein zweites Mal würde sie das kaum überleben. Ihr muss jede Aufregung fern gehalten werden!«

Jan setzte sich zu ihr. Sofort ergriff sie seine Hand.

»Hallo Schwesterchen. Dir geht's ja schon ganz gut wie ich sehe. Mir tut noch das Kreuz vom langen Sitzen gestern weh.«

Sie sah ihn zärtlich an, das rührte und verunsicherte ihn gleichzeitig. Der Mahnung des Arztes eingedenk, sie unter keinen Umständen aufzuregen, vermied er jede Andeutung, die Gefühle berühren könnte.

Als spürte sie es, flüsterte sie: »Jan, du darfst nie mehr von mir fortgehen!«

Sanft wandte er ein: »Aber Kleines, wie stellst du dir das vor? Ich habe einen Job, bei dem das viele Reisen Normalität ist.«

»Ich bin nicht mehr deine Kleine!«

Er streichelte ihre Hand, beruhigte sie: »Das weiß ich wohl, ist mir so rausgerutscht.«

Um sie abzulenken, erzählte er eine lustige Begebenheit von seinen Ermittlungen, doch sie war nicht bei der Sache.

Und schließlich erklärte sie mit schwacher Stimme, als hätte er nichts gesagt, sie wollte nicht mehr ohne ihn leben. Lehnte er das ab, würde sie es wieder machen und das nächste Mal geschickter.

Auf seine hilflos wirkende Entgegnung, das sei glatte Erpressung, guckte sie ihn mit großen Augen an und nickte. »Ja, das ist es wohl.«

Mutter kam am späten Vormittag. Sie müsste nach Hause fahren, Vater brauchte sie. Hier könnte sie nicht viel helfen und jetzt sei er ja da. Jan brachte sie zum Bahnhof.

»Sie hängt an dir und sie braucht dich notwendiger denn je. Du musst bei ihr bleiben, sonst macht sie es wieder.«

Da war sie wieder, die Drohung, Inku könnte den Versuch wiederholen. Beim Einsteigen sagte sie, die Verantwortung laste nun auf seinen Schultern, ob das in seine Pläne passte oder nicht. So ganz unschuldig wäre er nicht an ihrem Zustand, auch wenn ihm niemand einen Vorwurf machte. Mit einem Fuß auf dem Trittbrett stehend, drehte sie sich noch einmal um. »Und noch etwas, Jan: Du sollst wissen, alles andere ist mir egal, Hauptsache, sie wird gesund.«

Der Lautsprecher plärrte: »Vorsicht, der Zug fährt ab!«

Die Türen schlossen sich, noch ehe er fragen konnte, wie sie das denn gemeint hatte. Inkus Suizidversuch hatte in seiner Gefühlswelt das Unterste nach oben gespult und alle vernünftigen Erwägungen über den Haufen geworfen.

Der Chefredakteur war einverstanden, dass Jan über lokale Begebenheiten berichtete, bis Inku entlassen würde. Er verdiente weniger und die Arbeit war lange nicht so spannend, aber so konnte er sich um sie kümmern, es war unmöglich, sie allein zu lassen. In einer ruhigen Gegend fand er eine Wohnung mit zwei Zimmern.

»Ich bin so froh«, sagte sie, als er von der Redaktion kam, zwei Tüten mit Obst und Lebensmitteln unterm Arm, »hier zu sein. Es tut gut, von dir umsorgt zu werden.« Seine Fürsorge täte ihrer Seele wohl, das waren neue Töne zwischen ihnen.

Am Abend plauderten sie, vermieden alle Themen, die an früher erinnerten und doch waren sich beide bewusst, dass es unter der Oberfläche brodelte. Jan nahm sich vor, seine zärtlichen Gefühle unter Verschluss zu halten, als könnte man das Hochkochen starker Empfindungen wie in einem Suppentopf durch einen Deckel verhindern. Es war eine Frage der Zeit, bis er überkochte.

Von Mutter traf ein Paket mit einer Flasche Wein ein. Inku hatte zum ersten Mal seit der Entlassung aus dem Krankenhaus das Abendessen zubereitet. Sie tranken Rotwein, doch kaum versprach die Stimmung gemütlicher zu werden, brach diese wieder in sich zusammen, als er vorsichtig andeutete, sie wäre nun wohl so weit, nach Hause zu fahren. Sie könnte ja nicht ewig hier bleiben, müsste die Schule abschließen und er müsste die Story beenden, hätte auch bereits ein Exposé für eine neue Sendereihe vorgelegt. Sie starrte, während er sprach, regungslos ins Weinglas, als ging sie das Gerede nichts an.

»Inku, so sag doch was!«

Sie schaute auf. »Du willst mich loswerden.«

»So sei doch vernünftig, es hat keine Zukunft mit uns!«

»Ich will nicht vernünftig sein«, erwiderte sie leise, »ich will bei dir sein.«

Auf seinen Einwand, sein Job erfordere Flexibilität und ständiges Reisen, wiederholte sie mit der seit dem Klinikaufenthalt noch ausgeprägteren Beharrlichkeit: »Rede nicht um den heißen Brei herum, sage offen, du willst nicht mit mir zusammen leben.«

Der Mahnung des Arztes eingedenk, ihr Zustand würde lange instabil bleiben und jede Aufregung sei Gift, zwang er sich, im Stillen bis drei zu zählen, ehe er antwortete. »Also gut«, räumte er ein, »es ist wohl noch zu früh, vertagen wir die Rückkehr.«

Sie erwiderte nichts, er ging von ihrem Einverständnis aus. Hätte er die Blicke bemerkt, die sie ihm zuwarf, als er aufstand, wäre er auf der Hut gewesen. Ohne Zusammenhang mit dem Gespräch fragte sie, ob er das Tagebuch weitergeführt hatte. Verwirrt über die Gedankensprünge nickte er.

»Hast du etwas nachgetragen, das ich noch nicht kenne?« Zögernd antwortete er: »Doch, ein paar Episoden, nichts Aufregendes.« Sie bettelte, bis er das Heft holte. Es seien Beobachtungen, es lohnte kaum, sie vorzulesen, versuchte er, sie davon abzubringen. Er befürchtete, sie könnten alte Wunden aufreißen. Es war ein Aufbäumen der Vernunft im Kampf gegen die lange unterdrückte Sehnsucht. Hätte er geahnt, was auf sie zukam, hätte er möglicherweise – ganz sicher war er sich da nicht – anders gehandelt. Hinterher wusste er, es war ein Fehler gewesen, sich darauf einzulassen, aber hinterher ist man immer klüger ...

Entschlossen nahm sie ihm das Heft aus der Hand. »Ich lese vor!«

Er lachte. »Dir scheint's wirklich wieder gut zu gehen!«

Sie ging nicht darauf ein, las: »›Ich verachtete mich dafür und konnte es doch nicht lassen. Es war wie ein Rausch, mir war alles egal.‹« Inku unterbrach das Lesen. »Du bist so unruhig, was ist los?«

Er druckste herum, es sei ihm peinlich, wenn sie das nochmals vorlese, sie hätten das doch schon gelesen.

Sie grinste. »Auf einmal ist es dir peinlich? Da musst du

wohl selber lachen! Außerdem verläuft die Szene, so weit ich sehe, ein wenig anders. Weißt du übrigens, was ich einmal geglaubt habe?«

Kopfschüttelnd verneinte er.

»Ich hatte das Gefühl, du hast mich durchs Schlüsselloch beim Baden beobachtet.«

»Wie kommst du denn darauf?«

»Ich hörte das Knarren der Türschwelle deutlich, es war, als stünde jemand drauf.«

Er senkte den Kopf, um die aufsteigende Röte zu verbergen, bat sie, nicht weiterzulesen, er schämte sich, hatte sich verachtet, es trotzdem nicht lassen können. Ohne seinen Einwand zu beachten nahm sie das Heft.

»Aha, da kommt es ja!« Sie las: »›Ich wartete, bis das Wasser in die Wanne lief, schlich vors Badezimmer, starrte gebückt durchs Schlüsselloch, hielt den Atem an, als sie sich auszog, sich auf die Waage stellte, dann in die Wanne stieg, sich räkelte. Zum Einseifen stand sie auf, drehte sich zur Tür. Als sie heraustrat und sich abtrocknete, sah ich sie nur kurz von vorn, sie wendete mir den glatten Rücken zu, aber mir gefiel auch ihr fester Po.‹«

Inku sah auf, grinste anzüglich und las weiter. »›Manchmal drehte sie sich mir zu, als wüsste sie, dass ich zusehe, stand da, als wollte sie mir zeigen, wie schön sie sei.‹«

Inku guckte hoch. »Jan, jetzt bist du knallrot geworden!« Kokett fragte sie: »Hab ich dir wirklich gefallen?«

Jan nickte, spürte, da kam etwas in Gang, das bald nicht mehr zu steuern war, wollte ihr das Heft aus der Hand nehmen.

Sie hielt es hoch und fuhr fort: »›Nach Minuten tat mir das Auge vom angestrengten Zukneifen weh, der Rücken war von der krummen Haltung steif. Und ich musste aufpassen,

nicht auf eines der knarrenden Dielenbretter zu treten oder ob jemand die Treppe heraufkam. Auch befürchtete ich, wenn sie mich entdeckte, würde sie das Schlüsselloch abdecken.‹«

Wieder ließ Inku das Heft sinken. »Hätte ich nicht getan. Also weiter. ›Beim Abtrocknen stellte sie einen Fuß auf die Bank und ich konnte ihr Vlies ganz nah sehen, mir wurde heiß.‹«

Sie legte das Heft auf den Tisch, fasste seine Hand. »Warum hast du mir das nie erzählt?«

»Ich schämte mich, das gehört sich doch nicht. Ich wäre im Boden versunken, wenn du dich über mich lustig gemacht oder es gar Mutter erzählt hättest.«

Sie lachte hell auf, seit Langem zum ersten Mal. »Von ihr hättest du dir vermutlich eine gefangen.«

Jan grinste. Ob es noch mehr solcher Stellen im Tagebuch gäbe, wollte sie wissen. Noch eine Szene hätte er geschildert, die brauchte sie aber nicht vorlesen, er könnte sie so beschreiben, auch wenn sie ein ungünstiges Licht auf ihn werfen würde. Sie wäre ein wenig anrüchig, fügte er hinzu, es wäre klüger, mit den Geschichten aufzuhören.

»Kommst du wieder mit der alten Leier! Noch klüger wäre es, mit den ewigen Ausflüchten aufzuhören. Also los, spuck's aus!«

Jan nahm einen Schluck Wein, gestand, wie besessen er von ihr gewesen war. Sein Gesicht lief rot an, leise, fast flüsternd sprach er weiter. Er hatte oft an ihrer Wäsche gerochen, ihr Geruch hätte ihn wahnsinnig gemacht.

Inku war, während er stockend beichtete, näher gerückt, legte den Arm um seine Schulter und streichelte seine Wange.

Jan kämpfte gegen das aufsteigende Begehren an, wollte nicht rückfällig werden, es hatte ihn viel Kraft gekostet, Abstand zu gewinnen. Und nun stieg ihm ihr betäubender Körpergeruch in die Nase, er atmete ihn tief ein, ihn schwindelte.

Inku tat, als merkte sie nichts. »Ich habe dir einmal, als du in die Stadt gezogen bist, etwas in die Hand gedrückt, weißt du noch?«

»Natürlich, wie könnte ich das vergessen?« Er schaute von seinem Glas auf. »Es war ein Schatz, leider ...« Er besann sich, brach ab.

»Leider was?«

Mit der Hand machte er eine abwehrende Geste, bat sie, es gut sein zu lassen, er hielte diese Andeutungen nicht mehr aus. Sie senkte den Kopf, er nahm ihre Hand, sprach beschwörend auf sie ein. Sie müssten ihr Spiel aufgeben und die alten Geschichten begraben, es wär unsinnig, ständig die Glut von neuem anzufachen. Noch während er sprach, stieg eine Ahnung in ihm auf, verdichtete sich zum Verdacht: Hier braute sich etwas zusammen, das nicht mehr zu lenken sein würde. Der lange aufgestaute Druck suchte ein Ventil, fand er keines, kam es zur Explosion. Seine Gedanken hatten sich verselbstständigt, er vermochte ihnen keine Zügel anzulegen. Die Erfüllung seines sehnlichsten Wunsches, der jahrelang seine Träume beherrscht hatte, rückte in greifbare Nähe. Er spürte, wie die Kraft erlahmte, weiter dagegen anzugehen, er war des Kampfes müde, sollten die Dinge ihren Lauf nehmen.

Inku schien zu ahnen, welcher Kampf in ihm tobte, sah ihn lange schweigend an, dann brach sie unvermutet in Schluchzen aus. »Was du als alte Geschichten bezeichnest, war für mich das Leben!« Sie hielt die Hände vors Gesicht, stieß weinend hervor: »Für mich waren unsere Spiele kein Zeitvertreib wie *Mensch ärgere dich nicht,* ich war glücklich!«

Ihr Weinen hatte ihn schon immer hilflos gemacht. Er nahm sie in die Arme und wiegte sie wie ein kleines Kind, bis sie sich beruhigte, ausgiebig gähnte und sich schließlich ohne Widerrede ins Zimmer bringen ließ.

Am Morgen tat sie, als wäre nichts gewesen. Sie erholte sich rasch, aß wie ein Schwerarbeiter, nahm zu, ihr Gesicht bekam Farbe. Doch sobald er versuchte, ihre Rückkehr zur Sprache zu bringen, blockte sie ab, ging in ihr Zimmer oder drehte den Fernseher auf, als wäre sie allein.

Der Arzt klärte ihn bei der Kontrolluntersuchung auf, dass seelische Wunden sehr langsam heilen würden. Man könnte einen Rückfall – er sprach es nicht aus, meinte aber einen zweiten Suizidversuch – nie ganz ausschließen. Was sie vor allem brauchte, wäre Ruhe und nochmals Ruhe sowie das Gefühl von Geborgenheit.

Inku ließ durchblicken, es hinge von ihm ab, ob und wie schnell sie genese. Da er weder bereit noch in der Lage war, die Verantwortung für sie zu übernehmen, nahm er sich vor, demnächst Tacheles mit ihr zu reden. Sobald er aber davon anfing, hinderte ihn ein Blick in ihre Augen, konkret zu werden.

Eines Abends fragte sie ihn, warum er ständig neue Gräben aufriss, kaum dass es gelungen wäre, einen zu überbrücken. Stumm blickte er in ihre ängstlich auf ihn gerichteten Augen, überlegte, ob sie die Wahrheit ertragen würde. Er hatte es satt, immer auszuweichen, antwortete, die Erklärung wäre sehr einfach: Angst.

Sie starrte ihn ungläubig an.

»Es ist die Angst vor dem Tier in mir, das nur auf die Chance wartet, loszuspringen.« Und dann rutschte ihm heraus: »Du kannst mir glauben, es fiel mir damals verdammt schwer, das Tier im Zaum zu halten.«

»Und jetzt?«

Sie wäre gesundheitlich nicht stabil genug, um sich mit derlei Fragen zu belasten, wich er aus. Versonnen musterte sie ihn, schien mit ihren Gedanken ganz woanders zu weilen. Unvermittelt stand er auf. »Ich halte das alles nicht mehr aus,

ich muss raus!« Er riss den Mantel vom Haken und stürmte in die Regennacht hinaus, lief durch die Stadt wie so oft, wenn er einen Ausweg aus einer verfahrenen Situation suchte. Spät kam er zurück und hatte, was selten vorkam, getrunken, schlich leise ins Zimmer.

Kam er von der Arbeit, brachte er meistens etwas vom Markt mit, manchmal auch ein Fertiggericht, um keine Zeit mit dem Kochen zu verlieren. Zu seiner Überraschung hatte sie Besuch, Inku schien sich mit Martti bestens zu unterhalten. Etwas verstimmt – sie hätte es zumindest ankündigen können – machte Jan aus zwei Portionen drei, richtete Salat.

An der Unterhaltung beim Essen beteiligte er sich kaum, den beiden schien es nicht aufzufallen, sie hatten sich viel zu erzählen. Endlich machte sich Martti auf den Weg, verabschiedete sich mit Umarmung und Küsschen auf die Wange. Inku war aufgekratzt. Jan konnte sich nicht verkneifen zu bemerken, ihr ginge es offenbar gut, bald könnte sie nach Hause. Sie reagierte anders als erwartet.

»Jetzt sag bloß, du bist immer noch eifersüchtig! Und ich dachte, das sei abgehakt.«

Heftig widersprach er: »Ich bin nicht eifersüchtig!«

»Umso besser«, erwiderte sie, »ich hätte es auch nicht verstanden.« Verbittert fügte sie hinzu: »Es tut gut, einen alten Freund zu treffen und nicht immer zu spüren, dass du mich loswerden willst, auch wenn du es nicht aussprichst.«

Beide spürten, an einem Wendepunkt angelangt zu sein, die Entscheidung musste fallen, so oder so. Jan fasste sich zuerst. »Ich will dich weder loswerden noch bist du mir gleichgültig geworden! Das wird nie der Fall sein.« Er schluckte. »Da du jetzt offenbar einen treuen Freund hast, brauchst du mich vielleicht nicht mehr.«

Wie so oft in letzter Zeit musterte sie ihn nachdenklich, stand auf und ging.

»Inku, habe ich was Falsches gesagt?«, rief er ihr nach.

Ohne zu reagieren schloss sie die Tür.

Die Art, unangenehme Gespräche abzubrechen, hatte er nie leiden können, es erinnerte an Vater, der bei Konflikten auch die Tür hinter sich zugeschlagen hatte, damit war für ihn die Auseinandersetzung beendet, einer Diskussion hatte er sich verweigert. »Zum Glück schmettert sie wenigstens die Tür nicht zu«, murmelte Jan. Er brütete vor sich hin. Je länger er nachdachte, desto kindischer kam ihm sein Verhalten vor. Er ging zu ihr, setzte sich aufs Bett, strich sanft über ihr Haar. »Schlaf, meine kleine Inku ...«, flüsterte er, setzte sich in die Küche, trank den Wein aus. Irgendwann in der Nacht wachte er auf, hatte den Kopf auf die verschränkten Arme gelegt, keine bequeme Stellung. Schlaftrunken wankte er ins Zimmer, zog sich aus, schlüpfte unter die Decke, schlief sofort ein und träumte, sie sei bei ihm und reibe sich an ihm.

Er nieste, etwas kitzelte ihn, er wehrte sich gegen das Aufwachen, wollte nicht aus dem herrlichen Traum gerissen werden, doch das Kribbeln hörte nicht auf, fühlte sich an, als spazierte eine Fliege über seinen Mund, er haschte nach ihr und hatte einen Finger in der Hand. Augenblicklich war er völlig wach. Inku war zu ihm gekrochen, er spürte ihren warmen Körper.

»Du hast im Schlaf gestöhnt«, flüsterte sie und drückte sich an ihn.

»Aber was ...«, stammelte er.

Sie legte ihm den Finger auf den Mund. »Ich halte es nicht mehr aus«, raunte sie ihm ins Ohr und umarmte ihn von hinten. »Ich will bei dir sein, egal, was passiert.«

Er unternahm eine letzte Willensanstrengung, spürte, als er

versuchte, ihren Griff zu lockern, ihre Brüste und ihre Schenkel. »Nicht Inku, wir dürfen …«

Sie umklammerte ihn mit ganzer Kraft, schob ihren Kopf auf seine Wange, legte ein Bein über seinen Schenkel.

»Schenk dir die alte Leier, die immer beginnt: Wir dürfen nicht … Und wenn du sie tausendmal wiederholst, sie wird dadurch nicht besser …« Sie kicherte, während sich ihre Rechte seinen Bauch entlangtastete, seinen Penis berührte, der nicht daran dachte, darauf zu hören, was ihm sein letztes bisschen Vernunft einflüsterte. Jan drehte sich zu ihr, nahm ihr Gesicht in die Hände und küsste sie zart. Seine Küsse erwidernd schmiegte sie sich an ihn. Sie beglückten sich auf vielfältige Weise, lösten sich nicht voneinander, konnten nicht genug bekommen, aber die von beiden heiß ersehnte Vereinigung ließ sie nicht zu.

»Nicht«, flüsterte sie, »bitte Jan, warte damit.« Sie schmiegte ihre Wange an seine. »Es ist auch so wunderschön, ich bin so glücklich.« Sie merkte seine Enttäuschung, tröstete ihn, bald sei sie soweit, ein wenig Geduld noch, nannte aber keinen stichhaltigen Grund.

Er akzeptierte ihren Wunsch, genoss die körperliche Zärtlichkeit, tröstete sich mit dem Spruch, mitunter sei das Warten auf das Ersehnte schöner als die Erfüllung.

Nun war sie damit einverstanden, nach Hause zu fahren, fühlte sich stark und gesund. Kaum war sie fort und er wieder imstande, nüchtern zu überlegen, erschrak er. Aber, anders als bisher, quälte er sich nicht mehr mit der Frage, wie er sich aus der unerlaubten Verbindung lösen sollte. Zum ersten Mal hatten sie derart weitgehende sexuelle Handlungen ausgekostet, waren sich sicher, immer beisammen zu bleiben und schoben alle Bedenken beiseite, nutzten jede Gelegenheit, um ihre Liebe zu leben.

12. Unterwegs

Ihr Leben hatte sich von einem Tag auf den anderen verändert, nichts war wie vorher. Sie fieberten dem nächsten Treffen entgegen, verzehrten sich vor Sehnsucht. Von Mal zu Mal war das Wiedersehen süßer, fiel ihnen der Abschied schwerer.

Mitunter fragte Jan sich, warum sich Menschen lieben, ohne eine schlüssige Antwort zu erwarten. Sie tun es einfach, auch wenn selten jemand präzise angeben kann, warum er sich zum anderen hingezogen fühlt, oder warum nach einiger Zeit die Anziehungskraft schwächer wird oder sich verflüchtigt. Jan hatte gelesen, und seine Erfahrungen bestätigten den Befund, dass der Geruch bei der Partnersuche eine entscheidende Rolle spielt. Im Negativen drückt der Satz, man könne jemanden nicht riechen, sogar Ablehnung oder Widerwillen aus. Bewusst wahrgenommen hatte er Inkus Körpergeruch erst, als nicht mehr zu übersehen war, dass sie zum Teenager heranreifte. Erklärung hatte er keine dafür gefunden, warum der Duft ihrer glatten warmen Haut einen so starken Reiz auf ihn ausgeübt hatte und er stellte fest, dass sich der Geruch im Verlauf des Monats und nach der Art der von ihr ausgeübten Tätigkeit änderte. Jan mochte ihn, das Einatmen war, als tränke er Sekt. Anfangs hatte er sich nicht eingestehen wollen, dass er gern ihre Haut gestreichelt hatte und es ihn Überwindung kostete, dem Drang zu widerstehen.

Er rief sich zur Ordnung und zwang sich, seine ungeteilte Aufmerksamkeit auf den Artikel zu richten, war oft froh, dass ihm der Job selten Zeit zum Sinnieren ließ. Es galt, den Platz in der Wirtschaftsredaktion, den er sich erkämpft hatte, zu verteidigen und auszubauen. Es bedurfte einer genauen Planung, unter dem ständigen Zeitdruck weiterhin Vorlesungen und Seminare zu besuchen.

Die Kollegen wussten, dass Jans Freundin Stunden entfernt wohnte, das war im dünn besiedelten Norden keine Seltenheit. Da er oft Sonntagsdienste für andere übernommen hatte, war es nun ein Leichtes, mit Kollegen zu tauschen, wenn ihn Inku besuchte. Hatte er auswärts zu tun und sie konnte nicht kommen, nutzte er die Zeit am Abend im Hotel zum Lernen. Das Studium war nützlich, die Interviewpartner schätzten es, wenn er gut vorbereitet war und umgekehrt verwendete er Artikel und Radiobeiträge für Seminararbeiten. Die Professoren werteten seine fundierten Arbeiten, die immer auch den Praxisbezug erkennen ließen, positiv. Nach den Radiosendungen über die Lage der Bauern im Norden kamen Anfragen vom Fernsehen, ob er über andere wirtschaftliche Aspekte etwas liefern könnte.

Kam Inku zu ihm, paukte sie, wenn er zwischendurch in die Redaktion oder zu einem Termin musste. Jan hatte Mutter versprochen, darauf zu achten, dass sie den Schulabschluss schaffte. Dabei hatte sie ihn mit einem abgründigen Lächeln angeguckt und gemeint, niemand wüsste, wie sich eine Beziehung langfristig entwickelte. Für Mutter war der Selbstmordversuch ein Albtraum gewesen, anderes war ihr inzwischen zweitrangig geworden, Hauptsache Inku wurde gesund. Mutter war zu Besuch gewesen, fuhr mit dem Bus zurück. Inku saß schon drin, da raunte Mutter Jan zu, einen Fuß auf dem Trittbrett: »Pass gut auf sie auf! Sie ist ein empfindliches Pflänzchen, braucht Wärme und Fürsorge.«

Meist schaffte er es, sich das Wochenende freizuschaufeln. War ein auswärtiger Termin nicht zu verschieben, trafen sie sich im nächsten größeren Ort, Unbequemlichkeiten nahmen sie in Kauf. Das Wissen, sich aufeinander verlassen zu können, festigte die Verbindung.

Manchmal gingen sie in einer Stadt, wo sie niemand kannte, tanzen, ein Paar wie jedes andere. Sie drückten sich im schwach beleuchteten Lokal – kaum erklang Musik, steuerte sich die Beleuchtung herunter – aneinander, spürten die Wärme des anderen. Sie drängte sich an ihn, er spürte ihre Brüste. Glücksgefühle durchströmten Inku, als sie merkte, wie sein Begehren aufflammte.

Holte er sie vom Bahnhof oder Bus ab, war es ein Fest, fand ihre Sehnsucht Erfüllung. Nahte die Trennung, wurden sie still, ihre Herzen weinten. Nach Hause fuhr er selten, es widerstrebte Jan, dem Vater etwas vorzuspielen. Berufliche Überlastung und Studium waren glaubhafte Ausreden. Mutter stellte seit Inkus Klinikaufenthalt keine Fragen mehr, wenn sich Inku auf den Weg zu ihm machte. Wollte Vater wissen, wohin sie schon wieder fuhr, beschwichtigte sie ihn, das Mädchen wäre alt genug, um einen Freund zu besuchen. Meist gab sie der Tochter etwas Leckeres mit, das Jan gern aß. Konnte Inku nicht weg, trafen sie sich im Elternhaus und sie schlich nachts mit schlechtem Gewissen zu ihm.

Sie unternahmen Ausflüge in die Berge, fuhren mit den Rädern über Land, hatten Decken und Zelt mit, saßen auf dem versteckten Platz am Badesee, schauten aneinandergeschmiegt ins Feuer oder sahen der Sonne zu, wie sie bedächtig im Dunst versank. Überschattet wurden die Ausflüge von der Notwendigkeit, ihre Liebe zu verbergen. Im Hotel gehörte es zum Ritual, sich aus dem Tagebuch vorzulesen, Situationen aus

seinen und ihren Träumen nachzuspielen oder bisher lediglich angedeutete Handlungen zu realisieren.

Inku erzählte nun auch ihre Träume und er war überrascht, dass die Inhalte oft seinen glichen – mit vertauschten Rollen. Ihre Fantasie war so blühend wie seine, oft übertraf sie seine sogar an Erfindungsreichtum. Eines Morgens gestand sie, früh kapiert zu haben, dass sein Interesse keineswegs nur ihren Fortschritten in der Mathematik galt. »Hast du geglaubt, ich wüsste nicht, warum du dich auf den höheren unbequemen Stuhl gesetzt hast? Um besser in meinen Ausschnitt glotzen zu können.« Sie lachte. »Jetzt bist du aber rot geworden!«

War er davon ausgegangen, dass sie nichts von seinen Absichten ahnte, nahm er nun staunend zur Kenntnis, dass sie damals den BH ausgezogen hatte, um zu sehen, wie er reagierte.

»Das war«, half sie seiner Erinnerung auf die Sprünge, »als du plötzlich in die Küche gelaufen bist, um Wasser zu trinken.«

Eng aneinandergeschmiegt lagen sie auf dem Diwan, versonnen streichelte er ihren Rücken. »Das war, als ich befürchtete, mich nicht mehr beherrschen zu können.«

Jan hätte manche der Geschichten lieber übergangen, doch sie bestand darauf, alle vorzulesen und lachte, wenn er an manchen Stellen ins Stottern geriet wie bei der, die sie längst kannte, als er an ihrer Wäsche gerochen und ihre Kraushaare aus dem Badewasser gefischt hatte. Sie nahm ihm das Heft aus der Hand und las. Er liebte ihre warme dunkle Stimme. Manche Passagen flüsterte sie ihm ins Ohr, als hätten sich in einer dunklen Ecke Zuhörer versteckt. Es gehörte zur Zeremonie, dass er auf die Frage, ob er das Säckchen mit den Haaren noch hätte, in der Schublade wühlte und ihr das Nylonsäckchen zeigte. Sie setzte sich auf seinen Schoß, küsste ihn und streichelte seine Wangen.

»Erinnerst du dich an die Stelle, als ich dir beim Abschied etwas in die Hand gedrückt habe? Du hast es in die Anoraktasche gesteckt.«

»Inku, das haben wir schon x-mal gelesen!«

»Ich möchte es aber wieder hören.«

Er hatte Hemmungen, vorzulesen, wie er daran gerochen, davon gekostet hatte und gekommen war. Also nahm sie das Tagebuch. Als sie vorschlug, es ihr in Natura zu zeigen, schüttelte er den Kopf.

»Vielleicht später einmal.«

Sie war enttäuscht, sagte, zur Abwechslung würde sie etwas erzählen, nein, beichten, aber er dürfte nicht böse sein.

»Versprochen, bin neugierig.«

»Es ist eine längere Geschichte und Jahre her.«

»Wir haben Zeit.«

»Du darfst nicht unterbrechen, sonst schäme ich mich!«

Jan legte die Rechte aufs Herz. »Ehrenwort.«

Mit vierzehn hatte sie in seinem Zimmer einen Radiergummi gesucht, da wäre er überraschend in sein Zimmer gekommen, zu spät, um sich davonzustehlen. Sie hatte befürchtet, er könnte sauer reagieren und sich im Jugendstil-Schrank versteckt. In der Eile hatte sich ein Kleidungsstück eingeklemmt, die Schranktür ließ sich nicht ganz schließen. Durch den Spalt hatte sie gesehen, wie er etwas unter dem Kopfkissen hervorgeholt und sich aufs Bett gelegt hatte.

Verlegen setzte Jan zum Sprechen an, doch Inku blickte ihn mit gerunzelter Stirn an und er besann sich auf sein Versprechen.

Mit der anderen Hand hätte er den Gürtel der Hose geöffnet, Hose und Unterhose ausgezogen und sein bestes Stück hervorgeholt, groß und steif, größer als damals in der Dusche.

Jan saugte hörbar die Luft ein. »Ich …« Ein warnender Blick traf ihn und er schwieg.

Inku erzählte weiter: Sie hatte kaum zu atmen gewagt und gebannt auf das gestarrt, was ihr geboten wurde. Er hatte es losgelassen, hatte aufrecht gestanden wie ein Zinnsoldat. Er hätte die andere Hand geöffnet, ein hellblaues Etwas hervorgezogen, auseinandergefaltet, es sich über den Kopf gezogen und das Zentrum über seinen Mund gelegt. Mit der Rechten hätte er den Schniepel gehalten.

Inku unterbrach sich beim Lesen, fragte, ob er sich erinnerte, auf der Baumhütte hätten sie ihn so genannt. Er nickte.

Inku sagte, er hätte die Hand auf und ab bewegt, zuerst langsam, dann schneller, jedes Mal sei die rote Kappe erschienen, gleichzeitig hätte er am Stoff gelutscht und gestöhnt, die Mitte eingesaugt. Sein Geschmatze und Gestöhne hätten sie erregt, obwohl sie nicht richtig begriffen hatte, was da eigentlich vor sich ging, sich nur an die Andeutungen ihrer Freundin erinnert. Er hatte rasch wie eine schnell fahrende Dampflok geatmet, plötzlich ein ersticktes lang gezogenes »Aahh« von sich gegeben. Sie war erschrocken gewesen, hätte sich fast verraten. Und dann hatte sein Prachtstück einen glasigen weißen Saft ausgestoßen. Fasziniert hätte sie zugeguckt, wie er noch ein wenig an dem blauen Ding gesaugt, es schließlich vom Kopf gezogen hatte. Sein Atem wäre stoßweise gegangen, erst allmählich hatte er sich beruhigt, die Augen wären geschlossen gewesen, er hätte müde und zufrieden gewirkt. Und auf einmal hatte sie bemerkt, dass sie zwischen den Schenkeln ganz nass geworden war. *Hoffentlich holt er nichts aus dem Schrank,* hatte sie gedacht, oder er schlief ein, dann hätte sie lange im Versteck ausharren müssen. Zum Glück war er aufgestanden, hatte mit dem dünnen Stoff Hand und Schenkel abgewischt,

der weißliche Saft war wohl überall hingeflossen. Zuletzt war sein Ding an die Reihe gekommen.

Inku griente. »Kein stolzer Zinnsoldat mehr. Du hast dich mir zugewandt und ich habe gesehen, dass er klein und schrumpelig geworden ist.« Sie schmunzelte über sein rotes Gesicht und las weiter. Er wäre ins Bad gelaufen und kaum hätte sie das Wasser rinnen gehört, hätte sie die Schranktür geöffnet und war in ihr Zimmer geschlichen. Sie hatte sich aufs Bett gelegt, ermattet von der Aufregung und vom eigenen Erguss, auf den sie nicht gefasst gewesen war. Sie wäre eingeschlafen, bis sie der Traktor geweckt hatte. Vom Fenster hätte sie ihn zu den Feldern fahren sehen. Im Wäschekorb hatte sie dann das zarte blaue Etwas gefunden, daran gerochen – ein wilder betäubender Geruch war ihr in die Nase gestiegen. Sie hatte nicht widerstehen können und mit dem Finger etwas von der klebrigen Masse aufgetupft, gekostet. Es hatte herb und scharf geschmeckt. Den alten beinahe sauberen Slip hätte sie angezogen und ihren feuchten unters Handtuch gelegt, wäre aufgewühlt die Treppe hinuntergelaufen. Wo sie gewesen wäre, hatte Mutter gefragt, sie hätte sie gesucht. Auf dem Klo, hatte Inku geantwortet und schnell ein Stück Kuchen in den Mund gestopft, damit Mutter ihre Verlegenheit nicht erkannte.

Atemlos hatte Jan zugehört, stotterte: »Du hast mich beobachtet, hast es die ganze Zeit gewusst und nie eine Andeutung gemacht!«

Lächelnd schüttelte sie den Kopf. »Wozu wäre das gut gewesen? So war ich dir nahe, versorgte dich mit frischem Material. Und du hast«, grinste sie, »regen Gebrauch davon gemacht.«

»Du hast es die ganze Zeit gewusst«, murmelte er, »hast sogar für Nachschub gesorgt.«

»Hast du«, erkundigte sie sich, »dabei an mich gedacht?«

Wie aus der Pistole geschossen kam: »Nur an dich, das weißt du!«

»Und was hast du dir dabei vorgestellt?«

Langsam antwortete Jan: »Alles, was ich gern mit dir gemacht hätte. Manches habe ich in meinen Träumen geschildert.« Er legte die Hand an die Stirn, eine Geste, die er immer machte, wenn er angestrengt nachdachte. »Und ich war überzeugt«, wiederholte er erstaunt, »du hattest keine Ahnung.«

»Das konntest du eigentlich nur so lange glauben, bis ich dir damals das Abschiedsgeschenk gab.« Sie zögerte, fragte leise: »Hast du es bei Kaari auch gemacht?«

Energisch schüttelte er den Kopf. »Wo denkst du hin! Seit du mir das mitgegeben hast, war es unser Geheimnis.« Verlegen setzte er hinzu: »Nur dein Geruch zog mich an.«

Inku schwieg länger, schlug plötzlich vor: »Jan, zeig es mir!«

»Nein, das geht zu weit.«

Sie bettelte, bis er nachgab. Er legte sich hin. Inku streifte ihren Slip ab und gab ihn Jan. Er zog ihn sich über sein Gesicht. Dann ergriff er seien Schaft, begann ihn zu reiben, während er ihren Duft aus dem Höschen einatmete. Es erregte Inku, sodass sie sich über Jan beugte, seinen Penis in den Mund nahm. Jan stöhnte auf, ließ sie gewähren, bis er kam und sich ergoss.

Satt und müde lagen sie umschlungen nebeneinander.

»Es ist Wahnsinn, was wir machen«, murmelte er, den Kopf an ihren Hals geschmiegt. Sein schlechtes Gewissens ließ sich rasch beschwichtigen, nachdem er erkannt hatte, dass sie glücklich war. »Wirklich, der pure Wahnsinn«, wiederholte er, »aber wunderschön.«

Sie drückte sich an ihn, er spürte ihre Brüste. Mit schläfriger Stimme fragte sie ihn, ob er die Heimfahrt vom Besuch bei der Familie auch im Kopf hätte. Er nickte, ohne die Stellung

zu verändern. »Natürlich.«

Am nächsten Tag hatte er gefragt, ob es Traum oder Wirklichkeit gewesen war und sie hatte ihn im Glauben gelassen, dass er wieder geträumt hätte. »Aber du hast es wirklich getan. Ich habe es zugelassen und es war schön!«

Er richtete sich auf. »Soll das heißen, ich habe dich gestreichelt und nicht nur geträumt, meine Hand sei ganz feucht geworden?«

»Ja, es war überaus angenehm! Trotz der Dunkelheit habe ich gesehen, wie du an deinen Fingern gerochen hast. Ich glaube, du hast sie sogar ...«

Er grinste und nickte. »Also war doch nicht alles Einbildung«, murmelte er. Plötzlich schreckte er hoch. »Mein Gott, ich muss in einer halben Stunde beim Bauamt sein, hätte es beinahe verschwitzt!«

Inku staunte, als er am Abend mit Rosen aufkreuzte, das vorbereitete Essen aufwärmte, lange weiße Kerzen in die auf dem Flohmarkt erstandenen Halter aus Porzellan setzte. Das Rot der Blumen harmonierte mit Geschirr und Kerzen. Mit einladender Handbewegung bat er Inku, Platz zu nehmen, hob das Glas. »Du fragst dich zu recht, was es zu feiern gibt. Das hängt davon ab, wie du die Frage beantwortest, die ich dir stellen werde.«

Neugierig wartete sie ab.

Mit ernster Miene fragte er, ob sie seine Frau werden wollte.

Inku stützte den Ellbogen auf den Tisch und legte den Kopf in die Handfläche, sah ihn ungläubig an. »Aber Jan, du weißt selbst am besten, dass das nicht geht!«

»Nicht nach dem Gesetz, aber für uns, nur für uns beide könnten wir doch so tun, als würden wir heiraten.«

Sie hob den Kopf, lächelte und antwortete:

»Ja, Jan, ich will.« Praktisch wie sie war, schlug sie vor, in einer Kirche ein Gelöbnis abzulegen und anschließend ein Restaurant zu besuchen. Lachend wandte er ein, sie gehörten keiner Kirche an, ob sie zu einem Pastor gehen und ihn bitten wollte, sie gegen das Gesetz und ohne Papiere zu trauen? Sie erwiderte ernsthaft, sie möchte, dass es ein schöner und besonderer Tag würde, an den sie sich gern erinnerte. Sie wünschte sich einen Ring von ihm, keinen Ehering, der zöge nur dumme Fragen nach sich, sondern einen mit einem kleinen Stein. Sie könnten sich einander in der Kirche die Ringe anstecken wie bei einer richtigen Trauung.

Jan zog sie an sich. »Glaubst du, dein Schwur würde lange genug halten und dich alle Schwierigkeiten durchstehen lassen? Und willst du dich auf das Unwägbare einlassen? Du weißt, dass wir getrennt werden können.«

»Ja, ich will.«

Sie kauften Ringe mit einem Saphir, wollten die intime Zeremonie in der kleinen Holzkirche im Wald durchführen, die sie beim Wandern entdeckt hatten. Der alte Dorflehrer händigte ihnen den Schlüssel aus, nachdem Inku ihren Heimathof angegeben hatte, natürlich ohne zu erwähnen, dass sie beabsichtigten, heimlich Hochzeit zu feiern und – Geschwister waren. Zur Feier ohne Zeugen und Verwandte hatten sie einen CD-Spieler mitgebracht, legten Orgelmusik ein. Vor dem mit einfachen Schnitzereien verzierten Altar schworen sie sich Treue bis in den Tod, steckten sich die Ringe an und küssten sich.

Sie wanderten zurück, unterbrachen den Marsch zweimal und liebten sich im Wald. Vom Hotel gingen sie in ein Restaurant im Zentrum, leisteten sich Wein zum Essen. Als sie spät ins Bett sanken, flüsterte sie ihm zu, es wäre ein wundervoller Tag gewesen und sie wäre glücklich wie noch nie. Tränen glitzerten in ihren Augen, er küsste sie weg.

Ein halbes Jahr später schloss Inku die Schule ab. Zu Hause hatte sie mehrmals ihre Absicht erwähnt, in die Stadt zu ziehen um möglicherweise zu studieren; sie würde sich eine Stelle suchen und auf jeden Fall in Jans Nähe wohnen. Die Eltern waren nicht gerade begeistert, dass beide Kinder fort waren, ahnten nicht, dass sie zusammen lebten. Aus Angst, Bekannte zu treffen, die das Geheimnis aufdecken könnten, zogen sie mehrmals um, wohnten kurze Zeit auf dem Land, merkten aber, dass in der ländlichen Abgeschiedenheit die Gefahr, entdeckt zu werden, größer war: Jeder kennt jeden, nichts entgeht der Neugier und über alles wird getratscht.

Jan wurde eine Stelle beim Fernsehen in Helsinki angeboten, sie zogen in die Metropole, dort fragte niemand, wer sie waren und woher sie kamen. Die Wohnung war klein und teuer, lag aber nahe am Parlament und zum Markt war es auch nicht weit. Inku entschied sich für ein Fernstudium, konnte die Prüfungen vor Ort ablegen.

Hatte Jan im Ausland zu tun, nahm er Inku oft mit. Sie lernten Stockholm, Kopenhagen, Hamburg und Sankt Petersburg kennen. Er achtete darauf, die Kosten in den Reiseabrechnungen korrekt zu trennen. Einige Tage waren sie in Wien, besuchten den Stephansdom und die Albertina. Der Presseattaché von der Botschaft kannte sich aus.

Nach und nach verriet Inku, wie es ihr mit kleinen Tricks gelungen war, seine Aufmerksamkeit zu erringen. Erstaunt erkannte Jan, dass Situationen, von denen er angenommen hatte, sie seien Zufall gewesen, von ihr geplant worden waren. So hatte sie die obersten Knöpfe ihrer Bluse absichtlich offen gelassen, nachdem sie begriffen hatte, wie sehr ihm ihr Busen gefiel. »Du hast gemeint«, sagte sie lachend, »ich merke es nicht, wenn dir die Augen fast aus dem Kopf gefallen sind,

wenn ich dich beim Bücken den Ansatz meiner Brüste oder die dunklen Höfe um die Knospen sehen ließ.«

Aneinandergeschmiegt lagen sie im Bett. Er erzählte, manchmal wäre er ganz kribbelig geworden, wenn sie nichts anderes getan hatte als sich an die Tür zu lehnen: Irgendwie war ihre Körperhaltung herausfordernd gewesen, hatte ihn jedenfalls erregt und manchmal hatte er das Gefühl gehabt, sie legte es darauf an, ihn zu reizen. Inku antwortete mit einem Lächeln, das Ja oder Nein bedeuten konnte.

»Vielleicht«, meinte sie leichthin, »hast du mitunter mehr zu sehen bekommen als dir gut tat. Oder«, wieder das Lächeln, »ich probierte aus, was dir an mir sonst noch gefällt, Körperteile, die Kleider normalerweise verbergen.« Spöttisch grinsend fügte sie hinzu: »Und nach der Szene, die ich aus dem Schrank beobachtet hatte, wollte ich erst recht, dass ich dir gefalle.«

Versonnen nickte er, sanft strichen seine Finger über ihren Rücken. »Für dein Alter bist du ganz schön raffiniert, niemand würde das vermuten!« Er hatte ihre Figur immer gemocht, auch wenn sie sich zu mollig fand, hatte er sich zusammennehmen müssen, nicht ihren Po zu streicheln, den sie bewegt hatte, als wollte sie zeigen, wie knackig er war. Die Angst, sie könnte sich abwenden, ihn auslachen oder verpetzen, hatte ihn abgehalten, solch spontanen Regungen nachzugeben.

Inku schüttelte den Kopf. »Deine Befürchtung war grundlos, ich mochte dich immer.« Sie genoss es, wenn er von ihr schwärmte und ihr dabei seine geheimsten Gedanken offenbarte. Manche wären ihr geläufig gewesen, sie hätte anfangs nur nicht gewusst, auf wen sich diese bezogen hatten, hätte deshalb seine Reaktionen beobachtet und ihn eifersüchtig gemacht. Das Interesse für andere Männer wäre geheuchelt gewesen, sie hätte nur testen wollen, wie es auf ihn wirkte.

Und Jan hatte gerade diese Mischung aus Unschuld und Naivität auf der einen Seite, Verlockung und Verdorbenheit auf der anderen Seite betört. Zu Hause oder vor Lehrern hätte sie das kindliche Auftreten bewahrt, gleichzeitig aber gezeigt, was sie vorzuweisen hatte und dabei getan, als wüsste sie es nicht. Er grinste. »Ich hoffe, du hast nur mich mehr sehen lassen, wenn du dich gebückt hast.«

Mit einem koketten Lächeln überging sie die Frage.

»Hat bei dir«, wollte er wissen, »der Reiz des Verbotenen eine Rolle gespielt?«

Sie schüttelte den Kopf. »Wenn überhaupt, nur eine untergeordnete. Für mich warst du immer der Mann, den ich wollte.« Sie erinnerte ihn kichernd, wie er grantig werden konnte, wenn sie auf dem Schulhof zu anderen Jungen geschielt hatte, um zu sehen, wie sie bei denen ankäme. »Einige Mädchen aus der Klasse merkten, dass du eifersüchtig warst, auch wenn du es getarnt hast. Was hat dir eigentlich an mir so gefallen und warum hast du anderen Mädchen kaum Beachtung geschenkt?« Und nach kurzem Überlegen: »Sieht man einmal von Kaari ab – aber die war ja auch kein Mädchen mehr.«

Er lachte auf. Auf die letzte Bemerkung ging er nicht ein, sagte, er hatte schon hundertmal geschildert, was ihm an ihr gefallen hätte, wenn sie es aber gern hören würde, könnte er es abspulen wie einen Film. »Mir gefällt zum Beispiel, wie du die langen dunkelbraunen Haare als dicken Zopf seitwärts trägst und wenn du dich umdrehst, flattert er mit; oder die großen strahlend blauen Augen im Kontrast zu den Haaren; sie gucken erstaunt in die Welt, das Gesicht bekommt einen grüblerischen Ausdruck, lässt auf eine empfindliche Seele schließen; du lachst gern und zeigst die regelmäßigen weißen Zähne, strahlst Lebensfreude aus.«

»Du schwärmst wie ein Primaner, Jan.«

Er lachte. »Schon möglich. Ich mag deine feste glatte und warme Haut, zum Streicheln geschaffen. Dein Geruch erregte mich immer, manchmal konnte ich nicht anders, musste aufs Klo verschwinden, um nicht dauernd unter Hochspannung zu stehen.«

»Du hast mich beobachtet«, unterbrach sie, »wie ein Kommissar einen Verdächtigen.«

Er lächelte. »Sagen wir, ich habe dich studiert. Ich wollte es lange nicht wahrhaben, dass ich immer mehr für dich entflammte, andere Mädchen langweilig fand.«

»Bis auf Kaari«, warf sie ein, diesmal verbittert. »Auch wenn sie vom Alter her deine Mutter hätte sein können!«

»Ich habe neue Geschichten für dich«, lenkte er ab, »es sind zwei.«

»Lies vor!«

»Ich habe sie Springbrunnen getauft.«

»Spielst du etwa auf die beim Langlaufen an?« Sie gab ein glucksendes Lachen von sich.

Er grinste ebenfalls. »Exakt. Ich habe zwei Varianten beschrieben, mir gefielen beide.« Er nahm das Heft. »Also Variante eins: ›Sie waren etliche Kilometer auf den Skiern unterwegs gewesen, als er sagte, vorn bei der Birkengruppe könnten sie Halt machen, er müsse dringend und etwas essen wäre auch nicht verkehrt.‹«

Inku unterbrach ihn: »Ich habe dir zugerufen, du sollst ein Stückchen weg gehen, sonst riecht die ganze Gegend danach.«

»Der Satz wäre gleich gekommen ...«

Sie drückte sich an ihn. »Ich störe nicht mehr, lies weiter!«

»›Sie schnallten die Skier ab, lehnten sie mit den Stöcken an einen Stamm, ich verschwand hinter einem Busch.‹ Da-

mals ahnte ich nicht, dass du mir nachgeschlichen warst und zugeguckt hattest, wie ich im weiten Bogen in den Schnee gespritzt hatte.«

»Stimmt«, gab sie zu, »das habe ich später erzählt. Dabei hätte ich dir am liebsten zugerufen, du sollst dich umdrehen.«

Jan griente. »Hätte ich glatt gemacht ... ›Am Nachmittag kam Inku zu mir ins Zimmer, druckste eine Weile herum, wollte etwas sagen, genierte sich offensichtlich. Es habe mit dem Langlauf am Vormittag zu tun, begann sie stockend, nahm erneut Anlauf, beichtete schließlich, sie sei mir nachgeschlichen und habe zugesehen. Grinsend fragte ich, wie es ihr gefallen habe. Sie errötete bis zu den Haarwurzeln, sagte: *Ach du!*‹«

»Ich spüre«, gestand sie verlegen lächelnd, »wie ich wieder rot werde, nach so langer Zeit. Hast du auch aufgeschrieben, was am nächsten Tag war?«

»Klar, so etwas lasse ich mir nicht entgehen. Es war eine Riesengaudi ...«

Sie kuschelte sich an ihn. »Also dann ...«

»›Es war ein strahlender Märztag und wir hatten schulfrei, liefen nach dem Essen mit den Skiern los, da war es nicht mehr so kalt. Nach über einer Stunde machten wir auf einer Lichtung unter drei Birken auf einem Hügel Rast, schlüpften aus den Bindungen, steckten die Stöcke in den Schnee, aßen Brote und einen Apfel, tranken Tee. Die Sonne strahlte vom kristallklaren Himmel und als es richtig angenehm war, stand ich fluchend auf und sagte, dass ich wieder müsse, der Tee würde treiben. Ich ging ein paar Schritte zu einer Birke, überlegte es mir, stapfte durch den Schnee, blieb stehen, machte mit meinem Strahl kreisende Bewegungen, zog den Reißverschluss zu und kam lachend zurück, fragte, ob sie sehen wollte, was ich geschaffen habe.‹« Er hielt inne und lachte laut auf, las

weiter: »›Inku guckte mich irritiert an und antwortete: *Na was schon, Pipi eben!* Ich sagte ihr, dass es etwas wäre, was sie nicht zustande bringen würde, sie könnte ja nachschauen. Mit gerunzelter Stirn – wenn sie beim Essen ist, hasst sie jede Unterbrechung – stand sie auf und folgte mir. Sie lachte und rief, dass es ja fast ein komplettes Herz war!

Für dich, nur für dich, erklärte ich, als machte ich ihr weiß Gott welches Geschenk. Als ich fragte, ob sie es auch könnte, griente sie und sagte, was ich bloß immer für Schnapsideen ausbrütete.‹ Die Pointe kommt erst«, unterbrach er.

Neugierig schaute sie zu ihm hoch.

»›Beim Zurückgehen hat sie gemeint, dass sie es schade fand, dass ich es nicht vorher gesagt hätte, sie hätte gern das Herz gemalt. Sie werde doch nicht etwa mit meinen … Feixend hatte sie geantwortet, da sie so etwas nicht vorweisen könnte, müsste sie es wohl mit meinem machen. Aber jetzt sei er wohl leer. Ich schlug vor, zur Birke zu gehen, etwas gehe schon noch. Sie lief rot an, protestierte, sie habe das nicht ernst gemeint. Mit meckerndem Lachen stellte ich fest, es sei ihre Idee gewesen und jetzt verlasse sie der Mut. Ein Herz werde es zwar keins mehr, aber sie könne es versuchen, er beiße nicht. Ich wüsste es besser, dass wir solche Dinge nicht machen dürften. Ich zog sie einfach mit mir, machte den Reißverschluss auf, holte mein bestes Stück heraus, das groß und fest war, und als Inku sich umdrehen wollte, habe ich ihre Hand genommen und sie auf meinen Schaft gedrückt. Ich flüsterte ihr mit heiserer Stimme zu, dass sie ihn halten musste, sonst würde ihm kalt werden, und dass sie es vorn ein bisschen zurückziehen müsste, dann ginge es besser. Ich führte ihre Hand und sie ließ sich willig anleiten. Nach meinem Ruf: *Jetzt!*, spritzte ich in den Schnee und sie hat mit Sicherheit das Pulsieren gespürt.

Na ja, besser als nichts, hatte ich gemurmelt, ihre Hand genommen und ihn geschüttelt, die Tropfen weggeschleudert.‹«

Er ließ das Heft sinken. Sie lehnte sich an ihn. »Jan, was machst du bloß mit mir!«

»Das war die erste Variante«, erklärte er. »In der zweiten übernimmst du die Initiative.«

»›Auf meine Frage, ob ich zum Wald gehen sollte, schüttelte sie den Kopf, stand ebenfalls auf, schaute mich mit einem Blick an, aus dem ich nicht schlau wurde.

Jan, sagte sie leise, *ich möchte es machen!*

Ich guckte, ohne zu verstehen, fragte, was sie denn machen wollte. Inku schmiegte sich an mich und flüsterte mir ins Ohr, obwohl meilenweit keine Menschenseele zu sehen war, dass sie ihn halten wollte. Noch immer verstand ich nicht, hatte an so etwas nicht gedacht.

Ich will ihn halten, murmelte sie, hielt mich fest umarmt. Das ginge aber nun doch zu weit, widersprach ich.

Ja, ja, die alte Leier … Sie wollte es aber trotzdem tun. Als ich weiterhin zauderte, wisperte sie: *Jan, nur ein einziges Mal.*‹«

Jan sah vom Lesen auf. »Darauf war ich wirklich nicht gefasst«, sagte er grübelnd, der Erinnerung nachhängend.

Inku lächelte. »Und dann haben wir es gemacht und dabei viel gelacht.«

Er nickte. »Na ja, ich glaube, so etwas kommt auch in unserer aufgeklärten Welt nicht alle Tage vor.«

»Lies weiter, Jan, bin neugierig, wie du die Szene beschrieben hast!«

»›Wir wateten ein paar Meter durch den Schnee. Ich versuchte abermals, sie davon abzubringen, dabei wurde mein Bedürfnis immer drängender. Sie wollte nichts vom Zurückgehen wissen.

Ich kann es nicht mehr zurückhalten, rief ich, machte den Reißverschluss auf und holte meinen Penis heraus. Und ehe ich mich versah, nahm sie ihn in die Hand. *Du musst das ein bisschen nach hinten ziehen,* raunte ich und schon schoss der Strahl heraus. Es war angenehm. Ich lachte, als Inku den Strahl lenkte und ein Herz in den Schnee zeichnete, es fehlte nur ein kleines Stück, der Druck ließ nach.‹«

»Ja«, flüsterte sie, »genau so war es. Und weißt du was? Ich habe davon geträumt.«

Ausgelassen lachte er. »Du hast davon geträumt? Von der ersten oder der zweiten Variation?«

»Oh, so genau weiß ich das nicht mehr, es könnten beide passen.«

»Ich habe noch einige Zeilen hinzuerfunden.«

Erwartungsvoll lächelnd sah sie ihn an.

Und Jan las: »›Sie schüttelte ihn, und einige Tropfen flogen weg. Verwundert sah ich sie an. Das hätte sie letztes Mal bei mir gesehen. Sie hatte aufgepasst, wäre ein gelehriges Mädchen, sagte ich und lachte: *Das kannst du nicht, so ein Herz in den Schnee malen!*

Ausgelassen lachte sie mit. *Das nicht, aber was anderes!,* und drückte mir einen Kuss auf die Lippen.‹«

»Da wir nun schon mal dabei sind, delikate Geschichten auszukramen: Hast du auch jene vom Loch in der Hosentasche aufgeschrieben?«, fragte Inku.

»Aber sicher, ein paar Seiten weiter.«

»Die werde ich lesen«, bestimmte sie und nahm ihm das Heft aus der Hand. »›Hier gebe ich einen Traum wieder, habe ihn nur ein wenig ausgeschmückt. An einem Nachmittag im Sommer sagte ich erschreckt: *Hoffentlich habe ich nichts verloren, denn ich merke gerade, dass ich ein Loch in der Hosentasche habe.*

Und Sekunden später zu Inku: *Willst du es fühlen?*

Zögernd schlüpfte ihre Hand in meine Hosentasche, ertastete das Loch und spürte unerwartet etwas Hartes, wollte wieder raus, doch ich hielt ihre Hand wie ein Schraubstock fest. Und als müsste das so sein, tasteten sich ihre Finger behutsam vorwärts, kamen an dem Harten an, zuckten zurück, streckten sich abermals. Ihre Neugier war stärker als ihre Hemmungen. Daumen und Zeigefinger schlüpften durch den Eingriff, berührten meinen Penis, wollten abermals zurück, doch mit eisernem Griff hielt ich ihre Hand fest, sie konnte nicht zurück und eigentlich wollte sie es auch nicht. Sie hatte ihn unversehens in der Hand, umschloss ihn. Ich zeigte ihr, indem ich meine Hand auf ihre legte, wie es geht. Und es schien ihr zu gefallen ... Energisch umschloss ihre Hand meinen harten Penis. Sie atmete schnell, rieb ganz fest, dann schneller, presste ihn zusammen, sodass ich aufstöhnte. Ich spürte mit allen Sinnen, wie meine und ihre Erregung zunahm. Sie beschleunigte ihr Fingerspiel, plötzlich stieß ich einen verhaltenen Schrei aus und es lief nass und klebrig über ihre Finger.‹«

Langsam stieß Inku den Atem aus, legte das Heft beiseite.

»Wenn ich das alles höre«, fasste er zusammen, »haben wir wohl doch mehr gemacht, als uns vorzulesen und Träume zu erzählen.«

»Da bin ich mir ganz sicher«, bestätigte sie. »Du hast es aber ins Tagebuch übertragen, als wären es lauter Träume oder Fantasien gewesen.«

»Ich hatte Angst, es könnte noch jemand finden.«

Sie erinnerte ihn, die Szene wäre noch nicht zu Ende, sie würde auch den anderen Teil vorlesen und blätterte weiter. »Da ist er ja. Du hast ihn mit ›Das Glück beider ...‹ überschrieben.« Inku setzte sich zurecht und begann zu lesen: »›Manchmal

war ich es müde, nur Träume und Fantasien zu beschreiben, wünschte mir doch so sehr, dass es geschehen würde.‹ Das ist raffiniert«, rief sie aus. »Du stellst die Wirklichkeit als Traum dar!«

Er grinste. »Lies weiter!«

»›Mein Stöhnen und meine Wildheit erregten sie und das pochende Glied, das sie mit den Fingern umschloss, erst recht. Und als ich ihr unter den Rock griff und ihren Pelz befingerte, ihre empfindlichste Stelle fand und streichelte, öffnete sie die Schenkel, so konnten meine Finger sie ungehindert liebkosen. Ihr Lustgestöhne stachelte mich an, und obwohl ihre Stellung unbequem war, dachte sie nicht daran, seinen Penis loszulassen, der wieder steif und fest war, bis es uns beiden gleichzeitig kam. Wir sanken aufeinander, umarmten und küssten uns, gierig und voll Zärtlichkeit.‹« Inku legte das Heft beiseite. »Ich verstehe nicht«, meinte sie nachdenklich, »warum du dich mit dieser ...«, sie schnaubte verächtlich, »komischen Tante einlassen musstest. Es hätte so schön werden können zwischen uns.«

»Ich habe dir schon mehrmals angedeutet, es waren die Artikel in den Zeitungen, die mich zur Kehrtwende veranlasst haben.« Den ersten hätte er in einer amerikanischen Zeitschrift über einen Prozess wegen Inzest gelesen. Das harte Urteil des Richters – der im Interview behauptet hatte, das Urteil sollte der Abschreckung dienen – hatte ihn aufgeschreckt. Jan hätte andere ausländische Zeitungen durchforstet und wäre in deutschen schnell fündig geworden, das habe für ihn die Umkehr eingeleitet.

13. Familienglück

Den Job hatte er nicht zuletzt deshalb erhalten, weil er bereit gewesen war, ständig auf Achse zu sein. Der Chef war froh gewesen, einen Mitarbeiter zu bekommen, dem das nichts ausmachte. Jan hatte damals weder Familie noch feste Freundin gehabt.

Das war nun anders. Jans Freundin sollte, erzählte ein Kollege aus der Nachbarschaft, hübsch sein; er hätte die beiden gesehen, als sie ihn abholte. Er kannte kein Paar, das sich nach Monaten noch begrüße wie frisch Verliebte. Er glaubte nicht, dass sie verheiratet wären, Jan hatte nie von seiner Frau gesprochen. Die Kollegen wunderten sich, dass er nie eine private Einladung annahm, nie jemanden nach Hause einlud, aber sie respektierten den unsichtbaren Zaun, den er um sein Privatleben errichtet hatte. In Finnland gilt als normal, wenn ein Angler am Wochenende von einem See zum anderen fährt, bis er einen findet, an dem er allein ist.

Inku und Jan waren glücklich. Ein Schatten fiel allerdings auf ihre Zweisamkeit: Die Angst, ein Bekannter könnte ihnen begegnen und ihre Liaison publik machen. Arbeitete Jan an einem Fernsehbericht, achtete er darauf, die Fragen aus dem Off zu stellen, um zu vermeiden, dass jemand über diesen Umweg seine Adresse ausfindig machen könnte. Ihre Liebe zeigte auch nach Monaten keinerlei Abnutzungserscheinungen, im Gegenteil, sie wurde immer intensiver. Auch schweißte sie

die Angst vor Entdeckung zusammen. Der Alltag erhielt keine Gelegenheit, sich zwischen sie zu drängen. Familie, Glück und Angst waren eine Symbiose eingegangen, die das Leben unter Spannung setzten. Mehr als die Entdeckung fürchteten sie die schleichende Zersetzung der Gefühle und die Erosion der Liebe durch den Alltagstrott, wie sie es bei anderen beobachteten. Sie redeten darüber, auch über die Möglichkeit, aufgespürt zu werden und waren sich darin einig, dass zwar die Angst vorbei sein würde, sich möglicherweise aber auch die Spannung lösen könnte, die ihrem Zusammenleben die Würze gab.

So lebten sie zurückgezogen in einem unauffälligen Reihenhaus, beschränkten die Kontakte zu Nachbarn auf den Austausch von Grüßen und Bemerkungen übers Wetter. Zwar gab es schönere Vororte, aber in ihrer Seitenstraße war die Wahrscheinlichkeit gering, Bekannte zu treffen.

Manchmal bildete sich Jan ein, jemand folgte ihm. Blieb er stehen und drehte sich plötzlich um, waren es normale Passanten, die weitergingen und sich nicht um ihn kümmerten. Er lachte über derlei Hirngespinste, wer sollte ihn denn beobachten? Als es ihm das dritte Mal auffiel, erzählte er Inku davon und sie lachten beide. Es blieb aber ein ungutes Gefühl, das sie sich nicht eingestanden. Sie konnten nicht ahnen, dass sie tatsächlich ein Privatdetektiv aufgespürt hatte und beobachtete. Das Lachen wäre ihnen vergangen, hätten sie die Konsequenzen vorausgesehen ...

Eine Zeit lang nahm Inku die Pille, vertrug sie nicht, mit anderen Pillen wurde es nicht besser. Sie versuchten Präservative, waren sie sich aber einig, das Fremde störte und so geschah, was geschehen musste: Sie wurde schwanger, der Arzt bestätigte es. Zuerst sagte sie Jan nichts. Er verstand ihre plötzliche Gereiztheit und Ungeduld ohne Grund nicht, bis

sie ihn eines Nachts fragte, was er sagen würde, wenn sie schwanger wäre. Zögernd schlug er vor, abzutreiben.

Zornig entgegnete sie: »Aber es wäre unser Kind!« Und nach kurzer Pause sagte sie entschieden: »Kommt nicht in Frage!«

So machte er sich mit dem Gedanken vertraut, dass sie bald zu dritt sein würden. Ihr gefiel seine zärtliche Fürsorge und als es so weit war, gebärdete er sich wie alle werdenden Väter. Die Geburt verlief problemlos, Mutter und Kind waren wohlauf, Jan meldete den Jungen an, gab an, der Vater sei unbekannt, deshalb werde das Kind den Namen der Mutter tragen.

In der Wohnung hatten sie kein Foto von den Eltern oder vom Hof hängen, aber die Vergangenheit ließ sie trotzdem nicht los. Sie sprachen viel von daheim, hatten Heimweh, es war schließlich auch die Geschichte ihrer Liebe. Den Eltern fiel es schwer, beide Kinder in der Hauptstadt zu wissen und so selten zu sehen. Es war, als lebten sie auf einem anderen Kontinent. Vater konnte sich nicht damit abfinden, dass keines der Kinder den Hof übernehmen wollte. Es hatte ihn seinerzeit Überwindung gekostet, Jan zuzureden, ein Studium für einen Beruf aufzunehmen, den er nur in der Stadt ausüben konnte. Fragte Vater, für wen er eigentlich schuftete, schaute ihn seine Frau lange an und schwieg.

Wollten Freunde wissen, was es Neues von den Kindern gäbe, antwortete Vater ausweichend, wurde zunehmend sonderbar, zog sich von Freunden und Bekannten zurück. Mutter meinte, er würde seelisch verkümmern, wenn er so weitermachte. Beim letzten Besuch war ihr aufgefallen, dass Inku mollig geworden war, riet zu mehr Disziplin beim Essen. Die Tochter antwortete mit einem wissenden Lächeln. Das und die Tatsache, dass sich weder Inku noch Jan geraume Zeit nicht blicken ließen, hatte Mutters Misstrauen geweckt, zumal ihr

die Tochter auffallend abwesend vorgekommen war. Mutter Kaija nahm sich vor, sie zu besuchen, sobald es der Hof zuließ, denn ihr Mann musste wegen des überstandenen Herzinfarkts kürzer treten.

Jan hatte geschrieben, er wäre viel unterwegs, wer ihm schreiben wollte, am besten an die Redaktion. Mutter machte sich Gedanken, als Inku und Jan mehrere Monate dem Elternhaus fern blieben und mit einem Mal kam die Erleuchtung: Inku war nicht vom Essen mollig, sie war schwanger! *Vielleicht habe ich,* dachte sie, *bereits ein Enkelkind und weiß es nicht ...*

Gewohnt, durchzuführen, was sie sich einmal vorgenommen hatte, suchte sie Lias Nummer heraus, erwischte die Journalistin nach einigen Versuchen und fragte, ob sie Jans Adresse hätte. Lia hatte zwar keinen Kontakt zu ihm, seit sie Inku sein Verhältnis mit Kaari gesteckt hatte, aber es war ein Leichtes, die Adresse zu erfahren, und gab sie Mutter durch. Erregt fragte Kaija, ob sie sich nicht verguckt hätte.

»Nein, die Adresse stimmt, ich habe sie von der Redaktion.«

Jans Mutter musste sich setzen, ihr Puls hämmerte. Die Adresse war mit der Inkus identisch und nun begriff sie. Jan und Inku lebten offenbar zusammen in einer Wohnung ... Lia wusste das nicht und das sollte auch so bleiben. Nun ließ Kaija einzelne Szenen im Krankenhaus Revue passieren und auf einmal fielen ihr Bilder ein wie jenes, als Inku vor Jan getanzt hatte, sie damals das Gefühl erfasst hatte, einer intimen Szene beizuwohnen, sie hatte sie verdrängt. Als hätte sie ein Brett vor den Augen gehabt, fielen ihr nun etliche Szenen ein und schlagartig erkannte sie die Ursache für Inkus Selbstmordversuch: Sie liebte Jan, vermutlich schon lange; und er fühlte sich der misslichen Situation nicht gewachsen, hatte sich davongemacht. Das war zu viel gewesen für das arme Mädchen.

Es war lange her, seit sich Kaija das letzte Mal in ihr Zimmer zurückgezogen hatte, ohne Licht zu machen, um grübelnd den fahlen Mond über den Bergen zu betrachten. Sie musste sehr umsichtig handeln, jedes voreiliges Tun konnte alles verderben. Für ihren Mann war es besser, dass er nichts erfuhr, die Aufregung konnte seinem Herz schaden. Sie hatte den Hörer bereits in der Hand, um Inku anzurufen, ließ es zweimal läuten und legte auf. Es war besser, hinzufahren. Sollte es ein Baby geben, wollte sie es sehen, dann war immer noch Zeit, sich weitere Schritte auszudenken.

Während Mutter diese Überlegungen anstellte, saß Inku beim Zahnarzt, das erste Mal nach der Niederkunft, las den juristischen Ratgeber einer Illustrierten. Der Jurist erklärte sich bereit, jede heikle Frage zu beantworten, wenn die Einsender zustimmten, dass Frage und Antwort veröffentlicht werden, anonym natürlich. Inku zögerte nicht und bat ihn um Auskunft über rechtliche Konsequenzen einer Liebe zwischen Geschwistern.

Vierzehn Tage später traf die Antwort ein. Aufgeregt öffnete sie den Brief, traute ihren Augen nicht: Der entscheidende Satz lautete: »In Finnland ist das nicht strafbar!«

Der Ratgeber führte aus, die Länder, die seinerzeit das französische Rechtssystem übernommen hätten, hätten Inzest nicht ins Strafgesetzbuch aufgenommen. Zu den Ländern gehörten Finnland und Schweden. In Schweden sei sogar die Ehe nicht grundsätzlich verboten, allerdings eine staatliche Beratung vorgeschrieben. Inku las das Schreiben immer wieder durch, wartete aufgeregt auf Jans Kommen.

Er sah müde aus, als er ans Kinderbettchen trat und den Kleinen streichelte. Jetzt erst bemerkte er die Kerzen und Blumen, fragte sich, ob er einen Gedenktag übersehen habe,

wollte wissen, was es zu feiern gäbe. Wortlos und blass überreichte ihm Inku das Schreiben des Anwalts, hatte die Passage, ihr Verhältnis hätte keine strafrechtlichen Konsequenzen, rot unterstrichen. Jan musste es mehrmals lesen, bis er begriff, jahrelang von falschen Annahmen ausgegangen zu sein.

»Mein Gott … Dann war unsere Angst vor Entdeckung völlig unnötig!« Er ließ das Blatt sinken. »Und ich hätte das wissen müssen …«

Sie fielen sich um den Hals.

Plötzlich rief Inku: »Oh, der Braten!«

Beim Dessert sagte sie nachdenklich: »Allerdings, den Vorwurf kann ich dir nicht ersparen: Du als Journalist hättest die Rechtslage in Erfahrung bringen müssen! Wir hätten uns die Angst erspart, getrennt oder verurteilt zu werden, hätten nicht x-mal umziehen müssen!«

Das waren schwerwiegende Vorwürfe. Er gab zu, das sei unverzeihlich, aber er hatte angenommen, das sei überall geregelt wie in England, in den USA und in Deutschland. Er hätte sich mit Prozessen in den Ländern beschäftigt und keinen Grund gesehen, anzunehmen, bei ihnen sei es anders. »Das war dumm, ich hoffe, du kannst mir verzeihen!«

Inku lächelte unter Tränen. »Es ist nicht mehr zu ändern. Es bringt nichts, über verschüttete Milch zu weinen. Ich kann es noch nicht fassen, bin so erleichtert, vor allem wegen des Jungen.« Sie setzte sich auf seinen Schoß. »Wir hätten uns die ewige Flucht sparen können …«

»Ja«, gab er zu, »das hätten wir.« Er schwieg lange, sagte dann zögernd: »Vielleicht war der Zwang zur Heimlichkeit und zum Verstecken nicht so schlecht, er hat unseren Zusammenhalt gestärkt.« Er grinste breit. »Und heiraten hätten wir trotzdem nicht dürfen.«

Beide dachten, ohne es dem anderen einzugestehen, dass ihre Beziehung so festgefügt war, weil der Druck bestand und es war unerheblich, ob real oder eingebildet.

»Aber die Bürde bleibt«, gab er zu bedenken, »dass es Bekannte erfahren, von denen einige der gleichen Erweckungsbewegung angehören wie Vater.«

»Das ist richtig«, räumte Inku ein. »Bei Mutter habe ich allerdings das Gefühl, als ahnte sie etwas.«

Das Gefühl sollte sie nicht täuschen. Als Jan eines Tages von den Dreharbeiten nach Hause kam, saß Mutter im Wohnzimmer, hielt das Baby auf dem Schoß, scherzte und lachte mit dem Kleinen. Inku stand lächelnd daneben, ein Bild des Friedens. Nach der ersten Überraschung wollte Jan wissen, woher sie die Adresse hatte.

»Von Lia. Das andere konnte ich mir zusammenreimen.«

Ein Anwalt hatte Jan bestätigt, die Aussage des juristischen Ratgebers sei richtig. Das beruhigte Mutter, ein Prozess hätte nicht nur Inku sehr belastet, sondern erst recht ihren Vater.

»Trotzdem finde ich es besser, wenn es sonst niemand erfährt«, meinte Kaija. »Vor allem Vater würde sich fürchterlich aufregen.« Er wäre ein guter Mann, fleißig und anständig, aber streng erzogen und er gehörte, wie seine Eltern, dieser christlichen Gemeinschaft mit rigorosen Moralvorstellungen an. Im Verlauf der Ehe wäre er zwar etwas milder in seinen Urteilen geworden, aber das hier würde er schwerlich verkraften. Sie schaute zärtlich auf das Baby. »Ich kann damit leben und bin froh, ein Enkelkind zu haben. Obwohl«, setzte sie zaghaft lächelnd hinzu, »die verwandtschaftlichen Beziehungen kompliziert sind.« Sie machte eine Pause. »Und gewöhnungsbedürftig.« Wieder überlegte sie. »Wir müssen niemandem auf die Nase binden, wer der Vater ist. Inku hat ein uneheliches

Kind, das kommt oft vor. Und sie wohnt hier, weil sie studiert und Jan eine Wohnung hat.« Ein fürsorglicher Blick streifte die beiden, während sie das Baby schaukelte. »Besucht uns bald, ich werde Vater vorbereiten.«

Der akzeptierte das uneheliche Kind auch ohne den Hinweis, das wäre heutzutage normal. Es wäre gut gewesen, dass Inku nicht abgetrieben hätte und es wäre geradezu widersinnig gewesen, wegen des Kindes einen Mann zu heiraten, den sie nicht liebte.

Inku hatte sich entschieden, ein Fernstudium aufzunehmen, zumal sie die Prüfungen vor Ort ablegen konnte. Jan hatte sein Studium abgeschlossen und eine feste Redakteursstelle beim Sender. Manchmal überließ er eine Story einem Kollegen, um mehr Zeit für Inku und das Kind zu haben.

Wäre die ganze Geschichte ein Märchen, würde sie so enden: Und wenn sie nicht gestorben sind, so leben sie noch heute glücklich und zufrieden. Doch die Wirklichkeit ist komplizierter, vor allem härter.

Inku, die stolze Mutter, besuchte die Eltern, Jan drehte im Ausland. Sie wäre gern mit Jan gefahren, doch er hatte sie überredet, zu den Großeltern des Kleinen zu reisen, sie freuten sich so.

Völlig unerwartet kam Martti zu Besuch, sprach von alten Zeiten und schlug Inku vor, ein Stück ins Grüne zu radeln, das würde ihr guttun. Kaija, nun stolze Großmutter, redete ihr zu, ihr den Enkel zu lassen. Kaum hatte Inku den Picknickkorb ausgepackt, begann Martti zu fragen, wer eigentlich der Vater des Kindes sei, ob er ihn womöglich kannte. Ihre schnippische Antwort, das ginge ihn nichts an, schien er zu überhören. Plötzlich platzte er mit der Frage heraus, ob sie ihn, Martti, heiraten würde. Ehe sie sich von der Überraschung erholen konnte, meinte er treuherzig, das Kind stellte für ihn kein

Hindernis dar. Zu spät erkannte sie, es war eine Dummheit gewesen, sich auf den Ausflug einzulassen. Um ein Haar hätte Inku geantwortet, sie wäre schon verheiratet, versuchte aber, den Antrag mit Humor abzuwehren, ohne den Schulfreund zu verletzen. Doch sie merkte bald, wie hartnäckig Martti war und schließlich ließ er erkennen, mehr zu wissen als angenommen. Die anzüglichen Andeutungen, die er mit dreckigem Lachen vorbrachte, erlaubten keine andere Interpretation. Er ließ durchblicken, er hätte sie beobachten lassen. Da erinnerte sie sich an Jans Berichte, die sie beide nicht ernst genommen hatten, er hatte das Gefühl, jemand folge ihm. Sie hatten darüber gelacht, nun aber war Inku das Lachen vergangen und sie traute Martti zu, er könnte sie erpressen. Aber nie hätte sie vermutet, dass ausgerechnet der sich schüchtern gebärdende Mann zudringlich werden könnte, doch als sie ihn lachend beim Versuch abwehrte, sie zu küssen, fiel er wie ein Tier über sie her, wollte ihr die Kleider vom Leib reißen.

Er keuchte: »Wenn du es mit ihm treibst, kannst du es mit mir auch machen!«

Einen Augenblick war sie starr vor Wut, dann wehrte sie sich mit aller Kraft, war froh, von Jan einige Tricks gelernt zu haben, trat ihm mit dem Schuh in die Weichteile, dass er vor Schmerz aufheulte und sich mit beiden Händen den Unterleib hielt. Hastig nahm sie einen mehr als faustgroßen Stein auf.

»Versuch das nicht noch mal«, zischte sie, »sonst schlage ich dir den Schädel ein! Hau ab, du Mistkerl, du widerlicher!«

Er nahm sein Rad, schob es ein paar Schritte, setzte sich auf den Sattel und rief drohend über die Schulter: »Das wirst du noch bereuen, du Flittchen. Eine Woche gebe ich dir Zeit, dann komme ich wieder. Und wehe euch, du weist mich wieder zurück!«

Die Drohung, die Jan mit einschloss, heizte ihre Wut weiter an. Weiß im Gesicht und mit schmalen Augen saß sie auf der Decke, bis der Zorn langsam abklang, und überlegte, ob sie Anzeige erstatten oder es Jan erzählen sollte. Sie hatten keine Geheimnisse voreinander, aber zur ihrer Überraschung gestand sie sich ein, nicht einschätzen zu können, wie er reagieren und ob er seinen Zorn beherrschen würde. Mutter merkte sofort, als sie zurückkam, dass etwas vorgefallen war.

»Habt ihr euch gestritten?«

Stumm nickte Inku, wollte nicht darüber reden. Noch am gleichen Tag fuhr sie mit dem Kleinen zurück, war froh, dass Jan zu Hause war. Nachts träumte sie und schrie, schlug um sich, als müsste sie sich eines Ungeheuers erwehren. Er weckte sie.

Verwirrt schaute sie zu ihm auf. »Oh du!«

»Hast du einen anderen erwartet?«

Schweigend schüttelte sie den Kopf.

»Also, was ist passiert? Du bist ganz verstört zurückgekommen. Ich dachte zuerst, du seiest müde, aber es muss was geschehen sein, das dich so aus dem Häuschen gebracht hat. Du musst es loswerden, sonst kommt der Traum wieder!«

Der Angsttraum hatte sie erschöpft, trotzdem wimmelte sie seine Besorgnis ab. »Es ist nichts ...«

Beim Frühstück bot Jan an, mit ihr zu einer Psychologin zu gehen, vielleicht vertraue sie sich einem neutralen Gesprächspartner an, doch davon wollte sie nichts hören. Er ließ sich von der Unmutsfalte über der Nasenwurzel nicht abschrecken, fing noch einmal an, da schrie sie ihn an, er solle sie gefälligst in Ruhe lassen. Noch nie hatte sie so mit ihm geredet, Jan war bestürzt. Stumm saß er da, stand auf, konnte die Tränen, die ihm über die Wangen liefen, nicht verbergen, machte zwei Schritte zur Tür.

Da rief sie: »Jan bitte geh nicht! Nicht so!«

Müde drehte er sich um, sie sah sein tränennasses Gesicht. Er rang nach Worten, sagte endlich langsam, fast flüsternd: »Ich weiß nicht, was geschehen ist, aber es ist besser, ich verschwinde für eine Weile. Sonst zerstören wir unsere Liebe mit bösen Worten.«

Sie stürzte auf ihn zu, klammerte sich an ihn und schluchzte: »Nein, Jan, unsere Liebe werden wir nie zerstören und sie wird nie zu Ende sein!« Sie weinte bitterlich und hielt sich an ihm fest. »Geh nicht fort, Jan, bitte!«, flüsterte sie.

Zögernd strich er über ihre festen Haare. »Du hast kein Vertrauen mehr und ich kenne den Grund nicht. Wir haben uns immer aufeinander verlassen können und anders kann und will ich mir ein Zusammenleben nicht vorstellen.« Er zog ihr verweintes Gesicht an sich. »Das halte ich nicht aus.«

Sie ergriff seine Hand und zog ihn neben sich aufs Sofa. Lange schwieg sie. Er hütete sich, das Schweigen zu brechen, spürte ihre Bereitschaft, sich auszusprechen. Sie brauchte mehrere Anläufe, bis sie stockend berichtete und sich alles von der Seele redete. Sie sprühte vor Zorn, so hatte er sie noch nie erlebt. Er tröstete sie und allmählich beruhigte sie sich. Ihr fiel auf, wie gelassen es Jan aufnahm. Hätte sie geahnt, wie viel Selbstbeherrschung es ihn kostete, Ruhe vorzutäuschen, hätte sie wohl nicht alles erzählt.

Während Inkus Bericht hatte Jan überlegt, was zu unternehmen war. Für ihn stand fest, dass Martti bestraft werden musste und zwar so, dass er sein Leben lang daran denken würde. Eine Anzeige würde im Dorf nur unnötiges Gerede erzeugen und am Ende stünde Aussage gegen Aussage. Hass war Jan bisher fremd gewesen, nun lernte er die Gewalt dieses Gefühls kennen. Es war kein überschäumender Zorn, der zu

unüberlegtem Handeln verführte, sondern kalter gefährlicher Hass. Der Racheakt sollte mit leichten Hieben beginnen, sich allmählich steigern, um die entscheidenden Schläge dann umso präziser landen zu können. Der fiese Kerl sollte bis zum Schluss nicht ahnen, wer ihm die Schicksalsschläge verpasste, sollte glauben, er habe sein Unglück durch unvorsichtiges Handeln heraufbeschworen. Um Martti in Sicherheit zu wiegen, würde sich Jan nicht anmerken lassen, dass Inku etwas erzählt hatte.

Überraschend fuhr Jan zu den Eltern, er hätte beruflich in der Nähe zu tun. Inku fragte, ob er etwas gegen den Kerl im Schilde führte, das sie alle ins Verderben stürzen könnte. Jan beruhigte sie. »Keine Angst, ich werde ihn nicht umbringen. Es lohnt nicht, für so ein Schwein ins Zuchthaus zu marschieren.«

Das Geschäft Marttis, ein Kaufhaus für Gartengeräte und landwirtschaftliche Maschinen, lag im viel größeren Nachbarort, dem regionalen Zentrum. Jan tat, als suchte er ein Gerät für den Garten und als ihn der Inhaber zögernd begrüßte, spielte er den Ahnungslosen. Die Erleichterung des Inhabers war nicht zu übersehen, die ihm ins Gesicht geschriebene Angst verschwand. Nur zu gut erinnerte sich Martti an die Schulzeit, als Jan gezeigt hatte, dass er zulangen konnte, wenn es – meist wegen Inku – zu einer Rauferei gekommen war. Erst hier im Kaufhaus reifte Jans Plan, an der bekannten Gier Marttis anzusetzen. Wie zufällig ließ Jan eine Bemerkung fallen, er würde seine Ersparnisse in die Firma in der Provinzhauptstadt investieren, die in der Vergangenheit hohe Gewinne abgeworfen hatte, auch wenn sie jetzt nicht mehr so gut dastünde, aber sie würde sich sicher schnell erholen, vermutete ein Fachmann. Das mit dem Gerät überlegte er sich, müsste jetzt zu einem Treffen hetzen und verabschiedete sich.

Vom Restaurant aus telefonierte Jan mit einem Finanzmak-

ler, der ihm einen Gefallen schuldete, und bat ihn, Martti ein Schreiben zu schicken, dass Anteile der Firma, die früher satte Gewinne eingefahren hatte, günstig zu erwerben wären, die Erben verkauften sie. Da der Makler Martti schon einmal zu einem nennenswerten Profit verholfen hatte, beschloss er einzusteigen, rief zur Sicherheit einen Anwalt in der Stadt an, der ihm bestätigte, dass die Erben veräußerten.

Der Anwalt wollte etwas hinzufügen, doch Martti meinte, mehr brauchte er nicht zu wissen. So erfuhr er nicht, dass die Firma vor der Pleite stand und die Eigentümer – sie hatten die Firma heruntergewirtschaftet – auf einem Berg von Schulden saßen, und deshalb verkaufen wollten. Martti nahm einen Kredit auf, war überzeugt, die zu erwartenden Gewinne würden die nicht sehr günstigen Bedingungen mehr als wettmachen und investierte in das marode Unternehmen.

Es dauerte keine vier Wochen, als Martti statt des erwarteten Gewinns ein Schreiben erhielt, die Firma stünde vor dem Aus, das noch vorhandene Betriebskapital müsste zur Begleichung der Schulden verwendet werden. Mahnungen der Bank flatterten ins Haus, er wäre mit den Zinsen im Verzug und müsste an die Rückzahlung denken. Natürlich wusste die Bank, dass die Gläubiger die Schulden einklagen würden und Martti als Teilhaber haften würde. Und Jan wusste es auch. Martti musste abermals einen Kredit aufnehmen, sein Geschäft gehörte nun der Bank. Dann erschien in der größten Regionalzeitung mit über 90.000 Lesern eine kurze Notiz im Wirtschaftsteil, dass die Qualität der Maschinen aus dem Fernen Osten zu wünschen übrig ließen – Martti vertrieb die Geräte und hatte, auf Grund der an gleicher Stelle vor Wochen angekündigten Nachfrage, große Bestände geordert. Schlagartig brach die Nachfrage ein, viele Kunden brachten die Maschinen

zurück und verlangten ihr Geld zurück. Martti nahm auf das Wohnhaus eine Hypothek auf und als er die Zinsen nicht mehr bedienen konnte, wurde das Haus, seit Generationen im Besitz der Familie, versteigert. Marttis Vater ertrug die Schande nicht und erschoss sich, die Mutter flüchtete sich in Depressionen. Martti wusste nicht mehr aus und ein, wurde dick und blass, der Schlaf mied ihn ebenso wie die Kunden. Alles, was er je angefasst hatte, ging in die Binsen.

Wie zufällig kam Jan vorbei und berichtete grinsend, er sei froh, keinen Cent in die kaputte Firma gesteckt zu haben, tippte an die Mütze und ging seiner Wege. Nun dämmerte Martti, dass sein Ruin kein Zufall war, sondern dass ihn jemand gezielt ruiniert hatte und plötzlich wusste er auch, wer. Beweisen konnte er nichts – es hätte ihm auch nichts genützt. Er sah keinen Ausweg, wollte Schluss machen wie sein Vater, war aber zu feige, sich zu erschießen, dichtete das Garagentor ab, trank eine Flasche Schnaps, öffnete die Fenster im Wagen, ließ den Motor und das Radio laufen und schlief ein.

Niemand kam auf den Gedanken, jemand habe Martti planmäßig ins Verderben gelockt. Es hieß, er habe sich in seiner Gier übernommen, kaum jemand vermisste ihn. Überrascht hatte, dass es mit dem Ruin so schnell gegangen war, doch Martti hatte als Kaufmann keinen guten Ruf. Anders als sein Vater hatte er Leute übers Ohr gehauen, das konnte in kleinen Gemeinden tödlich sein. Inku hatte Jan fragend angeguckt, als er auf die Notiz in der Zeitung gewiesen hatte, Marttis Haus würde nach seinem Suizid versteigert, aber sie stellte keine Fragen.

Zwei Jahre später meldete sich das zweite Kind an, ein Mädchen.

Die Jahre vergingen. Die Kinder wuchsen heran. Spielten die Eltern mit ihnen, hielten sie zuweilen inne und schauten

sich erstaunt an, als könnten sie ihr Glück nicht fassen, nun ohne Angst zusammenleben zu können. Sie wussten, eines Tages würden die Kinder Fragen stellen, aber noch war Zeit. Oft kamen sie auf ihr Spiel zurück, probierten neue Varianten aus, versetzten sich in die Zeit, da sie nicht ahnten, wie alles kommen würde, lasen sich aus dem Tagebuch vor. Jan war überrascht, als Inku gestand, seine Vorliebe für ihre Wäsche schon früh bemerkt zu haben.

»Und wie bist du darauf gekommen?«

Inku grinste. »Ich hatte schulfrei und suchte nach dem Tagebuch, du hattest es versteckt. Da sah ich etwas Dunkles im zurückgeschlagen Bettzeug und zog es heraus. Es war ein Höschen, sauberer, als ich es in die Wäsche geworfen hatte. Es wäre dir sicher nicht recht gewesen«, sie lachte übermütig, »wenn es Mutter gefunden hätte. Meine Freundin Eila hat mich aufgeklärt und mir geraten, nach gelblichen Flecken zu suchen. Das habe ich getan.« Sie lachte triumphierend. »Von da an habe ich ein bestimmtes Wäschestück nach dem Radfahren oder Laufen oben in den Korb gelegt, damit du es nicht übersiehst.«

Jan war rot geworden. »Und du hast trotzdem immer ...«

Sie nickte. »Der Gedanke hat mir gefallen, so war ich dir in der Nacht nahe und du ahntest nicht, dass ich es wusste und genoss. Ich war dir vertraut und du mir, denn ich mochte deinen Geruch auch.«

Verblüfft fragte Jan: »Heißt das, du hast ...?«

Inku nickte. »Natürlich, erstens war ich neugierig und zweitens mochte ich dich damals schon.«

Jan stieß einen Pfiff aus, zog sie auf den Schoß. »So ein ausgekochtes Weibsbild! Und ich hielt dich für naiv.« Er drückte sie an sich. »Der Naive war ich.«

Das Gespräch fand um die Zeit statt, da Lia Mutter besucht hatte. Der Empfang war kühl, Mutter erzählte nichts von den Kindern, das Gespräch plätscherte an der Oberfläche dahin, Mutter blieb verschlossen. Lia war enttäuscht und merkte, etwas bedrückte die alt gewordene Dame, es war nicht nur die Krankheit ihres Mannes.

Lia verabschiedete sich bald, sie hatte mehr zu tun, seit die Redaktion ausgedünnt worden war. Die verbliebenen Journalisten mussten die Arbeit der Entlassenen übernehmen, das hieß noch mehr Stress und noch engere Termine. Dennoch liebte Lia ihren Job. Sie recherchierte für einen Bericht über Kindergärtnerinnen, die wegen der zurückgehenden Kinderzahl um ihren Job bangten. Nur in den Vierteln mit überdurchschnittlich vielen Ausländern war es besser. Lia hatte sich einen Migrantenbezirk in der Hauptstadt ausgesucht. Nach dem Gespräch mit der Leiterin guckte sie sich um, beobachtete die Kinder, die sich bemühten, Anregungen der Erzieherinnen umzusetzen. Zwei in entfernten Ecken spielende Kinder fielen ihr auf, sie suchten sich immer wieder durch Blickkontakt. Blitzartig kam die Erinnerung an Inku und Jan auf, die Kinder sahen ihnen ähnlich, als wären sie wiedergeboren und alles begänne von vorn.

Lia hatte das Bild im Schulhof nie vergessen: Inku und Jan, die wie eine Insel in der Schülermenge gewirkt hatten. Lia wollte sichergehen, nicht einem Trugbild aufzusitzen, wartete auf der gegenüberliegenden Straßenseite, bis die Eltern kamen, um ihre Sprösslinge abzuholen. Sie war nicht besonders überrascht, als Jan aus einem alten Volvo stieg und sich zu den Wartenden gesellte. Lärmend stürmten die Kleinen aus dem Gebäude. Zärtlich begrüßte Jan die Kinder – es waren die beiden –, hob sie in die Kindersitze, schnallte sie an und

fuhr los. Lia setzte sich auf die Bank unter den Bäumen und überlegte, ob sie die Familie besuchen sollte, entschied aber, es nicht zu tun. Es war deren Leben und Jan wusste, wo sie zu finden war, wenn er den Kontakt suchte. Nun verstand sie die Bitte der Mutter, Jans Adresse ausfindig zu machen sowie ihre Zurückhaltung. Der Rest lag auf der Hand. Sie rief die Mutter an, teilte ihr mit, sie habe Jan mit den Kindern gesehen und verstehe jetzt. Von ihr werde niemand etwas erfahren. Das erleichterte Aufatmen bedeutete das Ende des Gesprächs.

Die Kinder wuchsen heran, hatten keinen Ahnung, aus einer außergewöhnlichen Bindung zu stammen und nicht in einer normalen Familie zu leben. Sie empfingen viel Zuwendung. Zu Inku sagten sie Mama, Jan war für sie eben Jan. Beide Kinder gingen bereits zur Schule, als sie mitbekamen, dass die Eltern jedes Mal, wenn sich die Familie auf den Weg zu den Großeltern machte, gereizt auf Fragen reagierten, als wäre es nicht das Normalste von der Welt, die Großeltern und den gemütlichen Bauernhof mit den unzähligen Verstecken zu besuchen.

Inku und Jan unternahmen mehrere Anläufe, die Kinder aufzuklären, verschoben es immer wieder. Das Vorlesen der Tagebücher hatten sie aufgegeben, kannten jede Szene auswendig, hatten die Hefte auf dem Dachboden im Hof verstaut. Die Zeit lief, alles ging seinen Gang.

Großvater erholte sich, genoss die Unbeschwertheit der Enkelkinder, die nun häufig kamen und ihn an die eigenen Kinder erinnerten. Manchmal vermeinte er, alles noch einmal zu erleben, nur bewusster. Und es kam vor, dass er die Enkel mit den Namen seiner Kinder anredete. Die Kinder störte das nicht, sie liebten den Hof, fühlten sich hier zu Hause. Opa schaute ihnen beim Spielen zu und war glücklich, wenn sie

ernsthaft darüber sprachen, den Hof zu übernehmen und zu heiraten, wenn sie groß seien.

»Mein Gott die Kinder, diese unschuldigen Kinder«, lächelte er in seinen Bart.

Inku und Jan ging es wie allen Eltern, sie stellten fest, mit heranwachsenden Kindern läuft die Zeit schneller, viele markante Ereignisse zergliederten die Monate und Jahre. Und auf einmal waren sie zwölf und fünfzehn, fast im gleichen Alter wie sie selbst seinerzeit.

An einem der langen grauen Tage, da es nie richtig hell wird, fanden die Heranwachsenden im Dachboden die Tagebücher, erkannten die Schrift Jans. Sie waren neugierig, begriffen lange nicht, was das seltsame Spiel und die Geheimsprache bedeuteten, brauchten Wochen, bis sie ihre eigene Geschichte und die der Eltern aufgedröselt hatten und ihre Andeutungen verstanden, vor allem, als die Hefte immer mehr verdeutlichten, was sich da zusammengebraut hatte.

Und mit einem Mal war es anders zwischen ihnen, sie lächelten sich zärtlich an, wenn sie sich anschauten, unbekannte fremdartige Gefühle wallten auf. Noch ahnten sie nicht, dass sie in unbekannte Gewässer steuerten, in denen verborgene Klippen lauerten. Und sie konnten nicht wissen, dass die Verlockungen zu groß sein würden, um ihnen auf Dauer zu widerstehen ...

»DER SEE«

DIE INTERNET-STORY

MIT DEM GUTSCHEIN-CODE

JL1TBCVKX

ERHALTEN SIE AUF

WWW.BLUE-PANTHER-BOOKS.DE

DIESE EXKLUSIVE ZUSATZGESCHICHTE ALS E-BOOK IN DEN FORMATEN PDF, E-PUB UND KINDLE. REGISTRIEREN SIE SICH EINFACH ONLINE ODER SCHICKEN SIE UNS DIE BEILIEGENDE POSTKARTE AUSGEFÜLLT ZURÜCK!